HANS RATH

MANCHMAL IST DER TEUFEL AUCH NUR EIN MENSCH

Hans Rath

MANCHMAL IST DER TEUFEL AUCH NUR EIN MENSCH

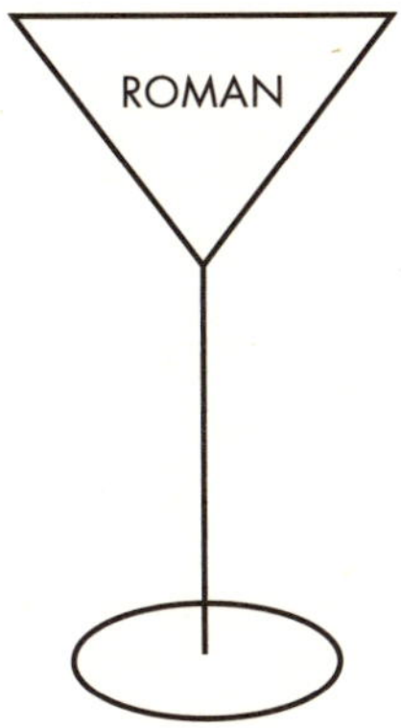

Wunderlich

Originalausgabe
1. Auflage Oktober 2014

Satz aus der Swift PostScript, InDesign
Gesamtherstellung CPI books GmbH, Leck
Printed in Germany
ISBN 978 3 8052 5074 0

MANCHMAL
IST DER TEUFEL
AUCH NUR EIN
MENSCH

1

«Glauben Sie eigentlich an den Teufel, Dr. Jakobi?»

Gute Frage. Mal überlegen. An einen feuerroten Superschurken mit Hörnern und einem Dreizack glaube ich schon mal nicht. Und dass man seiner Sünden wegen über dem Fegefeuer gegrillt wird, halte ich auch für ein Ammenmärchen. Gut möglich aber, dass es eine Hölle gibt. Vielleicht habe ich sogar schon mal einen Blick reingeworfen, und zwar vor etwas mehr als drei Jahren, als mein Leben seinen vorläufigen Tiefpunkt erreichte. Daran war aber nicht der Teufel schuld, sondern meine Exfrau.

«Nein. Eigentlich nicht», antworte ich. «Warum fragen Sie?»

Moosmann überlegt einen Moment. «Das klingt, als wären Sie sich nicht ganz sicher.»

«Verraten Sie mir, was das mit Ihrer Ehe zu tun hat?», erwidere ich und werfe einen Blick zur Uhr. Unsere Sitzung neigt sich dem Ende zu.

«Ich glaube, dass der Teufel bei meiner Ehe seine Finger im Spiel hat.» Moosmann strafft sich. Scheint so, als wäre ihm die Theorie selbst nicht ganz geheuer.

«Welches Interesse sollte der Teufel daran haben, Ihre Ehe zu zerstören?»

«Er will nicht meine Ehe zerstören, er will mich zerstören», erwidert Moosmann mit verschwörerischem Unterton.

«Herr Moosmann, warum sollte der Teufel ausgerechnet Sie zerstören wollen?»

«Keine Ahnung», erwidert Moosmann. «Aber er will mir doch ganz offensichtlich das Leben versauen. Sonst hätte er mir ja nicht meine Frau geschickt.»

Erneut blicke ich zur Uhr und überlege. Eigentlich ist unsere Sitzungszeit jetzt abgelaufen, aber ich möchte Moosmann nicht mit apokalyptischen Hirngespinsten nach Hause schicken. Zumal ich ahne, was passiert ist.

«Wir kennen uns nun schon seit ein paar Monaten, Herr Moosmann. Und ich stelle fest, dass Sie immer dann geglaubt haben, ein Opfer dunkler Mächte zu sein, wenn Ihre Frau gerade ein Verhältnis begonnen hatte.»

Regungslos schaut Moosmann mich an. Dann lehnt er sich zurück und verschränkt die Arme vor der Brust. «Ach ja? Wirklich?»

Ich nicke. «Erinnern Sie sich an die Sache mit dem Tanzlehrer? Als die Affäre begann, dachten Sie, jemand hätte Ihnen einen Voodoo-Zauber angehängt.»

Moosmann schweigt. Ich sehe aber, dass es in ihm arbeitet.

«Und als Ihre Frau mit diesem Straßenkünstler anbändelte, da haben Sie mir erzählt, Sie wären von einer bösen Hexe verflucht worden. Erinnern Sie sich, dass wir eine ganze Sitzung damit verbracht haben, alle Verdachtsmomente gegen Ihre Schwiegermutter zu entkräften?»

Moosmann schweigt. Ich lasse ihm Zeit zum Nachdenken. Es klopft.

«Jetzt nicht!», rufe ich.

Die Tür wird geöffnet, und Frau Kretzer, meine Sprechstundenhilfe, schaut ins Zimmer. «Eben wollte Sie ein gewisser Auerbach sprechen. Er hat gesagt, er ruft noch mal an. Und ich soll Sie daran erinnern, dass Sie heute zum Abendessen verabredet sind.»

«Haben Sie gehört, was ich gerade gerufen habe?», frage ich konsterniert.

«Was haben Sie denn gerufen?»

«Jetzt nicht!», wiederhole ich.

«Ach so … das! Ja, hab ich gehört», sagt sie. «Aber ich bin in Eile und muss los.»

Bevor ich etwas erwidern kann, schließt sie die Tür. Damit ist das Gespräch beendet.

Moosmann schaut ihr anerkennend hinterher. «Springt die immer so mit Ihnen um?»

«Nein, nein. Ich hatte nur ganz vergessen, dass sie heute eine Familienfeier hat», lüge ich schamlos. Die Wahrheit ist, dass Frau Kretzer mich ständig behandelt, als wäre ich ihr Lakai. Da sie mit ihrer rüden Art meinen Laden jedoch im Griff hat wie keine Sprechstundenhilfe vor ihr, sehe ich großzügig darüber hinweg. Wobei ich diese Strategie wohl mal überdenken muss, wenn sie jetzt beginnt, mich vor meinen Patienten zur Schnecke zu machen.

Wieder wird die Tür geöffnet. Frau Kretzer hat inzwischen den Mantel angezogen. «So. Ich bin dann mal weg. Denken Sie daran, die Kaffeemaschine auszuschalten?»

«Mach ich», erwidere ich. «Und Ihnen einen schönen Abend …»

«Danke. Den werde ich haben. Ich nehme ein Fußbad, bimse mir die Hühneraugen weg und sehe mir dabei den Bridget-Jones-Marathon im Fernsehen an. Kann übrigens sein, dass ich deshalb morgen ein bisschen später komme.»

Ich hüstele verlegen. Ein Lächeln huscht über Moosmanns Gesicht.

«Gut. Bis morgen, Frau Kretzer», sage ich und komplimentiere sie damit hinaus. Dann tue ich so, als würde ich mich in meine Aufzeichnungen vertiefen.

Man hört, dass die Tür zum Treppenhaus ins Schloss gezogen wird.

Moosmann räuspert sich. «Es ist bitter, wenn ein Mann nicht nur von seiner Frau, sondern obendrein noch von seinem Psychotherapeuten angelogen wird.»

«Ja. Tut mir leid», sage ich schuldbewusst. «Wäre schön, wenn das unter uns bliebe. Ich glaube, es ist nur eine Phase. Frau Kretzer ist im Grunde ...»

Moosmann winkt ab. «Schon gut. Sie brauchen mir nichts zu erklären. Ich weiß, wie das ist, wenn man sich mit einer heiklen Situation arrangieren muss.»

«Apropos», hake ich nach. «Hatte ich eben mit meiner Vermutung recht? Hat Ihre Frau sich noch einmal zu einer Affäre ... hinreißen lassen?»

«Oh. Das haben Sie sehr freundlich formuliert, Doktor. Es klingt, als hätte Susann irgendwelche Skrupel, mich zu betrügen. Aber wenn sie nur einen einzigen Gedanken an mich oder unsere Ehe verschwendet hätte, wäre sie doch wenigstens zu einer unserer Sitzungen gekommen, oder etwa nicht?»

«Ja. Da ist was dran», sage ich. «Andererseits hätte sie sich längst von Ihnen trennen oder die Scheidung einreichen können. Wenn es nichts gibt, was sie beide verbindet, warum zieht dann nicht einer von Ihnen den Schlussstrich?»

«Ich für meinen Teil warte nur auf den Moment, wo mir die Sache unerträglich wird. Dann bin ich weg», erwidert Moosmann. «Könnte bald so weit sein. Bisher hat sie mich ja nur mit jüngeren Männern gedemütigt. Irgendwelche Szenetypen. Musiker, Yogalehrer, Barkeeper. Das war zwar nicht nett, aber immerhin einigermaßen diskret. Diesmal ...» Moosmann zögert einen kurzen Moment, dann strafft er sich. «Diesmal hat sich diese kaltherzige ...» Er schluckt die Beleidigung, die ihm gerade auf der Zunge liegt, hinunter und seufzt. «Ich glaube, sie hat was mit meinem Chef angefangen.»

«Bringt das für Sie berufliche Probleme mit sich?», will ich wissen.

«Noch nicht, aber er kann mir natürlich die Karriere versauen, wenn er es darauf anlegt. Und ich befürchte, das wird auch passieren.»

«Warum?»

«Ich bin Autoverkäufer, Dr. Jakobi. Schon vergessen? In unserem Laden arbeiten fast nur Männer. Die Spielregeln sind entsprechend simpel. Es gilt das Recht des Stärkeren. Er ist der Stärkere, also wird er mich das spüren lassen. Bestimmt dauert es nicht lange, und ich verkaufe Autopolitur statt Mittelklassewagen.»

«Und wäre das sehr schlimm für Sie?»

Er zieht die Schultern hoch. «Ja und nein. Ich wollte eigentlich nie Verkäufer werden. Ich bin da reingerutscht. Aber wenn Schäfer mich feuert ...»

«Er heißt Schäfer?»

«Machen Sie jetzt bitte keine Witze, in denen das Wort *Schäferstündchen* vorkommt», sagt Moosmann. «Die kenne ich nämlich alle schon.»

«Okay. Erzählen Sie weiter.»

«Wie gesagt, wenn Schäfer mich feuert, dann habe ich ein Problem. Ich bin ein mittelmäßiger Autoverkäufer, der keinen Spaß an seinem Beruf hat und bald seinen fünfundvierzigsten Geburtstag feiern wird. Ich werde also auf dem Arbeitsmarkt ähnlich schlecht dastehen wie in meiner Ehe.»

«Sie sehen die Dinge im Moment zu pessimistisch», behaupte ich.

«Wie soll ich sie sonst sehen? Aller Wahrscheinlichkeit nach ziehe ich in jedem Fall den Kürzeren. Wenn das Verhältnis der beiden von Dauer ist, wird er mich feuern, damit ich ihm nicht irgendwann doch noch in die Quere komme. Trennen sie sich, wird er mich feuern, damit ich ihn nicht ständig an sie erinnere.»

«Ist dieser Schäfer denn auch verheiratet?», frage ich.

Moosmann grinst. «Sie meinen, ob ich ihn erpressen könnte?»

«Nein. Ich wollte nur wissen, wie kompliziert die Situation insgesamt ist.»

«Er ist zwar verheiratet, aber seine Ehe ist genauso im Arsch wie meine. In seinem Fall haben das aber beide akzeptiert. Der Kinder wegen, glaube ich. Ihm droht jedenfalls kein Ärger von einer eifersüchtigen Ehefrau, falls Sie das meinen.»

Ich klappe meinen Notizblock zu. «Das klingt alles sehr unerfreulich, Herr Moosmann, aber dass der Teufel seine Hand im Spiel hat, kann ich beim besten Willen nicht erkennen.»

«Einen Mann, dem seine Frau und der Job flöten gehen, würde man aber auch nicht gerade als Glückspilz bezeichnen, oder?»

«Warum nicht? Es könnte doch sein, dass diese radikale Veränderung Ihrem Leben eine ganz neue, glückliche Wendung gibt.»

«Ach ja? Welche denn? Ich sitze geschieden und arbeitslos in einer billigen Pension und besaufe mich mit billigem Fusel, weil ich mir teuren nicht mehr leisten kann?»

«Keine Ahnung. Ist das denn Ihre Vorstellung von Glück?»

«Nein. Natürlich nicht», antwortet Moosmann unwirsch.

«Und was, Herr Moosmann, wäre ihre Vorstellung von Glück, wenn Sie sich ein Leben ohne ihre Frau und ohne den Job, den Sie sowieso nicht machen wollen, ausmalen würden?»

Er sieht mich erstaunt an. Dann zuckt er ratlos mit den Schultern. «Ich glaube, da müsste ich mal drüber nachdenken.»

«Sehr gut. Tun Sie das. Dann machen wir mal für heute Schluss.»

Er nickt. «Okay ... Kann ich Sie vielleicht irgendwo absetzen? Ich möchte nicht, dass Sie zu spät zu Ihrer Verabredung kommen, nur weil wir überzogen haben. Außerdem soll es heute Abend schneien.»

Ich schaue zum Fenster. Ein diesiger Berliner Wintertag. Sieht in der Tat frostig aus, und Moosmanns Angebot ist verlockend. Ein Taxi wird bei diesem Wetter erfahrungsgemäß auf sich warten lassen. Andererseits muss ich mich bemühen, professionelle Distanz zu meinen Patienten zu wahren. Wenn man es genau nimmt, dann war bereits die Verlängerung der vereinbarten Sitzungszeit ein kleiner Regelverstoß. Ich sollte mich deshalb nicht obendrein auch noch von Moosmann durch die Stadt chauffieren lassen.

«Danke», sage ich. «Aber es ist wohl besser, wenn ich ...»

Ich sehe, dass in diesem Moment die ersten Schneeflocken gegen die Fensterscheibe wehen, und verstumme. Moosmann wartet geduldig auf den zweiten Teil des Satzes.

«Ach, nicht so wichtig», sage ich. «Ja. Wäre in der Tat schön, wenn Sie mich mitnehmen könnten.»

Ellen hat ein Restaurant ausgesucht, das den hochtrabenden Namen *Grandezza* trägt. Meine Exfrau ist durch eine Erbschaft immens reich geworden und kann sich nun praktisch jeden Luxus leisten. Das *Grandezza* ist ein Gourmettempel ganz nach ihrem Geschmack. Man speist an einfachen Bistrotischen, aber die dicken Stoffservietten, das schwere Silberbesteck und ein Kronleuchter in der Größe eines Karussells lassen keinen Zweifel darüber aufkommen, dass hier ein buntgemischtes, aber eben auch ein gehobenes Publikum erwünscht ist.

«Die Küche ist übrigens phantastisch», schwärmt Ellen, während wir in unseren Speisekarten blättern.

«Aha. Was ist denn ... Wagyū?», will ich wissen.

«Ein Kobe-Rind, das nicht aus der Region Kobe kommt», antwortet Ellen.

Als sie mein fragendes Gesicht sieht, fügt sie hinzu: «Das ist so ähnlich wie beim Champagner. Der darf sich auch nur so nennen, wenn er aus der Champagne kommt. Sonst ist er eben nur ein Cremant. Oder ein Cava. Oder ein Sekt.»

«Verstehe. Und warum kostet ein Wagyū-Steak achtundsiebzig Euro, wenn es nicht mal aus Kobe kommt?», hake ich nach.

«Das habe ich dir doch gerade erklärt», erwidert Ellen ungehalten. «Weil es trotzdem ein Kobe-Rind ist. Es stammt eben nur nicht aus Japan.»

Während sich meine leicht genervte Exfrau wieder der Karte zuwendet, amüsiere ich mich im Stillen darüber, dass es sie immer noch aufregt, wenn ich mal nicht ganz so schnell schalte, wie sie es sich wünscht. Das war schon in unserer Ehe so. Ich kenne das Phänomen aus meiner psychologischen Praxis. Nach spätestens drei Jahren kennen Lebenspartner die wichtigsten neuralgischen Punkte des anderen. Man könnte auch sagen, sie wissen dann, welche Knöpfe man drücken muss, um ihn von jetzt auf gleich auf die Palme zu bringen.

«Was kann denn so ein sündhaft teures Kobe-Rind, was andere Rinder nicht können?», frage ich mit Unschuldsmiene.

«Gedichte schreiben und *La Paloma* pfeifen», erwidert Ellen ungerührt und winkt einen Kellner an unseren Tisch.

«Kann man die Gedichte lesen, bevor man sich für ein Tier entscheidet?», frage ich.

Sie muss grinsen.

Der Kellner deutet eine Verbeugung an. «Was kann ich für Sie tun?»

«Bringen Sie uns bitte ein Châteaubriand mit Sauce béarnaise und einer Auswahl an Beilagen.» Sie wirft mir einen Blick zu. «Salat?»

«Nein. Nicht unbedingt.»

«Gut. Dann also Broccoli, Blattspinat, Kartoffelgratin und ...» Sie überlegt einen kurzen Moment. «... getrüffeltes Risotto.» Ein erneuter Blick zu mir. «Wein?»

«Ja. Unbedingt.»

«99er Château Margaux. Und eine Flasche Mineralwasser ohne Kohlensäure, bitte.»

Der Kellner scheint angetan von ihrer Geradlinigkeit und Geschmackssicherheit.

«Sehr gern», haucht er und zieht sich mit einer tiefen Verbeugung zurück.

«Falls du weiter an den Preisen herumnörgeln möchtest, dann kannst du jetzt mit dem Wein weitermachen», sagt Ellen. «Die Pulle, die ich gerade bestellt habe, kostet knapp fünfhundert Euro.»

«Na ja. Mit irgendwas müssen wir das Essen ja runterkriegen», erwidere ich sonnig. Im Geiste stelle ich mich aber schon mal darauf ein, in den nächsten Wochen deutlich kürzerzutreten.

«Du bist übrigens eingeladen», erklärt meine Exfrau mit gönnerhaftem Lächeln.

«Oh. Haben wir was zu feiern?»

«Nein. Eher im Gegenteil. Ich möchte dich um einen Gefallen bitten.»

«Klar. Worum geht's denn?»

«Pardon ... Dr. Jakobi?» Der Empfangschef ist unbemerkt an unseren Tisch getreten.

«Ja. Das bin ich.»

«Ein Telefonat für Sie.» Er wartet darauf, dass ich aufstehe, um ihm zu folgen.

«Sind Sie sicher, dass das keine Verwechslung ist?», frage ich.

«Der Herr hat gesagt, er wolle Sie sprechen und es sei dringend.»

Verblüfft schaue ich zu Ellen, die nicht minder ratlos mit den Schultern zuckt. «Dann geh doch einfach kurz mit. Vielleicht ist es wichtig.»

«Hat er gesagt, wie er heißt?», frage ich.

«Auerbach. Anton Auerbach.»

Ich entsinne mich, dass Frau Kretzer den Namen erwähnt hat. Der Mann hat heute bereits versucht, mich in der Praxis zu erreichen. Wahrscheinlich hat er meiner Sprechstundenhilfe entlocken können, dass ich heute Abend hier verabredet bin.

«Sagen Sie Herrn Auerbach bitte, dass ich ihn morgen zurückrufe. Danke.» Der Empfangschef nickt dezent, wendet sich ab und huscht routiniert an unserem Kellner vorbei, der gerade im Begriff ist, die Getränke zu bringen.

«Vielleicht ein neuer Patient», sage ich zu Ellen. «Oder einfach nur jemand, der mir was verkaufen will. Jedenfalls hat das Zeit bis morgen.»

«Wie läuft eigentlich deine Praxis?», fragt sie, während der Kellner den Korken in Zeitlupe aus der Flasche hebelt. Es sieht aus, als wollte er den Wein nicht erschrecken.

«Gut. Ich kann nicht klagen. Ich bin froh, dass ich einen Neuanfang gewagt habe. Aber wolltest du mir nicht gerade was von dir erzählen?»

Ellen wirft einen unbehaglichen Seitenblick zum Kellner. Leise plätschert der Margaux in den Dekanter. Ich verstehe. Sie möchte ungestört sein. Schweigend warten wir, bis der Kellner seine Arbeit erledigt und sich entfernt hat.

«Niklas und ich haben große Probleme», fällt Ellen mit der Tür ins Haus. «Ich hätte gern ein Baby, aber …» Ich sehe, dass ihr Tränen in die Augen treten. Sie schluckt, nippt an ihrem Wasser und strafft sich. «Entschuldige.»

«Kein Problem. Lass dir Zeit.»

Sie atmet tief durch und sammelt sich. «Die Sache ist die, Jakob: Meine Beziehung mit Niklas steht auf Messers Schneide. Ich glaube, wir schaffen das nicht ohne die Hilfe eines Therapeuten. Das ist auch der Grund, weshalb ich mit dir reden wollte.»

«Kein Problem. Es gibt einige Kollegen, die ich dir wärmstens empfehlen kann.»

Sie wirkt erstaunt. «Ich dachte eigentlich, dass du uns persönlich helfen könntest.»

«Oh. Das halte ich für keine gute Idee, Ellen. Ein Therapeut braucht professionelle Distanz zu seinen Patienten.»

«Hey! Wir beide sind geschieden. Mehr Distanz geht ja wohl nicht, oder?»

«Trotzdem kenne dich so gut, dass ich deine Beziehung

mit Niklas nicht unvoreingenommen beurteilen könnte. Außerdem müssen bei einer Paartherapie manchmal intime Details angesprochen werden. Findest du es wirklich eine gute Idee, dein Sexleben vor deinem Exmann auszubreiten?»

«Ach. Sex ist nicht das Problem», erwidert Ellen. «Und ich brauche eigentlich auch keine Paartherapie. Ich will nur, dass Niklas von seiner Entscheidungsschwäche kuriert wird. Mehr nicht.»

Jetzt bin ich es, der erstaunt ist. «Was soll das heißen, kuriert?»

«Was ist daran so schwer zu verstehen? Jemand muss Niklas dabei helfen, eine wichtige Entscheidung für unsere Beziehung zu treffen. Das ist schon alles.»

«Das ist schon alles?», wiederhole ich argwöhnisch. «Kann es sein, dass du keinen Therapeuten suchst, sondern einen Hypnotiseur, der dir deinen Lover so zurechtbiegt, wie du es dir vorstellst?»

«Du übertreibst mal wieder maßlos», wischt Ellen meinen Einwand weg.

«Du streitest es also nicht ab.»

Sie stützt die Arme auf den Tisch und beugt sich vor. «Jakob, ich bin einundvierzig. Falls ich überhaupt schwanger werde, dann bestimmt nicht, weil meine fruchtbaren Tage ständig mit fruchtlosen Diskussionen verplempert werden. Niklas muss sich entscheiden. Entweder er engagiert sich ab sofort hundertprozentig bei der Familienplanung, oder wir müssen einen Schlussstrich ziehen. Meine Zeit in dieser Hinsicht ist leider begrenzt.»

Der Kellner bringt eine Silberplatte mit unserem Châteaubriand und beginnt damit, das Fleisch zu tranchieren. Ellen ist innerlich so aufgewühlt, dass sie diesmal keine Notiz von ihm nimmt.

«Und wie habe ich mir dieses … Engagement bei der Familienplanung vorzustellen?», frage ich.

«Ganz einfach. Wenn meine Eisprung-App mich ansimst, dann müssen wir vögeln.»

Der Kellner hält kurz inne und scheint zu überlegen, ob er sich verhört hat.

«Und zwar sofort, und das eine Woche lang», fügt Ellen hinzu.

Ein metallisches Klackern verrät, dass dem Kellner nun das Messer aus der Hand gerutscht ist.

«Ich meine, wir reden hier von vier- oder fünfmal Sex in sieben Tagen. Das ist doch nun wirklich nicht zu viel verlangt, oder?»

«Du hast eine Eisprung-App, die dich ansimsen kann?», frage ich beeindruckt.

Sie nickt. «Klar. Zu irgendwas müssen diese Smartphones ja gut sein.»

Der Kellner serviert das Fleisch, stellt die Beilagen auf den Tisch und schenkt uns Wein ein. Dann setzt er ein gekünstelt wirkendes Lächeln auf und wünscht uns einen guten Appetit. Sein Gesichtsausdruck sagt: Ihr Reichen habt ja nicht mehr alle Tassen im Schrank. Mit einer tiefen Verbeugung und leiser Verachtung verlässt er unseren Tisch.

«Und was wirst du tun, wenn Niklas sich gegen dich entscheidet?», frage ich.

Ellen, die gerade mit dem Essen beginnen wollte, hält inne.

«Das steht nicht zur Debatte», sagt sie nach einer Schrecksekunde.

«Warum nicht? Er ist zehn Jahre jünger als du, und er hat …»

«Zwölf. Er ist zwölf Jahre jünger.»

«Gut. Dann eben zwölf. Jedenfalls ist er ein junger Mann, was nebenbei seine Unentschlossenheit erklärt …»

«Ein junger Mann? Er wird in ein paar Monaten dreißig», unterbricht Ellen. «Mit dreißig war James Dean schon mehrere Jahre tot.»

«Das ist jetzt ein komisches Beispiel», sage ich.

«Du weißt genau, was ich meine. Dass Männer heute erst mit Mitte vierzig erwachsen werden, dafür kann ich ja nichts. Ich bin eine attraktive Frau, die nicht auf den Kopf gefallen ist und so viel Geld hat, dass sie einem Mann auch seine großen Wünsche erfüllen kann. Es besteht also überhaupt kein Grund, mich zu verlassen.»

Sie lächelt siegesgewiss, lässt ein großes Stück Fleisch zwischen ihren blutroten Lippen verschwinden und beißt herzhaft zu.

Ich nippe an meinem Wein und muss zugeben, dass die geschätzten zwanzig Mäuse, die für den kleinen Schluck zu Buche schlagen, wirklich gut angelegt sind.

«Glaub mir, Jakob, ich liebe Niklas. Ich wünsche mir einfach nur, dass wir eine ganz normale Familie sind. Und ich wünsche mir, dass wir das auf natürlichem Wege werden. Sonst hätte ich längst andere Möglichkeiten in Erwägung gezogen.»

Ich stehe wieder mal auf der Leitung. «Welche, zum Beispiel?»

«Ich könnte in die Staaten fliegen und mich dort künstlich befruchten lassen. Bei den Amerikanern wird das Thema Reproduktionsmedizin viel lockerer gehandhabt als hier. Vor allem, wenn man das nötige Kleingeld hat.»

Ich überlege, warum sie sich bei diesem Thema so gut auskennt.

«Was ist? Warum guckst du mich so an?»

«Ich traue dir zu, dass du das längst einkalkuliert hast», sage ich. «Sollte die Beziehung zu Niklas endgültig zerbrechen, bleibt dir immer noch die Option, in die Staaten zu fliegen. Und ich vermute, du machst ihm Druck, verschweigst ihm aber, dass du dieses Ass im Ärmel hast.»

Sie sieht mich an und nippt nun ebenfalls an ihrem Wein. Dann nickt sie.

«Ich glaube, du kennst mich wirklich ganz gut», sagt sie mit einem dezenten Lächeln. «Aber wie dem auch sei, du hast mir gerade sehr geholfen. Danke.»

Ich bin erstaunt. «Womit habe ich dir geholfen?»

«Ich habe jetzt begriffen, dass es überhaupt nicht nötig ist, einen Therapeuten einzuschalten. Niklas muss eine simple Entscheidung treffen. Es geht also lediglich darum, ihm die Pistole auf die Brust zu setzen.»

«Verstehe, und darin bist du ziemlich gut», sage ich.

Sie lächelt. «Darin, Männern die Pistole auf die Brust zu setzen, bin ich sogar Weltklasse, Jakob.»

In der Küche brennt Licht. Es ist fast Mitternacht. Ellen wollte mich zu Hause absetzen, aber ich habe mich vom Neuschnee zu einem nächtlichen Winterspaziergang verführen lassen. Jetzt bin ich durchgefroren und freue mich aufs Bett. Reden möchte ich eigentlich nicht, aber ich ahne, dass Valerie mir einen Strich durch die Rechnung machen wird, sonst würde sie wohl nicht in der Küche auf mich warten.

«Wo warst du so lange?» Sie legt ihre Illustrierte zur Seite und streicht sich ihr blondes Haar aus dem Gesicht.

«Ellen und ich waren heute zum Essen verabredet. Das hatte ich dir doch gesagt.»

«Stimmt», erwidert sie und nickt langsam. «Und? Habt ihr euch gut verstanden? Ich meine, es ist ja nicht selbstverständlich, dass Paare, die geschieden sind, sich zu romantischen Abendessen treffen.»

Ich seufze. «Könntest du mit deinen Eifersüchteleien vielleicht bis morgen warten, Valerie? Es war ein langer Tag, und ich bin wirklich sehr müde.»

«Ist ja jetzt auch egal», sagt sie und schiebt meinen Wohnungszweitschlüssel über den Tisch. «Wir werden uns nämlich nicht wiedersehen, Jakob.»

Ich atme tief durch. «Bitte nicht, Valerie. Nicht schon wieder.»

«Willst du wissen, warum ich dich verlasse?», fragt sie unbeirrt.

«Ich vermute, aus den gleichen Gründen, aus denen du mich alle zwei Wochen verlässt: Du glaubst, unsere Affäre nicht länger vor deinem Mann verheimlichen zu können. Du willst das Glück eurer Kinder nicht aufs Spiel setzen. Und du hast Angst, dass eine Scheidung dich finanziell ruinieren würde.»

Sie sieht mich regungslos an.

«Aber du weißt selbst, dass der eigentliche Grund ein anderer ist.»

«Diesmal meine ich es ernst», sagt sie mit leichtem Beben in der Stimme.

Wäre ich nicht hundemüde, würde ich jetzt versuchen, mit ihr ein ernstes Gespräch zu führen. Ich bin inzwischen sicher, Valerie hat große Probleme mit Nähe und Distanz. Einerseits will sie nicht allein sein, andererseits fühlt sie sich in einer Beziehung rasch eingeengt.

Sie steht auf. Ihre Augen füllen sich mit Tränen. Im Vorbeigehen haucht sie mir einen feuchten Kuss auf die Wange. «Ich danke dir für alles, Jakob. Hab ein gutes Leben.»

Sie geht an mir vorbei, ich höre, dass sie sich rasch den

Mantel überzieht und meine Wohnung verlässt. Ein letztes, leises Schluchzen, dann wird die Tür ins Schloss gezogen.

Sie tut mir leid, aber im Moment kann ich ihr leider nicht helfen.

Beim Zähneputzen überlege ich, ob ich noch rasch eine heiße Dusche nehmen soll. Gerade habe ich mich dazu entschlossen, da klopft es an der Tür.

Das habe ich befürchtet. Valerie hat nicht einmal das Haus verlassen, sondern sich noch auf der Treppe überlegt, dass sie jetzt gerne sofort hemmungslosen Sex mit mir hätte, weil das Leben nämlich zu kurz ist, um es als Hausfrau und Mutter an der Seite eines Langweilers zu verplempern. Normalerweise braucht sie länger für diese Erkenntnis, aber Ausnahmen bestätigen eben die Regel. Leider bin ich sehr müde.

Ich öffne und sage dabei: «Wir werden heute keinen Sex haben, nur damit das klar ist.»

Vor mir steht ein Mann in einer feuerroten Livree.

«Da bin ich aber froh», sagt er und reicht mir einen Umschlag. «Eine Nachricht für Sie.»

«Entschuldigung. Ich dachte, sie wären jemand anders», erkläre ich und nehme den Brief an mich.

«… die Dame, die mich freundlicherweise reingelassen hat», rät er.

Ich nicke geistesabwesend und frage mich, wer mir mitten in der Nacht Briefe durch livrierte Boten zukommen lässt.

Er scheint meine Frage zu erraten. «Der Herr ist Gast unseres Hotels. Er hat mich gebeten, auf Ihre Antwort zu warten.»

Ich öffne den Umschlag und finde eine handgeschriebene Karte:

Lieber Dr. Jakobi,
es wäre mir eine große Freude, Sie morgen zum Frühstück im Ritz-Carlton begrüßen zu dürfen. Ich möchte Ihnen einen wichtigen Vorschlag unterbreiten. Sagen wir so gegen neun?
Es grüßt Sie herzlichst
Anton Auerbach.

Der Hotelportier wartet geduldig auf meine Antwort.

Langsam bin ich dann doch neugierig, wer dieser Mann ist, der so hartnäckig ein Gespräch mit mir einfordert. «Sagen Sie Herrn Auerbach bitte, dass ich da sein werde.»

2

Das Grandezza kommt mir im Rückblick vergleichsweise mickrig vor, als ich das Ritz-Carlton betrete. Ich schwebe auf einem schweren Teppich in eine prunkvolle Lobby aus Marmor und Blattgold. Zuvorkommend begrüßt mich der Portier, dessen Bekanntschaft ich letzte Nacht gemacht habe. In der menschenleeren Tea Lounge erwartet mich ein kleines, aber feines Frühstück. Zwei duftende Croissants, etwas Lachs und ein gekochtes Ei, dazu ein doppelter Espresso mit einem Schuss Milch. Ich bin erstaunt, denn ohne mich zu kennen, hat mein Gastgeber exakt meinen Geschmack getroffen.

«Herr Auerbach hat mich gebeten, Ihnen auszurichten, dass er auf dem Weg ist», erklärt der Portier. «Ich wünsche einen guten Appetit.»

«Danke.» Ich setze mich. Kaum ist der Portier verschwunden, da sind erneut Schritte auf der Treppe zu hören, und mein geheimnisvoller Gastgeber erscheint.

«Ich bin wirklich sehr froh, dass Sie es einrichten konnten, Dr. Jakobi.»

Anton Auerbach ist ein Endvierziger mit schütterem Haar, einem leichten Silberblick und einem Lächeln, das breiter zu sein scheint als sein Gesicht. Er trägt einen dunkelgrauen Anzug, darunter ein blütenweißes Hemd. Ich tippe auf

Maßkonfektion, denn auch seine Lederschuhe sehen aus, als könnte man sie selbst in gebrauchtem Zustand problemlos gegen eine Pulle Margaux im Grandezza eintauschen.

Er setzt sich, stellt dabei seine mitgebrachte Tasse Kaffee auf den Tisch und sieht, dass ich das Frühstück noch nicht angerührt habe. «Aber bitte, greifen Sie doch zu.»

«Gern, aber möchten Sie mir nicht Gesellschaft leisten?», frage ich.

Er hebt abwehrend die Hände. «Vielen Dank, aber ich habe ein kleines Problem mit der Galle. Mein Frühstück besteht aus ein wenig Obst und Kaffee. Während Sie essen, kann ich Ihnen erzählen, warum wir hier sind.»

«Gute Idee», sage ich und nehme mir ein Croissant.

«Vorab hätte ich aber noch ein, zwei kurze Fragen.»

«Bitte. Fragen Sie.»

«Glauben Sie eigentlich an Gott, Dr. Jakobi?»

Seltsam. Ich scheine gerade verstärkt Leuten zu begegnen, die sich für meine spirituelle Orientierung interessieren. Gestern Abend hat Moosmann mich gefragt, ob ich an den Teufel glaube. Heute Morgen soll ich schon vor dem Frühstück sagen, wie ich zu Gott stehe.

«Ja, aber nicht im Sinne einer Konfession», antworte ich.

«Ha! Hab ich es doch gewusst», freut sich Auerbach.

«Was soll das heißen, gewusst?»

«Ich habe da so meine Quellen», erklärt er.

«Spionieren Sie mir etwa nach?»

Er zeigt mir ein extrabreites Raubtierlächeln. «Spionieren ist zu viel gesagt. Ich gebe zu, ich habe ein paar Erkundigungen über Sie eingezogen. Aber das mache ich bei jedem potenziellen Geschäftspartner so. Reine Routine.»

«Und da interessiert Sie mein Glaube? Was hat der denn mit diesem Treffen zu tun?»

«Haben Sie bitte noch ein wenig Geduld, Dr. Jakobi. Ich werde Ihnen gleich alles erklären. Sagen Sie mir zuvor nur noch, ob Ihr Glaube mit einer schicksalhaften Begegnung zusammenhängt. Einer Begegnung vor ungefähr ...» In seinen Augen ist ein Blitzen zu sehen. «... drei Jahren.»

Ich will gerade in mein Croissant beißen, halte jedoch erstaunt inne.

«Danke. Ihre Reaktion ist mir Antwort genug», sagt Auerbach. «Abel Baumann hat Sie also ...», er malt mit den Fingern Gänsefüßchen in die Luft, «... bekehrt.»

Ohne hineingebissen zu haben, lege ich das Croissant wieder auf den Teller. Jetzt bin ich nicht nur erstaunt, sondern baff.

Abel Baumann war mein Patient. Vor etwa drei Jahren kam er bei einem tragischen Unfall ums Leben. Baumann litt unter der Wahnvorstellung, nicht nur irgendein Auserwählter zu sein, sondern Gott höchstpersönlich. Und als solcher bat er mich, ihn zu therapieren. Gott befinde sich nämlich in einer schweren Krise und verliere zunehmend an Kraft und Einfluss, erzählte Baumann mir damals. Leider nahm unsere Therapie durch Baumanns Tod ein jähes Ende. Was ich noch nie jemandem erzählt habe, ist, dass Baumann Dinge gesagt und getan hat, die mich zeitweise an seine Geschichte glauben ließen. Insgeheim frage ich mich sogar manchmal, ob ich vor drei Jahren nicht tatsächlich auf irgendeine Weise Gott begegnet bin. Sicher ist, dass Abel Baumann mich und meinen Blick auf die Dinge verändert hat. Durch ihn ist mir ein tiefes Gefühl der Spiritualität gegeben worden. Und ich habe jetzt eine Ahnung von jener unsichtbaren Welt, deren Existenz man manchmal zu spüren glaubt wie einen plötzlichen Lufthauch. Das hat mir geholfen, eine Lebenskrise zu überwinden. Wäre Baumann nicht gewesen, würde ich wohl jetzt nicht mehr als Psychotherapeut arbeiten. Wer weiß, ob ich überhaupt arbeiten würde.

Aber all das kann Anton Auerbach nicht wissen. Mir ist unbehaglich zumute.

Auerbach registriert das. «Sie fragen sich, warum ich so gut im Bilde bin, nicht wahr?»

«Allerdings. Verraten Sie es mir?»

Auerbach nickt. «Auch ich kenne Abel Baumann.» Wieder das Raubtierlächeln. «Oder sagen wir besser: Ich kenne den, der sich als Abel Baumann ausgegeben hat.»

«Mir hat er gesagt, dass er Gott ist.»

«Ja. Eben.»

«Was soll das heißen? Sie kannten Abel Baumann zwar nicht, stattdessen kennen Sie aber … Gott?»

«Na ja. Kennen ist zu viel gesagt», erwidert Auerbach. «Wir haben uns seit einer Ewigkeit nicht gesehen. Ich könnte Ihnen jetzt nicht sagen, wo Gott gerade steckt und was er so treibt, falls Sie das meinen.»

Ich greife nach meiner Espressotasse, führe sie bedächtig zum Mund und nehme einen winzigen Schluck. Dann noch einen. Und dann noch einen. Es ist ein Ritual, um Zeit zu gewinnen. Immer wenn ich in Gesprächen eine Denkpause brauche, trinke ich ein paar winzige Schlückchen Kaffee in Zeitlupe.

«Sie wirken erstaunt», stellt Auerbach fest. «Sogar ein bisschen … verunsichert»

«Ist das ein Wunder?», frage ich.

«Eigentlich schon. Für jemanden, der an den Allmächtigen glaubt, dürfte es keine Überraschung sein, dass ein anderer ebenfalls von Gottes Existenz überzeugt ist.»

«Viele Menschen glauben an Gott. Aber die wenigsten behaupten, dass sie mit ihm per Du sind», wende ich ein.

«Wenn ich richtigliege, dann sind Sie sich nicht sicher, dass Abel Baumann nur ein Wahnsinniger war. In stillen Momenten denken Sie, dass Sie damals vielleicht einen kurzen Blick in Gottes Antlitz erhascht haben.» Auerbach nimmt einen Schluck Kaffee und zeigt mir die Zähne. «Ist es nicht so, Dr. Jakobi?»

Ich mustere mein Gegenüber. «Okay. Ich denke, es ist an der Zeit, dass ich Ihnen mal ein paar Fragen stelle. Meine erste lautet: Wer, zum Teufel, sind Sie eigentlich?»

Auerbach lacht lauthals. «Gute Frage! Sehr gute Frage! Sagen wir, ich bin ein Unterhändler. Ich komme, um Ihnen ein Angebot zu machen. Und ich dachte, es wäre für uns einfacher, in die Verhandlungen einzusteigen, wenn wir uns darüber einig sind, dass es einen Gott gibt.»

Wieder mal stehe ich auf der Leitung. «Weil?»

«Weil dann meistens auch über die Existenz des Teufels Einigkeit herrscht. Die Menschen lieben es, in Dualismen zu denken: Gott und Teufel, Gut und Böse, Himmel und Hölle, schwarz und weiß. Aber als Psychologe wissen Sie das ja selbst.»

Er sieht mir offenbar an, dass ich immer noch nicht verstehe, wovon er spricht, denn erklärend fügt er hinzu: «Wenn ich meinen ungläubigen Klienten sage, dass der Teufel mich schickt, dann führt das fast immer zu Nachfragen und langen Erklärungen. Menschen hingegen, die an Gott glauben, sind meistens auch von der Existenz des Teufels überzeugt. Ich denke, für die meisten von Gottes Schäfchen gehört er einfach dazu.»

Ich versuche zu verarbeiten, was mein Gastgeber gerade gesagt hat.

«Sie … schickt also der Teufel?», fasse ich perplex zusammen.

Auerbach nickt freundlich und zupft sein blütenweißes Hemd zurecht. «Richtig. Und ich bin autorisiert, Ihnen ein Angebot zu machen, das Ihre kühnsten Erwartungen übertreffen wird.»

«Ein Angebot», wiederhole ich tonlos.

«Ja. Wie Sie manchen Volkssagen, Theaterstücken, Büchern, Filmen oder Redewendungen entnehmen können, ist der Teufel meistens hinter der armen Seele her. Und diesmal geht es dem Höllenfürsten um Ihre arme Seele, Dr. Jakobi.»

Ich frage mich, ob Anton Auerbach und Abel Baumann sich vielleicht doch gekannt haben. Das würde nicht nur erklären, warum mein Gegenüber so gut informiert ist, es könnte auch auf eine gemeinsame psychotische Störung von Baumann und Auerbach hinweisen. In diesem Fall hätte einer der beiden das wahnhafte Weltbild des anderen übernommen. So etwas kann bei bestimmten psychologischen Gemengelagen durchaus vorkommen.

Um Licht ins Dunkel zu bringen, bleibt mir wohl nichts anderes übrig, als Auerbachs Spielchen mitzuspielen.

«Okay. Dann legen Sie mal los!», sage ich und präsentiere dem vermeintlichen Unterhändler des Teufels das breiteste Lächeln, das ich zustande bringe. «Was hat Ihr Boss mir denn anzubieten?» Mit Appetit beiße ich in mein Lachscroissant.

Auerbach lehnt sich in seinem Sessel zurück und bedeutet mir mit geöffneten Armen, dass ich ihm einfach sagen soll, was er für meine Seele hinblättern muss.

«Warum sind Sie eigentlich ausgerechnet an meiner Seele interessiert?», will ich wissen. «Ich glaube, da gibt es wesentlich attraktivere Exemplare.»

«Ganz einfach. Sie haben Gott getroffen. Und offensichtlich mochte er sie. Also wird es ihn ärgern, wenn Sie Ihre Seele an die Hölle verkaufen.»

«Wie? Das ist schon alles?», frage ich ungläubig. «Sie wollen Gott lediglich ... ärgern?»

«Ja. Das ist alles», bestätigt Auerbach. «Der Teufel betreibt die Politik der kleinen Nadelstiche. Wenn Gott sich ärgert, dann ist die Weltherrschaft des Bösen wieder einen kleinen Schritt näher gerückt.»

«Ich habe mal gehört, dass jemand seine Seele bei eBay versteigert hat», sage ich. «Waren Sie da auch zur Stelle?»

«Allerdings. Der Kerl hat die ganze Sache nur als Witz gemeint», erklärt Auerbach. Lächelnd fügt er hinzu: «Inzwischen ist seine Seele übrigens vertragsgemäß bei uns eingegangen. Und ich bin sicher, er findet die Idee jetzt überhaupt nicht mehr witzig.»

«Wie viel haben Sie ihm bezahlt?»

«Ich glaube, so um die vierhundert Euro.»

«Oh. Das fände ich für meine Seele aber ein bisschen wenig», sage ich.

«Das verstehe ich. Wollen wir die Summe einfach verzehnfachen? Oder besser gleich verhundertfachen?», lockt Auerbach.

«Verhundertfachen? Das wären dann ...» Ich war noch nie gut im Kopfrechnen.

«Vierzigtausend», springt Auerbach mir bei.

«Oh. Das ist eine hübsche Summe Geld», sage ich. «Aber was würden Sie sagen, wenn ich auch die noch einmal verzehnfachen würde?»

«Sie wollen vierhunderttausend Euro?» Auerbach nickt. «Okay. Einverstanden.»

Ich bin erstaunt. Und ein bisschen amüsiert. «Ziemlich viel Kohle.»

Wieder nickt Auerbach. «Das sehe ich auch so. Heißt das, wir sind im Geschäft?»

«Ich weiß nicht so recht», sage ich und tue, als würde ich mit mir hadern. «Wenn ich vierhunderttausend bekommen kann, dann wären Sie vielleicht auch damit einverstanden, mir ... sagen wir mal ... eine Million zu zahlen.»

Auerbach zögert keine Sekunde. «Sie haben recht. Auch damit bin ich einverstanden.»

Ich stutze. «Sie wollen mir eine Million Euro für meine Seele überweisen?»

«Ja. Warum nicht?»

«Ähm. Weil das absurd ist?»

«Warum denn das? Der Markt regelt den Preis. Wir wollen Ihre Seele, Sie bekommen dafür ein kleines Vermögen. Das ist doch fair.»

«So wie ich das sehe, gibt es keinen Mitbewerber. Also gibt es auch keinen Markt. Der Preis ist also völlig aus der Luft gegriffen.»

Auerbach muss grinsen. «Sie sind ganz schön spitzfindig. Haben Sie keine Angst, dass ich mein Angebot zurückziehen könnte? Wie Sie wissen, gibt es Leute, die ihre Seele für ein paar hundert Euro verkaufen. Vielleicht glaube ich, dass Sie bei vierhunderttausend einschlagen werden, wenn ich Sie noch ein bisschen schmoren lasse.»

Ich lehne mich zurück und beschließe, Auerbachs Verhandlungsgrenzen auszuloten. Mal sehen, wann er aussteigt. «Und Sie? Haben Sie keine Angst, dass ich den Preis noch weiter in die Höhe treiben könnte?»

Er lacht. «Nur zu! Tun Sie das! Wie viel wollen Sie? Zwei Millionen? Fünf Millionen? Acht Millionen?»

Während er selbst sein Angebot nach oben treibt, mustert er mich aufmerksam. «Zehn Millionen?» Wieder das Blitzen in seinen Augen. «Oh! Ich glaube, ich habe da gerade ein leichtes Zucken in Ihrem Mundwinkel gesehen.

Zehn Millionen also.» Er denkt kurz nach. «Gut. Sagen wir, zehn Millionen.»

Ich muss lachen. Auerbach lacht mit.

«Was ist?», fragt er lachend. «Sind Sie dabei?»

«Nein!», lache ich.

«Wie viel wollen Sie dann?», fragt er, immer noch lachend.

Abrupt mache ich ein ernstes Gesicht. «Hundert Millionen.»

Sein Lachen erstirbt ebenfalls. Er pfeift anerkennend. «Wow. Hundert Millionen. Das ist jetzt aber mal richtig viel Kohle.»

«Ich weiß. Aber es ist mein Preis. Ich will hundert Millionen Euro für meine Seele.»

«Und dann wären wir im Geschäft?», fragt er lauernd.

«Dann wären wir im Geschäft.»

Auerbach zögert nur einen Moment, dann hebt er fröhlich seine Kaffeetasse und prostet mir zu. «Also abgemacht. Hundert Millionen Euro. Ich setze den Vertrag auf. Sobald Sie unterschrieben haben, können Sie über das Geld verfügen. Wenn Sie möchten, dann gebe ich Ihnen bei der Unterzeichnung eine Million in bar, damit Sie flüssig sind, während die anderen neunundneunzig Millionen auf Ihr Konto geschaufelt werden.»

Er leert seinen Kaffee in einem Zug, erhebt sich und reicht mir die Hand. «Es hat mich gefreut, mit Ihnen Geschäfte zu machen, Dr. Jakobi.»

Ich muss zugeben, dass Auerbachs Vorstellung mich schwer beeindruckt. Man könnte nicht nur glauben, dass er tatsächlich als erfolgreicher Seelenhändler tätig ist, sondern darüber hinaus auch täglich Millionen verschiebt. Vielleicht hat er mit den hundert Millionen ein bisschen übertrieben, aber insgesamt überzeugt mich die Inszenierung unseres

Treffens. Wobei ich nicht einmal darauf wetten würde, dass Auerbach wirklich Gast dieses Hotels ist. Wenn er den Portier mit fünfzig Mäusen bestochen hat, dann kostet ihn die Vorstellung hier keine hundert Euro. Abel Baumann war ebenfalls ein Meister solch geschickter und überzeugender Inszenierungen.

Auch das spricht für meinen Verdacht, dass die beiden sich gekannt haben könnten.

«Einen Moment», sage ich und bedeute Auerbach mit einer einladenden Handbewegung, sich wieder zu setzen.

Zögernd lässt er sich zurück in den Sessel gleiten.

«Ehrlich gesagt, hatte ich nie vor, Ihnen meine Seele zu verkaufen», sage ich. «Ich wollte nur wissen, wie weit Sie gehen.»

Enttäuscht verzieht er das Gesicht. Er tut mir jetzt ein bisschen leid. Das ändert sich aber schlagartig, weil ich sehe, dass sich seine Enttäuschung in einen Hauch von Hinterlist verwandelt.

«Eigentlich haben wir beide ja gerade einen wirksamen mündlichen Vertrag geschlossen», sagt er mit drohendem Unterton.

«Ach ja?» Ich lächele entspannt. «Verklagen Sie mich einfach auf Vertragserfüllung.»

Er winkt ab, als würde ihm eine solche Unhöflichkeit nie in den Sinn kommen.

«Schade», sagt er. «Wirklich schade. Aber ich hatte das schon befürchtet. Es hätte mich gewundert, wenn die Verhandlungen mit Ihnen so leicht gewesen wären.»

«Warum?»

«Weil er sich meistens Leute aussucht, die man nicht so leicht verführen kann.»

«Sie meinen … Gott?»

Auerbach nickt geistesabwesend. «Nur mal so aus Interesse: Sie machen sich überhaupt nichts aus Geld, oder?»

«Das stimmt», antworte ich. «Aber auch nur mal so aus Interesse: Verfügt die Hölle eigentlich über unerschöpfliche finanzielle Mittel? Ich meine, wo holen Sie all die Milliarden her, wenn Sie schon beim Frühstück hundert Millionen Euro verballern?»

«Ach. Es ist doch nur Geld», erwidert Auerbach lässig. «Und diese Welt ist voll davon. Aber um Ihre Frage zu beantworten: Selbstverständlich verfügt die Hölle über unerschöpfliche finanzielle Mittel. Wenn sogar Pleitebanken sich ständig frisches Kapital besorgen können, dann kann das auch der Teufel. Außerdem haben wir die größere Erfahrung als Lügner und Betrüger.

«Heißt das, ich hätte auch eine Milliarde verlangen können?»

«Was wollen Sie denn mit einer Milliarde?», fragt Auerbach. «Selbst wenn Sie eine Milliarde richtig mies anlegen, müssten Sie jeden Tag hunderttausend Euro Zinsen unter die Leute bringen. Das ist anstrengend. So viel Geld braucht kein Mensch.»

«Wer weiß?», sage ich. «Vielleicht will ich mir ja was beiseitelegen.»

Auerbach muss grinsen. Im nächsten Moment wird sein Gesicht jedoch wieder ernst. «Sie glauben mir nicht, dass der Teufel mich schickt», stellt er fest. «Und Sie glauben auch nicht, dass ich hundert Millionen Euro besorgen kann, um meinen Teil des Vertrags zu erfüllen. Richtig?»

Ich ziehe eine Visitenkarte aus der Tasche und schiebe sie über den Tisch. «Ich glaube Ihnen, dass Sie zutiefst von alldem überzeugt sind, was Sie mir heute erzählt haben. Inwiefern es der Realität entspricht, darüber können wir uns gerne unterhalten. Ich lade Sie ein, zu mir in die Praxis zu kommen.»

Er lächelt schmal. «Sie wollen mich … therapieren?»

«Wie gesagt. Wenn Sie sich unterhalten möchten, stehe ich Ihnen gern zur Verfügung.»

Ich will ihm nicht versprechen, dass ich ihm helfen kann. Außerdem interessiert mich zunächst einmal, welche Verbindung zwischen Auerbach und Baumann existiert hat. Falls ich Auerbach helfen kann, wäre das natürlich schön. Allerdings liegt das an ihm. Während Baumann mich ganz konkret um Hilfe gebeten hat, scheint Auerbach meine Dienste als Psychotherapeut nicht in Anspruch nehmen zu wollen.

Jetzt bin ich es, der aufsteht und ihm die Hand reicht. «Vielen Dank für die Einladung, Herr Auerbach. Kaffee und Croissants waren ganz ausgezeichnet.»

Es hat wieder zu schneien angefangen. Ein frostiger Wind jagt dicke Flocken vor sich her. Ich bin spät dran. Trotzdem mache ich mich zu Fuß auf den Weg in die Praxis. Ich brauche frische Luft, um nachzudenken.

Das Schneetreiben und die Tatsache, dass ich mit meinen Gedanken ganz woanders bin, lassen mich ein Aufstellschild übersehen. Ich laufe dagegen und strauchele. Zum Glück kann ich einen Sturz auf dem glatten Gehweg verhindern. Der Preis dafür ist, dass ich eine Schlitterpartie mit ein paar sehr uneleganten Verrenkungen hinlege. Immerhin amüsiert das eine alte Frau, die mir entgegenkommt.

Während ich das Gehwegschild wieder zurechtrücke, sehe ich, dass es über das Programm der hiesigen Pfarrgemeinde informiert. Überschrieben sind die handschriftlichen Informationen mit: Kirche geöffnet. Ein roter Pfeil zeigt auf eine alte Toreinfahrt. Ich erkenne einen Innenhof und mehrere Backsteingebäude, darunter ein Gotteshaus.

Ist das ein Zufall, ein Zeichen meines Unterbewusstseins oder ein Wink des Himmels, dass ich ausgerechnet jetzt über eine Kirchenwerbung stolpere?

Während ich mein Handy hervorziehe, betrete ich die Toreinfahrt.

«Frau Kretzer, ich komme heute etwas später in die Praxis. Verschieben Sie doch bitte die erste Sitzung.»

«Mach ich. Wissen Sie zufällig, ob das die Ellerbecks waren?»

Ich stutze. «Nein. Aber steht das nicht im Computer?»

«Der hängt», sagt sie. «Und der Server hängt auch. Im Grunde hängt heute alles. Aber keine Sorge, ich krieg das schon hin. Ich hab einen Techniker bestellt. Bis später.»

«Gut. Bis später», sage ich und öffne das schwere Kirchenportal.

Drinnen herrscht Stille. Der Lärm der Stadt ist hier nur ein leises Murmeln. Hohe Fenster mit farbenfrohen Glasmalereien schmücken die schlichten, weiß getünchten Wände. Fahles Winterlicht wabert über die Bankreihen. Hundert, vielleicht hundertzwanzig Gläubige finden hier Platz, aber momentan bin ich der einzige Besucher.

Ich setze mich in die hinterste Bank und überlege, was ich hier eigentlich mache.

Mein Blick fällt auf das Kruzifix an der Stirnseite des Altarraums. Die detailverliebte Darstellung des halbnackten, blutenden und schmerzverzerrten Gottessohnes ist seit Jahrhunderten eine katholische Spezialität. So bekommt man einen guten Eindruck davon, was Gott nach Ansicht der Kirchenväter seinen Leuten so alles abverlangt – engste Verwandte eingeschlossen.

«Kommen Sie, um zu beichten?», fragt eine warme, sonore Stimme.

Ich drehe mich um und sehe einen athletischen Enddreißiger in Soutane, dessen Eintreten ich offenbar nicht bemerkt habe.

«Nein. Ich wollte nur ...» Ich stocke, denn gerade fällt mir keine brauchbare Ausrede ein. «Ehrlich gesagt, weiß ich nicht, was ich hier will.»

Er reicht mir die Hand. «Dann willkommen im Hause Gottes. Ich bin sicher, er hat Sie nicht grundlos zu sich gebeten. Nehmen Sie sich bitte so viel Zeit wie nötig, um in Ruhe darüber nachzudenken, was er von Ihnen wollen könnte.»

Das hat der Geistliche hübsch formuliert. Er wirkt sympathisch. Ich erwidere seinen Händedruck. «Jakob Jakobi. Freut mich, Sie kennenzulernen.»

«Pater Roberto Felice. Ganz meinerseits. Sie sind neu in meiner Gemeinde, nicht wahr? Oder sind wir uns schon begegnet?»

Ich schüttele den Kopf. «Ich bin schon länger nicht mehr praktizierender Christ. Wie schon gesagt, ich weiß selbst nicht genau, warum ich hier bin. Es war wohl ...» Ich suche nach dem richtigen Wort.

«Jetzt bin ich gespannt, ob Sie es als Eingebung oder Zufall werten», sagt Pater Felice. «Das kommt ja immer auf den Standpunkt an.»

Ich zucke mit den Schultern. «Wahrscheinlich war es nur ein Zufall.»

«Aber so ganz sicher sind Sie sich da nicht, oder?»

«Nein. Aber wie dem auch sei, ich sollte jetzt gehen.»

«Sie sagten, Sie sind nicht mehr praktizierender Christ. Wissen Sie noch, wann Sie zuletzt mit Gott gesprochen haben?», will Pater Felice wissen.

«Warum fragen Sie?»

«Ich dachte, wo Sie doch jetzt hier sind, könnten Sie es noch einmal versuchen. Ich habe den Allmächtigen als jemanden kennengelernt, mit dem man ganz gut reden kann.»

Der Priester schaut mir tief in die Augen und scheint dabei ergründen zu wollen, ob ich für die Sache der Kirche vielleicht noch nicht ganz verloren bin.

Nach einer Weile sagt er: «Es ist gar nicht so lange her, dass Sie mit Gott geredet haben, stimmt's?»

Ich atme durch. «Vor etwa drei Jahren dachte ich, ich hätte Gott getroffen. Und zwar in Gestalt eines ebenso geheimnisvollen wie bemerkenswerten Menschen, der inzwischen leider verstorben ist. Und irgendwie hoffe ich seitdem auf ein Zeichen des Himmels.»

Pater Felice nickt wissend. «Man könnte sagen, Sie haben das Apostelproblem. Sie wissen wahrscheinlich, dass sich die Apostel nach Christi Himmelfahrt in einer schweren Krise befanden. Ohne ihren geistigen Führer fühlten sie sich völlig verloren. Aber am Ende bekamen sie ein himmlisches Zeichen in Gestalt des Heiligen Geistes.»

«Na bitte», sage ich. «Geht doch. Und warum schickt Gott mir nicht auch ein solches Zeichen?»

Er muss grinsen. Bevor er antworten kann, öffnet sich eine Tür neben dem Altarraum, und eine attraktive Mittdreißigerin, die ihre Reize mit einer weißen Rüschenbluse und einem strengen Pagenschnitt kaschiert, betritt die Kirche. Das Klackern ihrer Schuhabsätze hallt im Kirchengewölbe wider.

«Die Damen vom Bibelkreis sind jetzt da», sagt sie mit einem schüchternen Lächeln. «Es gibt Kekse, und ich habe frischen Kaffee gemacht.»

«Vielen Dank, Eva. Ich komme gleich.»

Ich schaue ihr hinterher und ahne, dass sie hübsche Beine hat. Ob das stimmt, werde ich wohl nie erfahren, denn passend zu Rüschenbluse und Pagenschnitt trägt sie einen knöchellangen Faltenrock.

Als ich mich wieder dem Pater zuwende, stelle ich fest, dass auch er gerade einen kurzen Blick auf Eva riskiert.

Er bemerkt, dass ich es bemerke. «Eva ist mein guter Geist im Pfarrhaus. Ich wüsste nicht, was ich ohne sie täte. Aber jetzt entschuldigen Sie mich bitte. Ich muss mich um die bibeltreuen Damen kümmern. Wenn Sie mal wieder in der Gegend sind, schauen Sie doch vorbei. Würde mich freuen.»

Er schüttelt mir die Hand und beeilt sich, seinem guten Geist zu folgen. Bevor er die Tür erreicht, hält er noch einmal inne. «Vielleicht ist Ihr Zeichen irgendwo hier, und Sie haben es nur noch nicht entdeckt. Haben Sie diese Möglichkeit schon einmal in Erwägung gezogen?»

Er geht und lässt mich mit dem Gefühl zurück, dass ich wohl noch eine Weile hier sitzen und nach Himmelszeichen Ausschau halten werde.

3

Der Arbeitstag endet damit, dass ein schlaksiger Kerl mit raspelkurzen Haaren bei dem Versuch, unser Computersystem zu reparieren, auch noch das Telefon kaltmacht. Seit einer Stunde sind wir also nicht nur schlecht, sondern überhaupt nicht mehr zu erreichen. Aber das spielt keine Rolle mehr, denn jetzt ist die Praxis geschlossen. Und wir haben sogar das Tagespensum geschafft, weil es Frau Kretzer nicht nur gelungen ist, sämtliche Termine zu rekonstruieren, sondern obendrein die Ellerbecks, die ich heute Morgen versetzt habe, auf meine Mittagspause zu verlegen.

«Das war sehr gute Arbeit, Frau Kretzer. Vielen Dank dafür.»

Sie legt ein paar Akten auf meinen Schreibtisch und freut sich. «Klingt so, als würden Sie mich zum Essen einladen wollen.» Sie fährt sich mit ihren strassbesetzten rosa Fingernägeln durch die wasserstoffblonde Mähne.

«Nein. Ich hatte da etwas anderes im Sinn», antworte ich und denke: Man würde mich wahrscheinlich für einen russischen Gebrauchtwagenhändler halten, der seine blutjunge Geliebte zum Essen ausführt. Wobei Frau Kretzer nicht mehr ganz jung ist. Mitte dreißig, wenn ich ihren Lebenslauf richtig in Erinnerung habe. Aber neben einem Endvierziger wie mir könnte sie trotzdem für Ende zwanzig durchgehen.

Vielleicht ist dieser Effekt der Grund, warum manche Frauen sich gern in Gesellschaft älterer Männer zeigen. «Ich wollte Ihnen sagen, dass Sie heute früher gehen können. Und zwar jetzt. Ich mache hier klar Schiff und warte noch, bis der Techniker fertig ist.»

«Das ist wirklich sehr nett von Ihnen, Doktor. Aber Lucky und ich wollen gleich noch was trinken gehen. Ich muss also sowieso auf ihn warten.»

«Lucky?»

«Ja. So heißt er. Also, eigentlich heißt er Lukas. Aber alle nennen ihn Lucky.»

«Ach so! Sie kannten ihn schon vorher», kombiniere ich.

Sie schüttelt den Kopf. «Nein. Wir haben uns heute erst kennengelernt. Aber ich fand ihn auf Anhieb sehr nett.» Sie stutzt. «Finden Sie ihn etwa … nicht nett?»

Ich muss grinsen. «Wieso fragen Sie? Mir muss er ja nicht gefallen.»

«Das nicht, aber Sie sind Psychologe. Ich hoffe doch mal sehr, dass Sie mich warnen, wenn ich mich mit einem Geisteskranken verabreden will.»

«Warum glauben Sie, dass unser Telefontechniker geisteskrank ist?», frage ich erstaunt.

«Glaube ich doch gar nicht. Das war nur ein Beispiel. Aber rein theoretisch könnte er ja alle möglichen Macken haben. Vielleicht ist er ein Perverser. Oder ein Frauenmörder. Was weiß denn ich? Ich meinte ja nur: Als Psychologe und als mein Chef würden Sie mich dann doch warnen, oder?»

«Tja, tut mir leid, Frau Kretzer. In den meisten Fällen sieht man den Leuten ihre psychische Disposition nicht an.»

«Wie? Heißt das etwa, Sie erkennen einen Serienkiller nicht mal dann, wenn er direkt vor Ihnen steht?»

«Genau das. Könnte ich Serienkiller erkennen, wäre ich

Spezialagent beim FBI. Aber, wie gesagt, ich warte gern, bis der Kerl mit seiner Arbeit fertig ist. Wenn Sie ein ungutes Gefühl dabei haben, mit ihm auszugehen, fahren Sie jetzt einfach nach Hause, und legen Sie sich in die Badewanne. Dann sind Sie auf der sicheren Seite.»

Sie überlegt einen Moment, dann schüttelt sie energisch den Kopf. «Nein. Das geht nicht. Ich hab fast vier Wochen lang keinen Sex mehr gehabt, und der Kerl scheint wirklich nett zu sein. Wenn ich ihn jetzt versetze und es stellt sich heraus, dass er *kein* geisteskranker Frauenmörder ist, dann ärgere ich mich bestimmt.»

Ich denke noch über Frau Kretzers Logik nach, da klopft es.

«Ja, bitte?»

Lucky erscheint. Er stellt Frau Kretzers Festnetztelefon auf meinen Schreibtisch. Ein abgerissenes Stück Kabel hängt an dem grauen Kasten. «Schauen Sie sich das an! Keine Ahnung, wie das passiert sein könnte. Ich war es jedenfalls nicht. Außerdem braucht man ganz schön viel Kraft, um so ein Kabel zu zerreißen. Jedenfalls wird das heute nichts mehr mit Internet und Telefon. Ich komme morgen wieder, und dann …»

Es klingelt. Lucky verstummt erschrocken, denn das Klingeln kommt aus dem kaputten Telefon, das er gerade mitgebracht hat.

Erstaunte Blicke allerseits, dann zuckt Frau Kretzer mit den Schultern und hebt den Hörer ab. «Psychologische Praxis Dr. Jakob Jakobi. Mein Name ist Ruth Kretzer. Was kann ich für Sie tun?» Sie hört eine Weile zu, dann sagt sie: «Leider rufen Sie außerhalb der Praxiszeiten an, und ich habe gerade den Kalender nicht zur Hand. Aber ich weiß ganz sicher, dass wir morgen keinen freien Termin mehr haben. Tut mir sehr leid.» Sie will auflegen, aber der Anrufer lässt sich nicht so schnell abwimmeln.

«Einverstanden», sagt sie schließlich. «In diesem Fall hören Sie von mir. Aber Sie sollten sich wirklich keine allzu großen Hoffnungen machen.»

Sie legt auf. «Das war schon wieder dieser Auerbach. Er möchte einen Termin für eine Sitzung, am liebsten gleich morgen. Hatten Sie eigentlich mit ihm gesprochen?»

Ich nicke geistesabwesend, weil ich mich frage, was hier gerade vor sich geht.

«Leck mich am Arsch», flüstert Lucky, während er den grauen Telefonkasten mit dem daranhängenden Kabelstück in seinen Händen dreht und von allen Seiten betrachtet. Schließlich rollt er das kaputte Kabelstück ein paarmal um seine Hand und reißt es mit einem heftigen Ruck aus dem Telefongehäuse. Zufrieden stopft er das Kabel in die Hosentasche seines Overalls.

«Was war das denn gerade?», frage ich und meine sowohl Luckys Zerstörungswut als auch Frau Kretzers plötzliche Gabe, mittels kaputter Telefone zu kommunizieren.

«So was Ähnliches ist meiner Großmutter auch mal passiert», sagt Lucky mit ernster Miene. «Mitten in der Nacht hat auf dem Dachboden ein uraltes Bakelittelefon geklingelt. Es war bestimmt seit dem Krieg nicht mehr benutzt worden.»

«Das ist ja gruselig», sagt Frau Kretzer fasziniert. «Ich glaube, ich würde mich in meinem Bett verkriechen und die Decke über den Kopf ziehen.»

«Das hat Großmutter auch getan. Aber der Spuk hörte nicht auf. Nacht für Nacht klingelte das Telefon. Schließlich nahm sie allen Mut zusammen, stieg auf den Dachboden und hob den Hörer ab …»

«Oh, mein Gott», flüstert Frau Kretzer. «Und … wer war dran?»

«Niemand», antwortet Lucky schulterzuckend. «Die Leitung war tot.»

Frau Kretzers Schultern sacken herab. Ich ahne, dass sie diese Pointe ein wenig enttäuschend findet.

«Und was hat das jetzt mit dem Kabel zu tun?», frage ich.

«Wir dachten, dass Großmutter auf ihre alten Tage vielleicht ein bisschen …» Er macht mit dem Zeigefinger eine Kreisbewegung an der Schläfe. «Na ja, Sie wissen, was ich meine.»

«Natürlich weiß er das», springt Frau Kretzer mir bei. «Er ist doch Psychologe.»

«Jedenfalls hat Großmutter steif und fest behauptet, dass es Höllendämonen sind, die das Telefon benutzen, um Kontakt mit ihr aufzunehmen.»

«Und wie ist diese gruselige Geschichte ausgegangen?», will Frau Kretzer wissen. Sie scheint sich bereits auf einen schaurig-schönen Abend mit Lucky zu freuen.

«Eines Tages tauchte ein Priester auf. Großmutter war sehr gläubig. Deshalb hat sie die Kirche um Beistand im Kampf gegen die Höllenmächte gebeten. Ich glaube, dieser Kerl war sogar ein Exorzist.»

«Wow!», sagt Frau Kretzer beeindruckt. Dann sieht sie mich fragend an.

«Ein Teufelsaustreiber», übersetze ich.

«Genau», bestätigt Lucky. «Und der …»

«… hat dann das Kabel rausgerissen?», vermute ich amüsiert.

«Das auch», erwidert Lucky ernst. «Aber zuerst hat er den Dachboden mit Weihwasser gesegnet und mehrere Rosenkränze gebetet.»

«Abgefahren», sagt Frau Kretzer. «Und hat das geholfen?»

Lucky nickt bedächtig und stellt unser Telefon wieder auf meinem Schreibtisch ab. Frau Kretzer beäugt den kaputten Kasten, als könnte er sie jeden Moment anspringen.

Als es erneut klingelt, zuckt sie zusammen wie von einem Stromschlag getroffen.

«Ich glaube, wir haben das Weihwasser und die Rosenkränze vergessen», feixe ich.

Lucky ist blass geworden. Er betrachtet das klingelnde Telefon wie ein Ding aus einer anderen Welt. Dann hebt er es hoch und untersucht den Boden des Gerätes, als könnte dort des Rätsels Lösung zu finden sein.

«Darf ich mal?» Frau Kretzer streckt sich, um an den Hörer zu kommen, dabei berührt ihr Busen versehentlich Luckys Oberarm. Ein kurzer Blick, er lächelt schüchtern.

«Psychologische Praxis Dr. Jakob Jakobi. Mein Name ist Ruth Kretzer. Was kann ich für Sie tun?» Sie hört zu. «Ja … verstehe … Nein, das ist kein Problem, Frau Krossen. Wirklich. Überhaupt kein Problem. Sie melden sich einfach wieder, und dann machen wir einen neuen Termin.»

Sie legt auf.

«Frau Krossen hat für morgen abgesagt», rate ich.

«Genau. Ihr Mann musste urplötzlich auf Dienstreise.»

«Und es handelt sich um den Neun-Uhr-Termin, richtig?»

Sie nickt. «Seltsam, oder? Als hätte dieser Auerbach es geahnt.»

Ich bemerke, dass Lucky sich umsieht. «Suchen Sie etwas Bestimmtes?»

«Ja. Die versteckte Kamera. Anders kann ich mir das hier nicht erklären.»

«Sie können gerne alles auf den Kopf stellen. Es gibt keine Kameras. Wir haben nur dieses … Dämonentelefon.»

Wieder klingelt es.

«Psychologische Praxis Dr. Jakob Jakobi … Oh! Hallo, Herr Auerbach. Was kann ich für Sie tun?»

Lucky beugt sich zu Frau Kretzer, um zu hören, ob wirklich jemand in der Leitung ist.

Sie nimmt den Hörer ein kleines Stück vom Ohr, und man hört Auerbach sagen: «… nur noch mal kurz nachfragen, ob vielleicht inzwischen ein Termin frei geworden ist.»

Dem Techniker wird die Sache nun offenbar zu bunt. Er zieht eine Kombizange aus seiner Gesäßtasche und durchtrennt damit kurzerhand das Spiralkabel, mit dem Hörer und Apparat verbunden sind. Ein Ende des Kabels baumelt nun am Hörer.

Frau Kretzer wirft Lucky einen tadelnden Blick zu, als wollte sie sagen: Mag ja sein, dass hier Höllendämonen im Spiel sind. Das ist aber noch lange kein Grund, einfach mutwillig das Telefon kaputt zu machen.

«Herr Auerbach? Sind Sie noch dran?»

«Ja, ich höre Sie sehr gut», hört man Auerbach sagen.

Lucky hebt ratlos die Arme, lässt sie wieder fallen und schüttelt den Kopf.

Während ich ihm mit ratlosem Schulterzucken antworte, kümmert sich Frau Kretzer um den Formalkram. «Genau, Herr Auerbach. Dann also morgen um neun Uhr … Danke. Ja, wir freuen uns auch.»

Sie legt den Hörer zurück aufs Telefon, als wäre das ein ganz normales Gespräch gewesen. «Netter Mann, dieser Auerbach.»

«Könnten Sie mal kurz nachschauen, ob es in dem Hörer einen Empfänger oder so was Ähnliches gibt?», frage ich Lucky.

Der zielt mit dem Zeigefinger auf mich. «Gute Idee!»

Frau Kretzer sieht es zwar überhaupt nicht gern, dass nun auch noch ihr Telefonhörer auseinandergenommen wird, aber andererseits ist sie neugierig. «Was soll denn das nun wieder heißen? Werden wir etwa abgehört?» Die Vorstellung scheint sie ganz reizvoll zu finden.

Lucky lässt die Einzelteile des zerlegten Hörers auf meinen Schreibtisch fallen. «Also, das da ist hundertprozentig ein stinknormaler Telefonhörer.» Er schiebt den defekten Apparat und den zerlegten Hörer mitsamt Kabel in der Mitte des Schreibtisches zu einem kleinen Haufen Technikschrott zusammen. «Und es ist mir absolut schleierhaft, wieso man mit diesem Ding telefonieren kann.» Er sieht mich erwartungsvoll an.

«Was soll ich dazu sagen?», frage ich. «Mir ist es sogar ein Rätsel, wieso man mit diesem Ding telefonieren kann, wenn es nicht kaputt ist.»

«Wie dem auch sei, ich mach jetzt Feierabend und geh mir irgendwo ein paar Bier reinpfeifen», sagt Lucky und schaut fragend zu Frau Kretzer.

«Oh. Ja. Ich hole nur kurz meine Jacke.» Erfreut huscht sie hinaus.

«Gut. Und was wird aus unserem Telekommunikationsproblem?», frage ich Lucky.

«Ganz einfach. Ich komme morgen früh mit einem neuen Telefon und einem funktionierenden Kabel wieder. Dann bringe ich hier alles in Ordnung, und diesen Schrott hier …» Er zeigt auf meinen Schreibtisch. «… werfen wir in den Müll. Und basta.»

Frau Kretzer erscheint ausgehfertig in der Tür. «Ich wär dann so weit.»

«Das heißt, wir vergessen einfach, was hier gerade passiert ist?»

Wieder zielt Luckys Zeigefinger auf mich. «Genauso machen wir es.»

Zwischen meiner Wohnung und meiner Praxis liegen nur wenige Häuserblocks. Manchmal verbinde ich den Heimweg mit einem Spaziergang durch den nahe gelegenen Park. Aber der Schnee hat sich in grauen Matsch verwandelt, und es nieselt. Deshalb nehme ich heute die schnellste Route nach Hause. Ich spiele mit dem Gedanken, auf ein Glas Wein im *Takahashi* vorbeizuschauen, einer ungemütlichen und heruntergekommenen Sushi-Bar, nicht weit von meiner Wohnung. Herr Takahashi, ein müder Endfünfziger, hat sich inzwischen damit abgefunden, dass ich seinen Laden nicht der Speisen wegen aufsuche. Ich mag weder rohen Fisch noch kalten Reis. Und zwar nicht einmal dann, wenn beides frisch ist, worauf ich bei Takahashi nicht wetten würde. Aber der Mann hat einen sehr guten Riesling auf der Karte, und meistens findet sich irgendwo eine zerlesene Tageszeitung. Mehr brauche ich nicht, um den Arbeitstag ausklingen zu lassen.

Als ich mich dem Laden nähere, erkenne ich Lucky und Frau Kretzer. Sie haben sich für ihr erstes Date ausgerechnet Takahashis Schmuddelbude ausgesucht und einen der besonders ungemütlichen Tische im Schaufenster erwischt. Ich will nicht stören, also setze ich meinen Heimweg fort.

Als ich die Wohnungstür öffne und mich ein dunkler Flur empfängt, bin ich einerseits froh, den Abend für mich allein zu haben. Andererseits spüre ich eine leise Enttäuschung darüber, dass Valerie sich nicht gemeldet hat. Hätte mich schon gefreut, sie zu sehen.

Am Kühlschrank erwartet mich die nächste Enttäuschung: Es ist kein Wein mehr da. Ich könnte nun zum Supermarkt marschieren und mir eine Flasche holen, aber mir ist überhaupt nicht danach, noch einmal die Wohnung zu verlassen. Dann trinke ich eben heute keinen Wein, denke ich und halte nach Bier Ausschau. Es gibt auch kein Bier.

Mit einem Seufzen lasse ich die Kühlschranktür ins Schloss fallen.

Es klingelt.

Wenn früher Leute ins Haus wollten, konnte man mit ihnen per Freisprechanlage Kontakt aufnehmen. Im Sommer hat der Vermieter eine Videoüberwachung einbauen lassen. Die funktioniert aber nicht so, wie sie soll. Jetzt kann man Besucher zwar sehen, aber nicht mehr hören. Und die Wartenden hören einen auch nicht. Das ist insofern blöd, als man ungebetenen Gästen nicht einmal sagen kann, dass sie ungebeten sind.

So geht es mir gerade. Ich kann nicht genau erkennen, wer vor der Tür steht. Aber der Betreffende trägt einen knallroten Mantel. Ich bekomme offensichtlich also schon wieder Besuch von Auerbachs livriertem Boten. Ich weiß nicht, was so eilig sein soll, dass es nicht bis morgen früh Zeit hat. Außerdem stört mich, dass Auerbach es offenbar für selbstverständlich erachtet, mich zu jeder Tages- und Nachtzeit privat zu kontaktieren.

All das kann ich dem Boten aufgrund der besagten technischen Probleme aber nur persönlich mitteilen. Also drücke ich auf den Türöffner.

Als es klopft, habe ich mir eine kurze, aber wirkungsvolle Moralpredigt zurechtgelegt.

Mit Schwung öffne ich die Tür – und bringe kein einziges Wort raus.

Denn vor mir steht ein Weihnachtsmann. Vielmehr eine Weihnachtsfrau. Valerie. Sie hat die Lippen in leuchtendem Rot geschminkt, farblich passend zu Mantel und Mütze. In ihrem Haar klebt irgendein Glitzerzeug. Es verleiht ihren hellblonden Strähnen einen goldenen Schimmer.

«Entschuldige, dass ich gestern ein bisschen zickig war», sagt sie. «Ich bin hier, um es wiedergutzumachen.»

Sie lupft den Mantel. Darunter kommt ihre hübsche Figur zum Vorschein, gehüllt in einen Hauch von Spitzenunterwäsche. Auch die Dessous passen farblich zum Rest des Kostüms. Selbst Valeries hochhackige Pumps leuchten in sattem Rot.

Mein vor ein paar Jahren verstorbener Vater hat ein als Standardwerk geltendes Buch über die psychologische Wirkung der Spektralfarben geschrieben. Man muss es nicht gelesen haben, um zu erraten, was Valerie im Schilde führt.

«Was ist? Willst du dein Geschenk nicht auspacken?», fragt sie und zieht eine Flasche hinter ihrem Rücken hervor. «Champagner?»

Ich zögere. Valerie hat unsere Affäre in ein sehr anstrengendes Katz-und-Maus-Spiel verwandelt. Sie findet das vielleicht anregend. Mich jedoch ermüdet das ständige Hin und Her zwischen Nähe und Distanz. Andererseits mag ich ihre Spontaneität und ihre manchmal skurrilen Ideen.

Trotzdem. Vielleicht bin ich einfach nicht der Richtige für sie. Vielleicht braucht sie einen Mann, der erhitzte Diskussionen mit anschließendem Versöhnungssex als gute Grundlage für eine funktionierende Partnerschaft erachtet. Ich brauche ein gewisses Maß an Ruhe in einer Beziehung. Und außerdem bin ich zu alt für solche Spielchen.

«Hier im Treppenhaus ist es übrigens ein bisschen frisch», wirft Valerie mit leicht pikiertem Unterton ein.

Aus meiner psychologischen Praxis weiß ich, dass viele Männer sich glücklich schätzen würden, wenn sie ihre

Frauen ab und zu in Reizwäsche und roten Samtklamotten zu sehen bekämen. Aber der Vergleich hinkt. Valerie und ich sind kein seit Jahrzehnten verheiratetes Paar mit einer nachvollziehbaren Sexflaute. Im Gegenteil. Wir kennen uns erst seit ein paar Wochen.

«Äh … Jakob?» Valerie wirkt ungehalten. «Alles okay mit dir?» Sie mustert mich und scheint dabei ergründen zu wollen, was ich gerade denke.

«Ja. Alles bestens. Komm rein», sage ich.

Sie lächelt. «Oh. Danke, sehr. Ich hatte schon fast befürchtet, du würdest mich abwimmeln wollen.»

Lässig schlendert sie an mir vorbei und steuert zielstrebig das Schlafzimmer an. Dabei lässt sie ihren roten Mantel von den Schultern gleiten und zu Boden flattern. «Bringst du Gläser mit, Schatz?»

Ich ziehe die Tür ins Schloss. Am Ende aller philosophischen und psychologischen Erwägungen bin ich auch nur ein Mann. Und damit empfänglich für verlockende Angebote, besonders wenn sie von leichtbekleideten Frauen kommen, die obendrein Champagner mitgebracht haben.

Als der Korken knallt, räkelt Valerie sich auf meinem Bett. Sie hat sich ihrer Pumps entledigt, trägt aber immer noch die rote Mütze. Man könnte denken, dass ich dem Weihnachtsmann die Geliebte ausgespannt habe.

«Ich würde mir übrigens sehr wünschen, dass wir heute nicht streiten», sagt sie. «Lass uns einfach einen schönen Abend miteinander verbringen.»

«Gern. An mir soll's nicht liegen», erwidere ich wahrheitsgemäß und erkenne an einem Blitzen in ihren Augen, dass sie eine leise Provokation hinter meiner Bemerkung wittert.

Freundlich lächelnd gieße ich uns Champagner ein.

Sie spart sich die spitze Bemerkung, die ihr zweifellos auf

den Lippen liegt. Es scheint, als würde sie ihren guten Vorsatz für heute Abend tatsächlich ernst nehmen.

Wir prosten uns zu. Valerie beugt sich vor und gibt mir einen leidenschaftlichen Kuss.

«Es ist schön, bei dir zu sein», sagt sie.

«Ich freue mich auch, dass du gekommen bist», erwidere ich, erfreut über ihre ungewohnt sanfte Art.

Sie nippt an ihrem Glas, schürzt die Lippen und sagt: «Wir müssen reden, Jakob.»

Meine Schultern sinken herab. Das klingt sehr nach dem Beginn einer Problemdiskussion. Ich frage mich, warum Valerie sich so große Mühe gibt, eine angenehme Atmosphäre zu schaffen, wenn sie diese im nächsten Moment dann doch wieder zerstört.

«Denk bitte daran, was du eben gesagt hast. Wir wollten einfach nur einen schönen Abend miteinander verbringen.»

Sie lächelt breit. «Keine Sorge, Jakob. Ich will mich nicht mit dir streiten. Ich bin hier, weil ich über uns nachgedacht habe, und ich glaube, dass du das Recht hast, ein paar Dinge von mir zu erfahren, die du noch nicht weißt.»

«Oh. Das klingt geheimnisvoll», sage ich und nippe nun auch an meinem Glas.

Sie denkt kurz nach, dann nickt sie. «Stimmt. Ich will dir tatsächlich ein Geheimnis anvertrauen. Und ich habe ehrlich gesagt ein bisschen Angst davor, dass diese Sache zwischen uns stehen könnte. Ich glaube aber, das tut sie auch, wenn ich weiterhin darüber schweige. Und deshalb möchte ich mit dir reden.»

«Okay. Jetzt bin ich wirklich gespannt», sage ich. «Schieß los.»

Sie nickt, stellt ihr Glas zur Seite, strafft sich und holt einmal tief Luft.

Gerade will sie beginnen, da klingelt es an der Tür.

Ich mache ein fragendes Gesicht und stelle mein Glas ab.

«Betrügst du mich etwa mit einer anderen verheirateten Frau?», feixt Valerie.

Im Display der Videoanlage erkenne ich Ellen. Sie reibt sich mit den Händen die Schläfen und wirkt erschöpft, soweit ich das erkennen kann.

Ich drücke auf den Türöffner.

Valerie ist mir inzwischen in den Flur gefolgt. «Wer war denn das?»

«Ellen. Sie kommt gerade hoch.»

«Hast du ihr nicht gesagt, dass ich hier bin?», fragt sie erstaunt.

«Das geht nicht. Die Gegensprechanlage ist kaputt. Sie kann mich nicht hören.»

Valerie überlegt einen Moment, dann hat sie das Haar in der Suppe gefunden. «Warum hast du sie überhaupt reingelassen? Ich meine, es wäre ja durchaus denkbar, dass du nicht zu Hause bist. Ellen hätte das nicht einmal erfahren.»

Sehr gutes Argument. Jetzt muss ich wohl Farbe bekennen. «Eigentlich habe ich sie reingelassen, weil sie ziemlich desolat aussieht. Ich glaube, es geht ihr nicht so gut.»

Ich kann die Enttäuschung in Valeries Gesicht sehen. Ein bisschen Wut ist auch dabei, glaube ich.

«Verstehe», sagt sie. Dann macht sie auf dem Absatz kehrt, holt ihre Pumps aus dem Schlafzimmer und fischt danach im Vorbeigehen den roten Mantel vom Fußboden.

«Was ist los? Du musst nicht gehen», sage ich. «Ich rede kurz mit Ellen, und dann können wir …»

«Jakob, du bist mir keine Erklärung schuldig», unterbricht Valerie. «Wenn du zu jeder Tages- und Nachtzeit zur Verfügung stehen willst, um deiner Exfrau bei ihren Problemen zu helfen, dann ist das ganz allein deine Sache. Ob du dabei vielleicht irgendetwas kompensierst, musst du selbst herausfinden. Schließlich bist du ja der Psychologe. Aber ich werde ganz sicher nicht in deinem Schlafzimmer warten, bis du deine alte Beziehung aufgearbeitet hast.»

Sie will gehen.

«Valerie, bitte. Können wir nicht in Ruhe darüber reden?»

«Nein. Können wir nicht. Du hast deine Entscheidung ja bereits getroffen.»

Ich schnappe mir den Zweitschlüssel von der Ablage. «Nimm wenigstens den Schlüssel mit. Bitte.»

Sie zögert.

«Ich verspreche dir, dass wir diesen Abend nachholen. Wenn du willst, gleich morgen. Und dann erzählst du mir, was du auf dem Herzen hast. Okay?»

Sie zögert immer noch.

«Und was Ellen betrifft, da hast du recht. Ich werde ihr sagen, dass sie ihre Probleme in Zukunft allein lösen muss.»

Valerie merkt auf. «Wann … wirst du ihr das sagen?»

«Schon sehr bald. Versprochen.»

Ein gleichgültiges Schulterzucken ihrerseits. «Behalte deinen Schlüssel, Jakob.»

Sie will an mir vorbeigehen.

Ich stelle mich ihr in den Weg. «Heute. Ich werde es ihr heute sagen. Okay?»

Valerie mustert mich, um herauszufinden, ob das mein Ernst ist.

Es klopft an der Tür.

Bittend halte ich den Zweitschlüssel hoch. «Wenn ich mein Versprechen nicht halte, dann kannst du ihn ja einfach in den Briefkasten werfen.»

Sie greift zu und lässt den Schlüssel wortlos in einer der großen Taschen ihres roten Mantels verschwinden.

Ich öffne die Tür. Valerie passiert die verheult aussehende Ellen mit einem kurzen «Hallo». Dann klackern die roten Pumps über den Steinboden, während Valerie zum Fahrstuhl schreitet und darin verschwindet.

Ellen sieht ihr nach. «Ich wusste gar nicht, dass du auf solche Fummel stehst. Das hättest du mir ruhig mal sagen können, als wir noch verheiratet waren.»

«Unsere Ehe ist daran gescheitert, dass du mir nicht vertraut hast», antworte ich unwirsch. «Und nicht, weil du keine Reizwäsche tragen wolltest.»

Ellen beißt sich verlegen auf die Unterlippe und schweigt.

«Aber wo wir gerade von Valerie reden», fahre ich energisch fort. «Dir ist hoffentlich klar, dass ich ein Privatleben habe, oder?»

«Natürlich ist mir das klar, Jakob. Ich wollte euch beide auch gar nicht stören. Ich habe gedacht, wenn du beschäftigt bist, dann machst du einfach nicht auf. Ich meine, es hätte ja auch sein können, dass du gar nicht da bist …»

«Schon gut», unterbreche ich. «Lassen wir das. Dir geht es offenbar nicht gut. Was ist passiert?»

Sie lächelt bitter. «Ich habe Niklas die Pistole auf die Brust gesetzt. Das ist passiert.»

«Und er hat sich davon nicht einschüchtern lassen», rate ich.

«Ganz im Gegenteil. Er hat mich auf der Stelle verlassen. Und seine größte Sorge war nicht, ob ich mir womöglich eine Überdosis Tabletten einwerfe, sondern ob er die Patek Philippe, die ich ihm zum Geburtstag geschenkt habe, behalten darf.»

«Und? Darf er?», frage ich rein rhetorisch.

Ellen lacht müde auf. «Selbstverständlich nicht.»

«Und jetzt brauchst du jemanden zum Reden?», vermute ich.

Sie schüttelt den Kopf. «Ich dachte, ich könnte dich vielleicht auf ein paar Drinks einladen. Ich möchte gerne vergessen, dass ich als Frau ab heute nicht einmal mehr mit einer Armbanduhr konkurrieren kann.»

«Immerhin ist es eine Patek Philippe», gebe ich zu bedenken.

Ellen öffnet ihre Handtasche, kramt darin herum und zieht eine golden schimmernde Armbanduhr hervor. Sieht ebenso hässlich wie protzig aus. «Willst du sie haben?»

«Danke, nein. Gefällt mir nicht», antworte ich.

«Roségold. Hat fast so viel gekostet wie der Porsche, den ich ihm zum vorletzten Geburtstag gekauft habe.» Sie schluchzt heftig, unterdrückt die Tränen. «'tschuldige.»

Sie tut mir leid, zugleich muss ich an Valeries Worte denken. Es stimmt, dass ich zu oft damit beschäftigt bin, Ellens Seelentröster zu spielen. Und das muss ich ändern.

«Danke für das Angebot, Ellen. Aber ich komme nicht mit.»

Sie wirkt zwar für einen Moment verwundert, nimmt meine Absage aber gelassen. «Schade. Aber gut, da kann man nichts machen. Dann werde ich eben jetzt Plan B in Angriff nehmen.»

«Was ist Plan B?», will ich wissen.

«Mein Fahrer bringt mich ins nächste Luxushotel, dort nehme ich mir eine Suite und lasse mich verwöhnen.»

«Man sollte seine Trauer nicht unterdrücken, sondern zulassen», sage ich.

«Ich weiß», erwidert Ellen. «Aber das spricht ja trotzdem nicht gegen Champagner, Kaviar und eine Wellnessmassage, oder?»

4

Als ich am Morgen in die Praxis komme, wartet Anton Auerbach bereits auf mich. Er lehnt entspannt am Empfangstresen und unterhält sich angeregt mit Frau Kretzer, die ihm einen Kaffee serviert hat.

«Möchten Sie auch einen?», fragt sie, während ich Auerbach begrüße.

«Gern», antworte ich und mache eine einladende Handbewegung, um meinen Patienten ins Behandlungszimmer zu bitten.

Mir fällt auf, dass Frau Kretzer einen außergewöhnlich beschwingten Eindruck macht.

«Hatten Sie einen schönen Abend?», frage ich.

«Na ja, wenn man mit Lucky plaudert, dann ist er ein bisschen verkrampft», erwidert Frau Kretzer. «Aber beim Sex wird das dann zum Glück besser.»

«Na, das ist doch schön», sage ich, weil mir gerade nichts Klügeres einfällt.

Sie reicht mir meinen Kaffee und nimmt Auerbachs leere Tasse vom Tresen. «Möchtest du auch noch einen, Toni?»

«Danke, nein», erwidert Auerbach und verschwindet mit einem großen Koffer, den er offenbar im Gang deponiert hatte, im Behandlungszimmer.

«Oh. Duzen wir unsere Patienten neuerdings?»

«Sie offenbar nicht, ich offenbar schon», erwidert Frau Kretzer sonnig.

«Das ist aber nicht sehr professionell», sage ich vorwurfsvoll.

«Karl hat mir erzählt, dass er Sie zu einer Verabredung gefahren hat», erwidert Frau Kretzer. «Das ist auch nicht sehr professionell.»

«Karl? Wer ist Karl?»

«Karl Moosmann. Ein Patient von Ihnen. Sie sollten wenigstens die Namen Ihrer Patienten kennen, Dr. Jakobi.»

«Ich weiß, dass Herr Moosmann mein Patient ist», sage ich bockig. «Ich kenne nur nicht auf Anhieb seinen Vornamen. Abgesehen von wenigen Ausnahmen, versuche ich nämlich eine professionelle Distanz zu meinen Patienten zu wahren. So leid es mir tut, Ihnen das sagen zu müssen, Frau Kretzer, aber im Gegensatz dazu sind Ihre persönlichen Beziehungen zu den Patienten höchst unprofessionell.»

Sie wirft einen Blick zur Wanduhr. Dann verschränkt sie die Arme vor der Brust. «Wo wir gerade von Unprofessionalität reden, Ihre Sitzung hat vor zwei Minuten angefangen.»

Ich werfe ihr einen finsteren Blick zu, der jedoch an ihr abzuperlen scheint.

«Nicht schlecht. Springt die immer so mit Ihnen um?», fragt Auerbach, als ich die Tür zum Behandlungszimmer hinter mir zuziehe.

«Nein», lüge ich. «Frau Kretzer ist manchmal nur … wie soll ich mich ausdrücken?» Ich merke, dass mir heute keine gute Ausrede einfällt, und kapituliere kraftlos. «Doch. Eigentlich springt sie immer so mit mir um.»

Mein Blick fällt auf Auerbachs Koffer. «Wollen Sie etwa verreisen?»

«Nein, den hab ich für Sie mitgebracht», erwidert Auerbach und lässt die Schlösser aufschnappen. Er hebt den Deckel. Der dabei entstehende Sog wirbelt ein paar Geldscheine in die Luft, die sogleich wie müde Insekten zu Boden flattern. Auerbach dreht den Koffer, damit ich sehen kann, dass er voller Geldbündel ist.

«Ich wollte Ihnen nur beweisen, dass ich tatsächlich problemlos eine Million Handgeld auftreiben kann», sagt er. «Ich möchte nämlich nicht, dass unser Geschäft daran scheitert, dass Sie mir nicht glauben.»

Ich bin sprachlos.

Auerbach wartet.

Es klopft.

«Jetzt nicht!», rufe ich.

Die Tür wird geöffnet, und Frau Kretzer erscheint. Sie hat Kaffee dabei. «Den haben Sie vergessen. Ich dachte, bevor er kalt wird, bringe ich Ihnen die Tasse ...»

Der Anblick des Geldkoffers lässt sie verstummen. Ihre Augen weiten sich.

«Was ist denn hier los?», bringt sie mit hörbarem Unbehagen hervor.

«Es ist nicht so, wie Sie denken», versuche ich Frau Kretzer zu beruhigen.

«Aha. Was denke ich denn?», fragt sie erstaunt.

Auerbach kann sich ein Grinsen nicht verkneifen.

«Am besten, ich erkläre Ihnen alles später», schlage ich vor.

Frau Kretzer hat mir gar nicht zugehört.

«Ist das etwa echtes Geld?», will sie stattdessen wissen.

«Zumindest behauptet das meine Bank», erwidert Auerbach locker.

Frau Kretzer sieht mich fragend an.

«Wie schon gesagt, am besten, ich erkläre Ihnen alles später», versuche ich erneut mein Glück, aber sie lässt sich nicht abwimmeln. Energisch schüttelt sie den Kopf.

«Tut mir leid, Dr. Jakobi, aber Sie müssen mir schon sagen, was hier vor sich geht. Es könnte sonst sein, dass ich als Mitwisserin vor Gericht aussagen muss. Das habe ich in einem Krimi gesehen.»

Frau Kretzers Logik verblüfft mich immer wieder aufs Neue. «Werden Sie nicht erst dann zur Mitwisserin, wenn ich Ihnen erzähle, was hier läuft?», frage ich.

Sie denkt nach.

«Eigentlich ist die Sache ganz simpel», mischt Auerbach sich ein. «Ich arbeite als Seelenkäufer, und das hier ist Teil meines Angebotes für die Seele von Dr. Jakobi.»

Frau Kretzer starrt erst den geöffneten Koffer und dann mich an.

«So viel Geld ist Ihre Seele wert?», fragt sie bass erstaunt.

Was soll ich darauf antworten? Ich zucke mit den Schultern.

«Du siehst also, liebe Ruth, es geht alles mit rechten Dingen zu», fährt Auerbach gönnerhaft fort und lächelt sein breites Raubtierlächeln. «Hier liegt blütenreines Geld, das im Zuge eines absolut seriösen Vertrags den Besitzer wechseln soll. Und ich kann versichern, es wird schon allein deshalb alles mit rechten Dingen zugehen, weil der Teufel es sich nicht leisten kann, seine eigenen Verträge zu brechen. Darauf basiert schließlich unser Geschäftsmodell.»

Frau Kretzer wirft mir einen abschätzigen Seitenblick zu. «Soso. Der Teufel ist also hinter Ihrer Seele her. Hätte ich mir ja gleich denken können.»

Mürrisch verziehe ich das Gesicht. «Ich weiß, Sie würden mich gern in der Hölle braten sehen, Frau Kretzer. Aber ich muss Sie enttäuschen. Ich werde meine Seele nämlich für kein Geld der Welt an den Teufel verkaufen.»

Frau Kretzer schaut verwundert zu Auerbach, der meinen Entschluss mit einem Kopfnicken und sichtlichem Bedauern bestätigt.

Frau Kretzers Blick wandert zum Koffer, wo sich das viele schöne Geld stapelt.

Sie überlegt einen Moment, dann hat sie einen Entschluss gefasst. «Sag mal, Toni. Wär das eigentlich auch was für mich?»

Auerbach lehnt sich im Sessel zurück und zupft sein Hemd zurecht. Heute trägt er ein kräftiges Rot zum hellgrauen Maßanzug. «Soll das etwa heißen, du willst deine Seele verkaufen?»

«Ja. Warum eigentlich nicht?» Frau Kretzer lacht nervös. Mit Blick auf das Geld fügt sie rasch hinzu: «Natürlich für viel weniger, als da liegt. Ich meine, Dr. Jakobi hat studiert. Und er besitzt diese Praxis. Ist doch klar, dass seine Seele viel mehr kostet als meine.» Wieder lacht sie unsicher.

Auerbach wirft mir einen amüsierten Blick zu. Ich schweige, verschränke die Arme vor der Brust und warte, wie es nun weitergeht.

«Tja, Ruth. An wie viel hast du denn da gedacht?», will Auerbach wissen.

Frau Kretzer betastet nervös den Strass auf ihren rosa Fingernägeln. «Ich weiß nicht, Toni. Was ist denn so üblich?»

«Du, das ist alles Verhandlungssache», sagt Auerbach und zieht demonstrativ den Koffer etwas näher zu sich heran.

Frau Kretzer registriert die Aktion mit wachsender Nervosität.

«Vielleicht … fünfzehntausend?», fragt sie zögerlich.

«Frau Kretzer, jetzt lassen Sie den Quatsch! Sie wollen

doch nicht wirklich Ihre Seele verkaufen, oder?», versuche ich zu intervenieren.

Auerbach nimmt den Koffer und lässt die Verschlüsse geräuschvoll einrasten. «Dr. Jakobi hat recht. Lassen wir es gut sein, Ruth. Der Preis ist mir ohnehin viel zu hoch.»

«Und wie wäre es mit zehntausend?», hakt sie rasch nach.

«Auch das ist leider immer noch viel zu viel», erwidert Auerbach mit gespieltem Bedauern.

«Frau Kretzer?», sage ich mahnend, aber sie will mir nicht zuhören.

«Was wäre denn ein angemessener Preis?», möchte sie wissen, während sie mir mit erhobenem Zeigefinger bedeutet, dass ich mich gefälligst raushalten soll.

Auerbach macht eine Kunstpause und tut, als würde er nachdenken.

«Zweitausendsechshundert», sagt er dann. «Vielleicht kann ich noch ein klitzekleines bisschen drauflegen, aber viel Spielraum habe ich da nicht.»

«Ich verkaufe nicht unter sechstausend», blufft Frau Kretzer mit bebender Unterlippe.

Ich gebe es auf, sie zur Vernunft zu bringen, mache es mir stattdessen in einem Sessel bequem und genieße meinen lauwarmen Kaffee.

«Dreitausendfünfhundert», erwidert Auerbach. «Ich habe einen Blankovertrag dabei. Es fehlt nur noch dein Name. Du könntest das Geld also auf der Stelle mitnehmen.»

Frau Kretzer überlegt.

«Damit wäre Ihre Seele etwa so viel wert wie eine Heimkinoanlage», sage ich. «Alle Achtung. Ich gratuliere.»

Frau Kretzer wirft mir einen abfälligen Blick zu.

«Gut. Viertausend», sagt Auerbach. «Und ich lege noch ein neues Outfit drauf. Neue Klamotten, neue Frisur, Maniküre,

Pediküre, vielleicht ein bisschen Botox. Das regle ich intern über Gegengeschäfte. Trotzdem hat dieses Paket einen zusätzlichen Wert von mindestens tausend Euro.» Auerbach macht eine Kunstpause. «Das ist dann aber auch mein letztes Wort. Und ich mache das nur, weil ich dich wirklich schätze, Ruth.»

Insgeheim hoffe ich immer noch, dass Frau Kretzer zur Vernunft kommt, aber sie lächelt zufrieden und sagt: «Einverstanden, Toni. Wo soll ich unterschreiben?»

Auerbach zieht einen Vertrag aus der Tasche, fügt ihren Namen ein und schiebt das Papier nebst Kugelschreiber über den Couchtisch. Während er die Schlösser aufschnappen lässt und einige Geldbündel aus dem Koffer zieht, setzt sie ihren Namen unter den Vertrag, ohne ihn auch nur überflogen zu haben.

Mit glänzenden Augen nimmt sie das Geld in Empfang und wirft mir einen triumphierenden Blick zu. «Vielleicht überlegen Sie sich die Sache noch einmal, Dr. Jakobi. Wir wären bestimmt auch in der Hölle ein gutes Team.»

«Da wäre ich an Ihrer Stelle nicht so sicher», erwidere ich.

Als meine nunmehr dem Teufel geweihte Sekretärin den Behandlungsraum verlassen hat, ist eine Weile nur das Rascheln von Papier zu hören. Auerbach faltet Frau Kretzers Vertrag sorgfältig zusammen und lässt ihn dann in der Innentasche seines Maßanzugs verschwinden.

Als er damit fertig ist, lehnt der Seelenhändler sich zufrieden im Sessel zurück. «Also ich finde, unsere erste Sitzung hat sehr vielversprechend angefangen.»

«Ich habe Ihnen meine Karte eigentlich gegeben, weil ich dachte, dass Sie psychologische Hilfe gebrauchen könnten.»

«Ich weiß», erwidert Auerbach locker. «Aber wie Sie gerade gesehen haben, bin ich mindestens so normal wie Ihre tüchtige Sekretärin.»

«Wobei das auch bedeuten könnte, dass sie beide psychologische Hilfe benötigen», wende ich ein.

«Kann es sein, dass Sie irgendwie verärgert sind?», fragt mein Patient, der keiner sein will.

«Sie meinen, weil Sie meine Praxis in einen Basar verwandeln?»

«Verstehe. Tut mir leid. Allerdings war nicht ich es, der den Vertrag unbedingt abschließen wollte, sondern Ihre Sekretärin. Mich trifft also nur ein Teil der Schuld.»

«Woher haben Sie das Geld?», frage ich.

«Keine Sorge, es ist sauber.»

«Das mag sein, ich möchte trotzdem wissen, woher es kommt.»

«Wie schon gesagt, Dr. Jakobi. Die Hölle verfügt über unbegrenzte finanzielle Mittel.»

«Das ist schön, Herr Auerbach. Es gibt da nur ein kleines Problem ...»

«Bitte nennen Sie mich doch Toni.»

«Ehrlich gesagt, fände ich es besser, wenn wir beim Sie bleiben würden.»

«Einverstanden, aber könnten Sie mich bitte trotzdem mit meinem Vornamen ansprechen? Das machen alle so, und da irritiert mich die förmliche Anrede jedes Mal.»

Ich zögere. «Also gut ... Toni.»

Er lächelt breit. «Danke. Was also war Ihr kleines Problem?»

«Es geht um das Geld. Ich müsste die Polizei einschalten, wenn ich den Verdacht hätte, dass es mit einer Straftat in Verbindung stehen könnte», erkläre ich freundlich.

Er verzieht missmutig das Gesicht. «Drohen Sie mir etwa, Jakob?»

Wir haben zwar nicht abgesprochen, dass er mich auch beim Vornamen nennen darf, aber ich will nicht kleinlich sein. Es geht gerade um Wichtigeres. «Keineswegs. Ich frage mich nur, ob Sie der Polizei auch erzählen werden, dass Sie ein Abgesandter der Hölle sind, dem unbegrenzte finanzielle Mittel zum Seelenkauf zur Verfügung stehen.»

Auerbach entspannt sich wieder. «Ich würde der Polizei natürlich nichts dergleichen sagen. Offiziell bin ich ein erfolgreicher Geschäftsmann mit internationalen Verbindungen. Und da dieses Geld zuerst legal verdient und dann korrekt versteuert worden ist, wird man mich sofort wieder auf freien Fuß setzen.»

Er überlegt einen Moment, ob er weitersprechen soll, beschließt jedoch, zu schweigen.

«Aber?», frage ich.

«Aber Sie liegen mit Ihrer Vermutung richtig. Dieses Geld ist Teil eines Vermögens, das in Form von Käufen und Verkäufen Tag und Nacht um die Erde fließt. Niemand weiß genau, was das Geld gerade macht. Ich bin sicher, nicht einmal der Teufel kennt alle Details. Fest steht aber, dass mit diesem Geld schlimme Verbrechen begangen werden. Es soll ja ganz üble Typen geben, die an den Börsen der Welt auf Kriege, Dürren, Seuchen oder Naturkatastrophen wetten.» Er grinst breit. «Ich bin übrigens einer von diesen üblen Typen. Das alles mag moralisch höchst fragwürdig sein – juristisch ist es absolut legal.»

«Es scheint Ihnen Spaß zu machen, ein übler Typ zu sein», sage ich.

«Wenn man für den Teufel arbeitet, dann liegt das irgendwie in der Natur der Sache», erwidert Auerbach schulterzuckend.

«Das klingt, als wären Sie nur berufsbedingt böse.»

«Und wenn schon. Warum ist das wichtig?»

«Weil Sie es dann ändern könnten.»

Er überlegt einen Moment, scheint den Gedanken aber gleich wieder zu verwerfen.

«Warum setzen Sie Ihr Geld nicht sinnvoll ein?», hake ich nach. «Es wäre einen Versuch wert.»

«Sinnvoll.» Auerbach wiederholt das Wort langsam, als müsste er es sich einprägen. «Sie glauben wirklich, dass man Geld sinnvoll einsetzen kann?»

«Selbstverständlich. Die Frage lautet, warum glauben Sie nicht daran?»

«Weil die Welt sinnlos ist», erwidert Auerbach prompt. «Und sie wird nicht dadurch sinnvoller, dass man eine Froschart vor dem Aussterben oder ein Naturvolk vor der Umsiedelung rettet. All diese vermeintlich sinnvollen Maßnahmen, ob nun Mülltrennung oder Solarenergie, können nicht verhindern, dass die Menschheit unaufhaltsam auf die Apokalypse zurast.» Er beugt sich vor. «Deshalb möchte ich Sie auch noch einmal eindringlich bitten, mein Angebot zu überdenken, Jakob. Mit hundert Millionen Euro können Sie sich zumindest dieses Leben äußerst angenehm gestalten. Zu ändern ist an der Misere der Welt ohnehin nichts mehr, und wer weiß, was Sie im Jenseits erwartet?»

«Wollen Sie es mir verraten?», frage ich. «Das könnte der Verhandlung eine entscheidende Wendung geben. Falls ich die Hölle interessanter finde als den Himmel, unterschreibe ich Ihren Vertrag. Versprochen.»

Er lehnt sich zurück in den Sessel. «Tut mir leid. Geschäftsgeheimnis.»

«Ja, das hatte ich mir schon fast gedacht», erwidere ich süffisant.

«Was soll das heißen?», fragt er argwöhnisch.

«Das soll heißen, dass mich ein Frühstück in einem Luxushotel, ein technischer Trick mit einem scheinbar defekten Telefon und ein Koffer voller Geld noch lange nicht davon überzeugen, dass Sie der sind, für den Sie sich ausgeben.»

«Vergessen Sie nicht, dass ich gerade die Seele Ihrer Sekretärin gekauft habe», bemerkt Auerbach. Er gibt sich entspannt, aber meine Bemerkungen irritieren ihn sichtlich. Das ist gut so, denn ich versuche gerade, ihn aus dem Konzept zu bringen.

«Es könnte auch sein, dass Sie nur deshalb ein paar tausend Euro ausgegeben haben, um mich von Ihrer Geschichte zu überzeugen», sage ich. «Das wäre nicht ungewöhnlich für einen phantasiebegabten Patienten mit Wahnvorstellungen.»

Auerbach sieht mich forschend an, dann lacht er schallend.

«Sie sind gut, Jakob!», ruft er lachend. «Sie sind wirklich, wirklich gut!»

Nur langsam beruhigt er sich wieder.

«Und was würde Sie davon überzeugen, dass ich der bin, der ich vorgebe zu sein?», fragt er lauernd.

Ich überlege. Einer spontanen Idee folgend, sage ich dann: «Stellen Sie mich doch einfach Ihrem Boss vor.»

Auerbach stutzt. «Sie wollen den Teufel höchstpersönlich kennenlernen?»

«Ja, warum nicht? Und wo wir schon dabei sind, wäre ich durchaus auch an einer Führung durch die Hölle interessiert. Natürlich nur, wenn es keine Umstände macht. Ich möchte schließlich wissen, wo ich im Fall der Fälle den Rest der Ewigkeit verbringe.»

Auerbach wirkt erstaunt. «Es ist sehr ungewöhnlich, dass

Normalsterbliche so wenige Berührungsängste haben, wenn es um den Teufel geht.»

«Ach, ich habe ein sonniges Gemüt», erwidere ich. «Und wer weiß, vielleicht ist der Teufel im Grunde ein netter Kerl, dem man nur lauter üble Sachen nachsagt.»

Auerbachs Augen weiten sich, er wirkt nun noch erstaunter. Fast könnte man denken, dass ihn mein letzter Satz erschrocken hat. «Toni? Ist alles okay mit Ihnen?»

«Alles bestens», sagt er und steht entschlossen auf. «Ich bin mit Ihren Vorschlägen einverstanden, und ich werde das Treffen arrangieren. Kommen Sie heute um Mitternacht in mein Hotel. Suite 666.»

«Die Zahl des Teufels. Wie originell», sage ich. «Geht auch zehn? Mitternacht ist mir zu spät.»

«Schade. Um Mitternacht wäre es irgendwie diabolischer», erwidert Auerbach. «Aber gut, sagen wir zehn.»

Ich weiß nicht genau, warum ich nach der Arbeit auf die Idee komme, Pater Felices Kirche einen weiteren Besuch abzustatten. Aber irgendwie werde ich das Gefühl nicht los, etwas übersehen zu haben. Kann es sein, dass auch der Geistliche Abel Baumann gekannt hat? Oder sind die beiden zufällig irgendwie seelenverwandt? Jedenfalls ist es mir im Nachhinein vorgekommen, als wären mir in dieser Kirche nicht nur der Pater, sondern auch mein leider viel zu früh verstorbener Patient begegnet. Seltsam.

Als ich die Klinke der schweren Eingangstür hinunterdrücke, beschließe ich, mich schlicht von meiner Intuition leiten zu lassen. Da sie es war, die mich an diesen Ort geführt hat, wird sie mir hoffentlich auch dabei helfen, den Grund dafür zu finden.

Diesmal bin ich nicht allein in der Kirche. Pater Felice

und seine Mitarbeiterin Eva bauen neben dem Altarraum eine Weihnachtskrippe auf. Sie sind so in ihre Aufgabe vertieft, dass sie mich zunächst nicht bemerken. Leise setze ich mich in die letzte Bank und beobachte die beiden.

Die Krippe steht auf einem Tisch von etwa zwei Metern Länge. Eva hat das Möbel mit einem grünen Tuch so sorgfältig verhüllt, dass es ähnlich zugeknöpft wirkt wie sie selbst. Die weiße Rüschenbluse und den Faltenrock trägt sie auch heute. Anlässlich des Krippenaufbaus hat sie Turnschuhe angezogen, wahrscheinlich aus Gründen der Bequemlichkeit. Mir fällt auf, dass auch unter der Soutane des Paters Sportschuhe hervorblitzen.

Liebevoll arrangieren Eva und der Pater das Krippen-Idyll. Die Figuren sind so groß, dass man sie auch aus der letzten Reihe noch ziemlich gut erkennen kann. Die Krippe muss insgesamt etwa die Dimension einer mittelgroßen Anrichte haben. Im Gang stehen diverse Kartons, in denen sich Watte, Stroh, Kerzen, Lichterketten und weiteres Krippenzubehör befinden. Immer wieder geht Pater Felice in den Mittelgang, um die Wirkung des Arrangements aus der Distanz zu betrachten. Bei einem dieser Kontrollgänge bemerkt er mich.

«Oh. Guten Tag.» Er wirkt ertappt.

«Guten Tag.» Ich lächle freundlich.

«Entschuldigen Sie, aber die Messe beginnt erst um …» Ich sehe, dass er mich erkennt und sich an unsere Begegnung erinnert. «Ach, Sie sind das. Freut mich, Sie wiederzusehen.» Er überlegt kurz. «Jakob Jakobi, nicht wahr?»

Ich nicke. «Freut mich auch, Pater», sage ich und registriere, dass Eva einen scheuen Blick in meine Richtung riskiert, um sich dann schnell und still wieder ihrer Arbeit zuzuwenden.

«Haben Sie sich nun doch entschieden, mit Gott zu reden?», fragt der Geistliche mit einem gewinnenden Lächeln.

«Sagen wir, ich habe das gesuchte Zeichen noch nicht gefunden», erwidere ich. «Aber ich glaube, dass Sie mir den richtigen Weg gewiesen haben. Es muss hier irgendwo zu finden sein.»

Er sieht mich an, als versuche er eine verborgene Botschaft in meinen rätselhaften Sätzen zu finden. «Gut. Wie schon gesagt, nehmen Sie sich bitte alle Zeit, die Sie brauchen. Und falls ich Ihnen helfen kann, lassen Sie es mich wissen.» Mit einem Kopfnicken will er sich wieder dem Krippenaufbau zuwenden.

Er ist erst ein paar Schritte gegangen, da hält er inne, macht auf dem Absatz kehrt und kommt zu mir zurück. «Ist es eigentlich Zufall, dass Sie hier sind, Jakob Jakobi?»

Die Frage erstaunt mich. «Ich dachte, ein Mann wie Sie glaubt nicht an den Zufall, sondern an den göttlichen Plan.»

«Genau das ist der Grund, warum ich frage», antwortet Pater Felice. «Ich habe nämlich das komische Gefühl, dass Sie nicht zufällig hier sind.»

Dann sind wir ja einer Meinung, denke ich, während wir uns anschauen und ich einen Hauch von Unbehagen in seinen Augen aufflackern sehe.

«Aus welchem Grund könnte ich denn Ihrer Meinung nach hier sein?», frage ich.

Ich sehe, dass sein Unbehagen wächst. «Vielleicht … meinetwegen?»

«Und was sollte ich Ihretwegen hier wollen?»

«Sagen Sie es mir doch einfach», erwidert er prompt. Und mit einem Anflug von Groll fügt er hinzu: «Statt jede meiner Fragen mit einer Gegenfrage zu beantworten.»

Ich weiß weder, worauf dieses Gespräch hinauslaufen

wird, noch was das nebulöse Thema unserer Unterredung ist. Aber meine Intuition sagt mir, dass ich auf dem richtigen Weg bin. Ich beschließe, Pater Felice ein bisschen zu manipulieren. Das ist zwar nicht die feine Art, aber ich hoffe, dass es der Sache dient.

«Ich möchte Sie keinesfalls auf die Folter spannen», sage ich. «Aber ich dachte, dass es besser wäre, wenn ich Ihnen die Gelegenheit gebe, mir zu sagen, was Sie wissen, bevor ich es tue.»

«Was meinen Sie? Ich soll … beichten?», fragt er.

Ich zucke mit den Schultern. «Nennen Sie es, wie Sie wollen, Pater.»

Ich sehe, dass sich sein Unbehagen mit Macht zurückmeldet. Er schaut zu Eva, die still an der Weihnachtskrippe werkelt. Dann wandert sein Blick zur Mitte des Altarraumes, wo das imposante Kruzifix hängt, das mir schon bei meinem ersten Besuch aufgefallen ist.

«Gut. Gehen wir in mein Büro», sagt Pater Felice. «Ich würde gern unter vier Augen mit Ihnen sprechen.»

Durch die Sakristei gelangen wir in einen kleinen Innenhof, der mit Mauern und einer Pforte vor unliebsamen Blicken geschützt ist. Eine Bank und ein Tisch träumen unter einer schmutzigen Schneeschicht vom kommenden Sommer. Gleich daneben befindet sich der Eingang zu den Privatgemächern des Paters.

Das Büro ist klein und zweckmäßig ausgestattet. Er bietet mir den Besucherstuhl an und lässt sich selbst in einen abgewetzten Ledersessel fallen.

«Baumann schickt Sie, nicht wahr?»

Ich zucke zusammen. Der Pater kennt tatsächlich Abel Baumann.

Ich nicke.

Pater Felice blickt durch das Fenster in den winterlichen Hof. In seinem Gesicht ist tiefes Bedauern zu sehen.

«Hätte ich mir auch denken können, dass das nicht ewig gutgeht», sagt er und lächelt bitter. «Haben Sie es selbst herausgefunden, oder hat mich jemand verpfiffen?»

Ich überlege, was er meinen könnte, denn gerade bin ich ein wenig verwirrt. Was hat das jetzt mit Abel Baumann zu tun?

«Ist ja auch egal», fährt Pater Felice fort. «Ihnen geht es nicht um Fragen der Moral, sondern allein um die harten Fakten, richtig?»

Ich stehe immer noch auf der Leitung. Was meint er denn nur?

«Also gut», sagt Pater Felice. «Dann wollen wir mal die Karten auf den Tisch legen. Fahren Sie zurück zum Bischof, und sagen Sie ihm, dass alle Gerüchte über seinen ergebensten Diener Roberto Felice stimmen. Er trinkt zu viel, er raucht immer noch, hin und wieder sogar Marihuana, und er hat ein leidenschaftliches Verhältnis mit seiner Assistentin. Schlimmer noch, er versucht sogar, ein Kind mit ihr zu zeugen, weil sie es sich sehnlicher wünscht als alles andere auf der Welt.»

Schweigen.

«Aber er bemüht sich trotz aller Verfehlungen dennoch, ein gerechter Diener seines Herrn zu sein», fährt Pater Felice fort. «Und er liebt Eva aus tiefstem Herzen, was seine diesbezüglichen Sünden vielleicht nicht besser, aber immerhin verständlicher macht.»

Wieder Schweigen.

«Sagen Sie eigentlich auch mal was?», fragt er.

«Ich komme nicht vom Bischof», gebe ich überfordert zu Protokoll.

«Aber das haben Sie doch eben selbst gesagt», erwidert Pater Felice unwirsch.

«Nein. Sie haben mich nach Baumann gefragt», widerspreche ich mühsam.

«Ja. Franz Ignaz Cornelius Baumann. Unser Bischof», erwidert mein Gegenüber verärgert.

«Ähm. Ich meinte aber Abel Baumann», sage ich tonlos. «Einen ehemaligen Patienten von mir.»

Roberto Felice und ich sehen uns an. Schwer auszumachen, wer von uns beiden gerade konfuser ist.

«Das heißt, Sie sind kein Abgesandter der Kurie, der meine Verfehlungen protokollieren soll?» Hoffnung keimt in den Augen des Priesters auf.

«Genau das versuche ich Ihnen zu erklären», erwidere ich. «Da ich nicht einmal den Namen Ihres Bischofs kenne, geschweige denn für ihn arbeite, interessieren mich Ihre Verfehlungen nicht die Bohne.»

Er sieht mich an, als wäre ihm ein Blumentopf auf den Kopf gefallen.

«Ich bin nur gekommen, weil ich das Gefühl nicht loswurde, dass der Himmel mich zu Ihnen geschickt hatte. Aber das war offenbar Wunschdenken. Und reichlich naiv. Entschuldigen Sie bitte.»

Pater Felice braucht einen Moment, um diese Wendung der Ereignisse zu verdauen. Er nickt, zuerst sachte, dann immer heftiger. Schließlich springt er wie von der Tarantel gestochen auf, ballt die Fäuste, als hätte er gerade ein epochales Tor in einem historisch bedeutsamen Spiel geschossen, und brüllt: «Ja! Danke, Gott! Danke!»

Mit einer schwungvollen Bewegung umrundet der Geistliche den Schreibtisch, fasst mich bei den Schultern und drückt mir links und rechts einen Kuss auf die Wange. «Möge der Himmel Sie beschützen, Jakob Jakobi. Ganz gleich, ob er Sie nun geschickt hat oder nicht.»

Ich sehe in sein glückliches Gesicht, und wieder ist da dieses Gefühl, dass Abel Baumann ganz in meiner Nähe ist.

Pater Felice kehrt beschwingt hinter den Schreibtisch zurück. Er fischt eine angebrochene Flasche Rotwein und zwei Wassergläser aus einem hinter ihm stehenden Aktenschrank und stellt alles auf den Tisch.

«Sie haben mir da gerade einen ganz schönen Schrecken eingejagt», sagt er und zieht eine Zigarette aus seiner Soutane.

«Wie schon gesagt, tut mir leid», erwidere ich schuldbewusst.

Er winkt ab. «Schwamm drüber. Ist ja noch mal gutgegangen.»

Er öffnet die Flasche und gießt sich großzügig ein.

«Für mich bitte nur ein kleines Glas», sage ich. «Ich bin später noch verabredet.»

Pater Felice zündet die Zigarette an, inhaliert tief und bläst den Rauch zur Decke. «Klingt, als wäre es ein Rendezvous.»

«Eher nicht», erwidere ich wortkarg.

«Geht mich ja auch nichts an», sagt er und schiebt mein zur Hälfte gefülltes Glas über den Schreibtisch.

Wir prosten und trinken.

«Um ehrlich zu sein, ich treffe heute einen Patienten aus meiner Praxis, der mir den Leibhaftigen vorstellen möchte.»

Pater Felice, der gerade Zigarettenrauch inhaliert hat, muss lachen und verschluckt sich dabei. Er hustet, bis ihm die Augen tränen. Als er sich wieder beruhigt hat, sagt er: «Grüßen Sie den Teufel bitte ganz herzlich von mir.»

5

Als ich an die Tür der Suite 666 klopfe, bin ich ziemlich angetrunken, weil ich mich von Pater Felice entgegen meinen guten Vorsätzen dann doch zu dem einen oder anderen Glas Wein habe hinreißen lassen. Der Pater wollte feiern, dass er der Kurie noch einmal von der Schippe gesprungen ist. Deshalb haben wir nicht nur seinen offenen Rotwein ausgetrunken, sondern eine weitere Flasche entkorkt. Und dann noch eine. Und noch eine. Jetzt sind Roberto und ich per Du. Außerdem musste ich ihm hoch und heilig versprechen, Eva nichts von seinen Sorgen zu erzählen. Er befürchtet nämlich tatsächlich, dass die Kurie ihnen auf den Fersen ist.

«Aber das darf sie nie erfahren. Sie könnte mit dem Druck einfach nicht umgehen», hat Roberto mir erklärt. «Sie ist so zart, so zerbrechlich, dass ich mich manchmal ernsthaft frage, ob sie ein Himmelswesen sein könnte, das sich auf die Erde verirrt hat.»

Bei dem Gedanken an Eva und Roberto muss ich grinsen. Wenn fromme Gläubige an ein fruchtbares Miteinander von Klerikern und Laien denken, dann sicher nicht an so etwas. Dennoch habe ich das Gefühl, dass ein nachsichtiger Gott seine schützende Hand über den Priester und seine Geliebte hält. Und gerade im Moment kann Roberto göttlichen Beistand gut gebrauchen. Als er eben in die Sakristei wankte, um sich auf die Messe vorzubereiten, da hätte ich nicht darauf gewettet, dass er es überhaupt bis zum Altar schafft, ohne der Länge nach hinzuschlagen.

Eva hat ihm einen starken Kaffee gemacht und dann begonnen, einen Rosenkranz für ihn zu beten. Sie meinte, wenn nicht das eine oder das andere helfe, dann ganz bestimmt beides zusammen.

In der Suite 666 hat noch niemand auf mein Klopfen reagiert. Ich bin gerade im Begriff, es erneut zu versuchen, da höre ich ein leises Klacken, und wie von Geisterhand öffnet sich das Türschloss. Ich spähe durch den schmalen Spalt, kann aber nichts erkennen. Vielleicht werde ich ja jeden Moment hereingebeten, denke ich und warte. Doch nichts geschieht.

Nach einer Weile tippe ich mit dem ausgestreckten Zeigefinger gegen das braune Edelholz und verpasse der Tür einen leichten Schubs. Lautlos schwingt sie nach innen auf.

Drinnen ist es finster wie die Nacht.

«Hallo? Jemand da?», frage ich.

«Kommen Sie herein. Nur keine Angst», höre ich eine raue Stimme sagen.

Unter normalen Umständen käme mir die Situation bestimmt unheimlich vor, vielleicht sogar bedrohlich. Mit anderthalb bis zwei Flaschen Wein im Kopf sieht die Welt jedoch anders aus. Entspannt trete ich ein und ziehe in einem Anflug von alkoholbedingtem Übermut sogar die Tür hinter mir ins Schloss.

Völlige Dunkelheit umfängt mich. Es riecht verbrannt. Womöglich Räucherstäbchen, denke ich und warte ab, was nun passiert.

Ich höre schweres Atmen. Eigentlich ist es mehr ein Schnaufen, begleitet von einem leisen Rasseln.

Gerade will ich fragen, ob mal jemand eine Lampe einschalten kann, da tauchen ein paar Meter vor mir zwei grünlich schimmernde Lichter auf. Schwebend bewegen sie sich langsam auf mich zu.

Unter normalen Umständen würde mir wohl spätestens jetzt mulmig zumute werden, aber Robertos Wein erweist sich weiterhin als ausgezeichnetes Mittel gegen mulmige Gefühle.

Gelassen schaue ich zu, wie die Lichter langsam näher kommen. Mir fällt auf, dass das Atemgeräusch ihnen folgt – oder umgekehrt. Jedenfalls scheint sich mir jemand mit Bronchitis und zwei kleinen, grünen Signallämpchen zu nähern.

Ich starre angestrengt ins Dunkel, um zu ergründen, um was es sich bei den grünlich schimmernden Lichtquellen handeln könnte. Mir kommen Glühwürmchen in den Sinn. Dabei weiß ich gerade nicht einmal, in welcher Farbe Glühwürmchen eigentlich leuchten.

Langsam schweben die Lichter heran, und schließlich sind sie mir so nahe, dass ich ein seltsames Pulsieren in ihnen erkennen kann. Es sieht aus, als wären sie lebendig, was mir nun doch einen Schauer über den Rücken jagt. Was folgt, ist leise Panik, weil sich mein Eindruck als richtig erweist. Ich realisiere, dass ich gerade in zwei Augen mit dunkelgrünen, pulsierenden Pupillen starre.

Instinktiv taste ich nach der Türklinke, doch meine Hand greift ins Leere.

Die grünen Augen und das Atemgeräusch kommen unaufhörlich näher.

Ich würde mich gerne auf den Gedanken konzentrieren, dass diese Situation, wenn man sie mit gesundem Menschenverstand betrachtet, völlig ungefährlich ist. Doch mein limbisches System spielt nicht mit. Die Dunkelheit und das unbekannte Wesen versetzen mich nicht einfach nur in Angst, sie wecken archetypische Panik in mir. Ich fühle mich wie ein Höhlenmensch, der gerade bitter bereut, dass er aus einer Laune heraus das sichere Lagerfeuer verlassen hat. Jetzt muss er damit rechnen, dass dies sein letzter leichtsinniger Ausflug in die Dunkelheit war.

Gelähmt vor Angst, warte ich darauf, dass die grünen Augen mich erreichen. Und ich erwarte auch, dass das Wesen, dem sie gehören, kurzen Prozess mit mir machen wird.

Jetzt sind die Augen mir so nah, dass ich erkennen kann, was zuvor in ihrem schwachen Lichtkegel verborgen war.

Mein Atem geht unwillkürlich schneller und beginnt, ebenfalls leise zu rasseln. Der Wein versagt endgültig seinen Dienst als Entspannungsmittel. Stattdessen fühlt es sich so an, als würden Alkohol und Adrenalin um die Wette durch meine Adern jagen.

Ich versuche, tief und ruhig zu atmen. Dabei steigt mir ein stechender Geruch in die Nase. Ist das etwa der Gestank von angekokeltem Fleisch?

Mir wird schlecht. Ich versuche eine Ohnmacht abzuwenden, indem ich mich darauf konzentriere, meine Angst in den Griff zu bekommen. Zwar kann ich verhindern, bewusstlos zu werden, aber aus meiner Angst wird wilde Panik, als ich sehe, dass die grün leuchtenden Augen einen schwachen Schimmer auf ein zur Fratze entstelltes menschliches Antlitz werfen. Starr vor Ekel und Entsetzen erkenne ich im blassen Schein der Augen ein feuerrotes Gesicht und einen kahlen Schädel, aus dem zwei bleiche Hörner in die Höhe ragen. Der Atem der Hölle weht mir entgegen und lässt mich zurücktaumeln.

Ich weiß nun, dass Auerbach Wort gehalten hat. Ich habe

gerade ein Rendezvous mit dem Leibhaftigen. Und wahrscheinlich wird er nicht sehr erfreut darüber sein, dass ich nassforsch um dieses Treffen und ganz nebenbei noch um eine Führung durch sein Reich gebeten habe. Nun steht zu befürchten, dass mir ein Besuch in der Hölle bevorsteht, der sich deutlich länger gestaltet, als mir lieb ist.

Ich höre meinen Herzschlag als ohrenbetäubendes Hämmern. Das Rauschen meines Blutes hat die Lautstärke eines reißenden Gebirgsbaches. Das Getöse in meinem Kopf löscht auch den letzten Funken eines klaren Gedankens. Schon bin ich im Begriff, im Geiste mit meinem Leben abzuschließen, doch in genau diesem Moment geschieht etwas sehr Seltsames: Ich bekomme einen Schluckauf.

Die Teufelsfratze zuckt zurück. In den grünen Augen ist Verwunderung zu sehen. Der Leibhaftige wartet ab, was nun passiert.

Ich stutze. Durch das Hicksen bin ich schlagartig wieder Herr meiner Sinne. Vielleicht ist es vergleichbar mit dem Schnipsen, das eine Hypnose beendet.

Die Angst ist jedenfalls wie weggeblasen, an ihre Stelle tritt nun sofort die glasklare Erkenntnis, dass ich selbstverständlich nicht dem Teufel gegenüberstehe, sondern einem gewöhnlichen Menschen. Und wären nicht meine Angst und ein paar Gläser Wein zu viel gewesen, dann hätte ich auch wissen können, um wen es sich aller Voraussicht nach handelt.

«Toni, sind Sie das?», frage ich und freue mich, dass mein limbisches System nicht länger im Steinzeitmodus rattert.

Die Teufelsfratze mit den grünen Augen scheint mich aufmerksam zu mustern, dann höre ich die Stimme von eben sagen: «Okay, Alfons. Das war's. Ende der Vorstellung.»

Das Licht flammt auf. Ich blinzele in eine in gedeckten

Farben gehaltene, edel ausgestattete Hotelsuite. Dabei muss ich wieder hicksen.

Vor mir steht Toni Auerbach, verkleidet als Teufel.

Ich bemühe mich, einen entspannten Eindruck zu machen, obwohl mir das nach den Panikattacken der vergangenen Minuten nicht eben leichtfällt.

Auerbach zieht sich grinsend die Hörner mitsamt der daranhängenden künstlichen Glatze vom Kopf, pfeffert das Plastikzeug auf einen Sessel und greift nach einem großen Brandy, der auf dem Couchtisch steht.

Ich atme tief ein und halte die Luft an, um den Schluckauf niederzuringen.

«Hast du das im Kasten, Alfons?», fragt Auerbach und wirft einen Blick zur Seite.

Erst jetzt sehe ich, dass der mir bereits bekannte Hotelportier in der Zwischentür zum Nebenraum steht. Er hat einen Camcorder in der Hand und überprüft das gerade entstandene Bildmaterial.

«Sieht gut aus», sagt er und hält Toni das Display hin, damit der sich selbst eine Meinung bilden kann. «Diese Nachtsichtkameras sind technisch mittlerweile extrem ausgereift.»

Auerbach wirft einen Blick auf das Display, dann nickt er zufrieden, prostet mir zu und nimmt einen großen Schluck Brandy. «Schon morgen werden wir beide auf YouTube eine große Fangemeinde haben, Jakob, da bin ich mir absolut sicher.»

Ich will etwas erwidern, muss aufgrund meines Schluckaufs aber noch eine Weile die Luft anhalten.

«Möchten Sie auch einen Brandy?», fragt Auerbach.

Ich schüttele den Kopf.

Auerbach lässt sich in einen Sessel fallen. «Könntest du uns dann jetzt bitte allein lassen, Alfons?»

«Geht klar, Toni.» Alfons klappt seinen Camcorder zusammen, nickt mir freundlich zu und verlässt das Zimmer.

Ich warte noch ein paar Sekunden, dann öffne ich die Lippen und ziehe gierig Luft in meine Lungen. Toni will etwas sagen, aber ich hebe abwehrend die Hand, weil ich in mich hineinhorchen muss, um zu erfahren, ob ich den Schluckauf tatsächlich verjagt habe. Es sieht ganz so aus.

Ich setze mich nun ebenfalls, lege meine Hände in den Schoß und bedeute Auerbach mit einem gnädigen Kopfnicken, dass er jetzt sprechen darf. Ich bin nicht nur wütend darüber, dass er mich gefoppt und dabei gegen meinen Willen gefilmt hat, ich ärgere mich auch über mich selbst, weil ich dieses Kasperletheater nicht gleich durchschaut habe. Aber genau das werde ich Toni nicht auf die feuerrote Nase binden, weil ich ihm diesen Triumph schlicht nicht gönne.

Sein skeptischer Blick trifft mich. «Alle Achtung, Sie spielen nicht schlecht, Jakob. Aber ich glaube Ihnen nicht, dass Sie so cool sind. Sie können ruhig zugeben, dass Sie eben vor lauter Angst fast einen Kreislaufkollaps bekommen hätten.» Er scheint diese Möglichkeit amüsant zu finden.

«Was sollte der Quatsch, Toni?», frage ich.

Auerbach pustet einen roten Plastikhautfetzen zur Seite, der ihn im Mundwinkel stört. Als das Pusten nicht hilft, zieht er sich den Plastikfetzen vom Gesicht. Da die Maske absolut realistisch aussieht, ist das ein ziemlich ekliger Anblick.

«Ich wollte Ihnen nur eine Kostprobe davon geben, was ich im Mittelalter so alles veranstaltet habe», sagt Auerbach und gießt sich großzügig Brandy nach. «Möchten Sie nicht vielleicht doch einen, Jakob? Auf den Schreck?»

Wieder schüttele ich den Kopf. Ein Brandy könnte das kleine Weinfass, das ich eben in mich reingeschüttet habe, zum Überlaufen bringen. «Mittelalter? Kostprobe? Wovon reden Sie, Toni?»

«Davon, dass mein richtiger Name nicht Toni Auerbach ist. Außerdem bin ich kein Mitarbeiter des Teufels.»

«Auf Anhieb klingt das sehr vernünftig», erwidere ich. «Ich befürchte aber, da kommt noch was.»

Auerbach nickt. «Richtig geraten. Ich habe den Teufelsmitarbeiter nur erfunden, weil ich dachte, wenn ich Ihnen gleich sage, dass ich in Wahrheit der Teufel selbst bin, dann würden sie mir wahrscheinlich nicht zuhören.»

Im Geiste notiere ich, dass der Fall Auerbach deutlich komplizierter ist, als ich bislang dachte.

«Verstehe. Sie sind also Satan höchstpersönlich», stelle ich leidenschaftslos fest. Mag es der Wein sein oder die Tatsache, dass ich eben Todesängste ausgestanden habe, jedenfalls scheint mich heute nicht mehr viel vom Hocker zu hauen. «Und wer ist Alfons?»

«Mein Assistent.»

«Aber Sie haben noch weitere Assistenten», vermute ich.

Toni schüttelt den Kopf.

«Seltsam», sage ich. «Selbst Fußballschiedsrichter haben zwei Schiedsrichterassistenten, aber der Teufel kommt mit nur einer Hilfskraft aus?»

Auerbach grinst. «Vielleicht sind in der Hölle nicht so viele Regeln zu beachten wie beim Fußball.»

Er sieht, dass ich seine Bemerkung nur bedingt witzig finde, und fügt hinzu: «Die Wahrheit ist, dass Sie eine falsche Vorstellung von der Organisation der Hölle haben. Und ich glaube, Sie überschätzen ebenfalls meine Bedeutung für den Aufstieg des Bösen in der Welt.»

«Da könnten Sie recht haben. Ich frage mich nämlich zum Beispiel, warum der Teufel sich damit abgibt, hinter der Seele eines völlig unbedeutenden Psychologen herzujagen? Ich dachte immer, Satan hätte Wichtigeres zu tun. Müssen Sie nicht das Fegefeuer anheizen? Und Leute braten? Und ein Heer von Dämonen befehligen?»

Auerbach grinst. «Das war einmal, Jakob. Aber das ist lange her. Selbst der Teufel muss mit der Zeit gehen. Ich gebe aber zu, ich denke sehr gern zurück an die glamouröse Ära der Ketzerjagd. Deswegen wollte ich Ihnen auch eine Kostprobe davon gegeben, wie ich und meine Leute im Mittelalter die Welt aufgemischt haben.»

«Mit Halloweenkostümen», konstatiere ich.

«Höre ich da etwa leisen Spott?», fragt Auerbach.

«Möglich», antworte ich.

Auerbach zuckt mit den Schultern. «Egal. Hauptsache, es hat funktioniert. Und das hat es definitiv. Die Menschen schlotterten vor Angst, wenn sie mich sahen.» Er lächelt versonnen.

Abel Baumann war schon kein leichter Fall, aber die schizophrene Psychose von Toni Auerbach scheint eine brisante Mischung mit einer narzisstischen Persönlichkeitsstörung einzugehen. Während Baumann sich als Gott weitgehend gescheitert sah, ist Toni mit seiner Karriere als Teufel offenbar sehr zufrieden. Das wird es nicht leichter machen, ihn von der Wahnhaftigkeit seiner Ideen zu überzeugen.

«Soso. Sie glauben also, dass ich ein Wahnsinniger bin», konstatiert Auerbach missgelaunt.

Ich stutze. Hat er mir etwa angesehen, was ich gerade gedacht habe?

«Ich hab Ihre Gedanken erraten», erklärt Toni. «Ihr Lieblingspatient ist nicht der Einzige, der solche Tricks draufhat.»

Ich erinnere mich, dass auch Baumann die Fähigkeit besaß, meine Gedanken zu erraten. Auch diese Gemeinsamkeit spricht dafür, dass Auerbach und Baumann eine persönliche Beziehung zueinander hatten. Wenn es mir gelingen würde, diese Verbindung aufzudecken, dann könnte das nicht nur Toni Auerbach helfen, sondern mir vielleicht auch ein paar offene Fragen zu Abel Baumann beantworten.

«Wo haben Sie ihn doch gleich kennengelernt?», frage ich beiläufig.

«Habe ich Ihnen doch schon gesagt.» Auerbach ist das Thema lästig, das merkt man ihm deutlich an.

«Haben Sie nicht. Sie haben lediglich zugegeben, dass Sie ihn kennen. Aber Sie haben mir nicht gesagt, wo Sie ihn kennengelernt haben.»

«Das spielt aber doch auch überhaupt keine Rolle», blafft Auerbach. «Es geht hier nicht um ihn, sondern nur um Sie und um mich.»

Mein Patient zeigt Gefühle. Ich bin also an einem neuralgischen Punkt.

«Haben Sie mir nicht erzählt, dass Sie das alles hier nur veranstalten, um *ihn* zu ärgern? Wenn es also nicht um *ihn* geht, worum geht es dann?»

Wütend springt Auerbach auf. «Sie wissen ganz genau, um was es geht, Jakob. Ich will etwas haben, das Ihnen gehört. Und Sie wollen es mir nicht geben.»

«Dann begreifen Sie es doch endlich», antworte ich. «Meine Seele ist unverkäuflich.»

Auerbach bedeutet mir, dass ich kurz warten soll. Dann verschwindet er im Nebenzimmer und kommt mit einem Buch zurück. Er legt es auf den Couchtisch und setzt sich wieder hin.

«Vergessen Sie mein letztes Angebot», sagt er. «Neuer Versuch.»

Ich werfe einen Blick auf das Buchcover und lese: *Kognitive Paradoxien in der Spektralfarbenlehre nach Bartholomäus Jakobi.* Als Verfasser des respekteinflößend dicken Fachbuches bin zu meinem Erstaunen ich selbst genannt.

Verblüfft blicke ich zu Toni Auerbach.

«So ungefähr sähe das Werk aus, das Sie in die Annalen der Psychologie einschreiben würde. Sie könnten damit Ihrem berühmten Vater den wissenschaftlichen Rang ablaufen. Mein Teil des Deals wäre es, Sie zu einem hellen Stern der modernen Psychologie zu machen. Ich garantiere Professuren an wichtigen Universitäten der Welt und später dann die Verleihung irgendeines renommierten Preises. Vielleicht wird man Ihnen den Nobelpreis in die Hand drücken. Oder den Pulitzerpreis. Mal sehen. Jedenfalls lasse ich mir ganz bestimmt was Hübsches einfallen.»

Ich werfe einen Blick in das Buch und erwische eine leere Seite. Ich blättere weiter. Wieder eine leere Seite. Ich lasse nun die Seiten an meinem Daumen vorbeiflattern, sehe dabei aber nicht eine einzige, die bedruckt wäre.

«Es ist natürlich nur ein Musterexemplar», erklärt Toni. «Aber ich habe erstklassige Leute an der Hand, die keine zwei Monate für eine druckreifes Manuskript benötigen. Das Buch könnte also schon im Sommer auf dem Markt sein. Und bereits zum Wintersemester wären Sie Gastprofessor an einer Elite-Uni Ihrer Wahl.

Ich lege das Buch auf den Tisch. «Wie kommen Sie darauf, dass es mein Wunsch ist, meinem Vater den wissenschaftlichen Rang abzulaufen?»

«Das habe ich geraten», erwidert Auerbach. «Aber will nicht jeder Sohn seinen Vater übertrumpfen?» Er lächelt siegesgewiss.

«Keine Ahnung. Sagen Sie es mir.»

Auerbach seufzt genervt. «Warum müssen wir eigentlich immer über mich reden, Jakob? Ich brauche keine Psychotherapie. Und ich habe auch kein Interesse daran, von Ihnen analysiert zu werden. Alles, was mich interessiert, ist Ihre Seele.»

«Ich weiß. Wobei es durchaus möglich wäre, dass Sie nur deshalb vorgeben, meine Seele kaufen zu wollen, weil Sie in Wahrheit therapeutische Hilfe suchen. Es ist nicht ungewöhnlich, dass Menschen mit psychischen Problemen zusätzliche Schwierigkeiten erfinden, um damit auf ihre eigentlichen Probleme aufmerksam zu machen.»

Auerbach kratzt sich an dem feuerroten Plastikkinn, das er noch immer nicht abgenommen hat. «Dann könnten Sie doch leicht herausfinden, ob ich es nun auf Ihre Seele abgesehen habe oder auf Ihren therapeutischen Rat. Unterschreiben Sie einfach meinen Vertrag, und wir werden sehen, ob ich aus Ihrem Leben verschwinde oder mir neue Schwierigkeiten ausdenke, um Ihre Aufmerksamkeit zu erregen.»

«So einfach ist das leider nicht», erwidere ich. «Womöglich verschwinden Sie nach Vertragsabschluss nur deshalb, weil Sie sich durch meine Unterschrift in Ihren Wahnvorstellungen bestätigt fühlen. In diesem Fall hätte ich Ihren Zustand dann sogar verschlimmert.»

Er wirkt irritiert. «Moment mal. Das klingt, als ob Sie mich in jedem Fall für verrückt halten.»

«Ich glaube, dass Sie psychische Probleme haben, Toni. Damit sind Sie nicht automatisch verrückt.»

«Es gäbe noch die Möglichkeit, dass ich die Wahrheit sage und tatsächlich der Teufel bin», sagt er leichthin.

«In diesem Fall hätten Sie noch ein ganz anderes Problem», unke ich.

«Oh. Jetzt bin ich aber gespannt», erwidert Auerbach mit einem Anflug von Überheblichkeit und gießt sich Brandy nach.

«Ein Teufel, der sich erst als Teufel verkleiden muss, um die Menschen davon zu überzeugen, dass er wirklich der Teufel ist, hat meiner Ansicht nach schwere Identitätsprobleme», erkläre ich. «Vielleicht sogar eine ausgewachsene Identitätskrise.»

Auerbach lacht, allerdings etwas verhalten. «Und warum sollte ich eine Identitätskrise haben?»

«Keine Ahnung. Klassische Gründe wären ein Berufswechsel oder die Veränderung religiöser oder weltanschaulicher Ansichten.»

«Machen Sie Witze?», fragt Auerbach. «Ich bin der Teufel! Ich kann weder meinen Beruf wechseln noch meine religiösen oder weltanschaulichen Ansichten.»

«Und warum nicht?», will ich wissen.

«Wie stellen Sie sich das vor, Jakob? Soll ich einen Laden für Strickmoden eröffnen und in meiner Freizeit Heimkindern Gutenachtgeschichten vorlesen, oder was?»

«Würden Sie denn gern einen Laden für Strickmoden eröffnen?», frage ich.

«Nein! Natürlich nicht!», ruft Auerbach. «Ich bin der Leibhaftige! Der Herr der Finsternis! Und kein gottverdammter Strickmodenverkäufer!»

«Können Sie mir sagen, warum dieses Thema Sie so aggressiv macht?»

Auerbach greift nach seinem Glas. «Nein. Aber vielleicht sagen Sie es mir.»

«Gern. Wussten Sie, dass eine allzu strenge Festlegung auf ein bestimmtes Rollenmuster ebenfalls Identitätskrisen auslösen kann?»

Nervös nippt Auerbach an seinem Brandy. «Was soll das heißen? Der Teufel will nicht länger der Teufel sein?»

«Keine Ahnung. Sagen Sie es mir.»

«Oh Mann, Jakob.» Er schüttelt den Kopf. «Ich verstehe Sie einfach nicht. Ich serviere Ihnen Geld und Ruhm auf dem Silbertablett, und statt mit beiden Händen zuzugreifen und sich ein schönes Leben zu machen, haben Sie nichts Besseres zu tun, als mir Komplexe anzudichten.»

«Ich dichte Ihnen überhaupt nichts an, Toni. Ich versuche nur herauszufinden, wie ich Ihnen helfen kann.»

«Sagen Sie das doch gleich. Das ist nämlich ganz simpel», erwidert Auerbach. «Sie müssen mir nur einen Tipp geben, was ich Ihnen im Tausch gegen Ihre Seele anbieten soll. Am besten, Sie sagen mir schlicht, was Sie sich wünschen, und ich arrangiere das dann.»

Ich überlege, wie ich ihm endgültig begreiflich machen kann, dass seine Bemühungen völlig umsonst sind.

Toni versteht mein Zögern falsch. «Moment mal. Schlummern da womöglich ein paar dunkle Begierden in Ihnen, die Sie sich nicht trauen, auszusprechen?» Er mustert mich aufmerksam. «Wir können ganz offen reden, Jakob. Von Mensch zu Teufel. Sie können mir glauben, dass dem Teufel nichts Menschliches fremd ist.» Er klatscht aufmunternd in die Hände. «Also, raus mit der Sprache. Haben Sie bizarre Sexphantasien? Sind Sie machthungrig? Oder spielsüchtig? Stehen Sie auf Drogen? Oder auf absonderliche Fetische? Sind Sie Sadist? Masochist? Sodomit?»

Er lässt mir Zeit für die Antwort, aber ich schweige.

«Ich bin sicher, es ist Ihnen peinlich, dass Ihre dunkle Seite Sie mit einigen Ihrer Patienten auf eine Stufe stellt. Niemand möchte sich mit den Schwachen und Beladenen identifizieren. Außer Jesus vielleicht.»

Wieder wartet er auf eine Reaktion, aber ich schweige weiterhin.

«Kommen Sie. Sagen Sie es mir, Jakob. Ein kleiner Wink von Ihnen genügt, und im Handumdrehen erfülle ich Ihre geheimsten Wünsche. Sie brauchen nur Ihren Namen unter den Vertrag zu setzen.»

«Ich sage es Ihnen jetzt zum letzten Mal, Toni.» Langsam beuge ich mich vor, um meinen Worten Nachdruck zu verleihen. «Ich werde meine Seele nicht verkaufen. Um keinen Preis. Nicht für Geld, nicht für Ruhm und Ehre. Ich würde das nicht einmal im Spaß tun, weil ich die Befürchtung hätte, dass es mir am Ende meines Lebens leidtun könnte, und sei es auch nur, weil es sich vielleicht komisch anfühlt, so ganz ohne Seele rumzulaufen. Also, geben Sie endlich auf.»

Auerbach verzieht missmutig das Gesicht. Dann streicht er über sein spärliches Haupthaar und seufzt lange. «Haben Sie eigentlich schon einmal daran gedacht, dass ich auch ganz andere Saiten aufziehen könnte, um Ihre Seele zu bekommen, Jakob?»

«Nein. Welche, zum Beispiel?»

«Oh, da gibt es viele Möglichkeiten. Ich könnte Sie beispielsweise mit einem Fluch belegen. Oder mit einer Krankheit schlagen. Ich könnte Sie auch vom Pech verfolgen lassen. Oder Ihnen Albträume schicken. Oder Dämonen. Kurzum, ich könnte Ihnen das Leben ganz schön zur Hölle machen.»

Ich bin nicht sehr beeindruckt. In meiner psychologischen Praxis kommt es ab und zu vor, dass Patienten mir die Pest oder sonst was an den Hals wünschen. Das ist ganz normal. Schwierig wird es erst, wenn die Verwünschungen zum Teil ernst gemeint sind. «Wollen Sie mir etwa drohen, Toni?»

«Möglich», antwortet Auerbach. «Und wenn es so wäre?»

«Das kann ich Ihnen sagen. Sollte bei mir der Eindruck entstehen, dass Sie eine Gefahr für sich, mich oder andere sein könnten, dann werde ich Sie zwangseinweisen lassen.»

Er schnaubt verächtlich. «Ach ja?»

«Ja. Ich mag es nämlich überhaupt nicht, wenn man mir droht.»

Ich stehe auf und gehe zur Tür. «Nutzen Sie das Wochenende, um darüber nachzudenken, ob Sie mit mir an Ihren Problemen arbeiten möchten. Und falls das so ist, dann melden Sie sich am Montag bitte bei Frau Kretzer wegen eines neuen Termins. Ich würde mich freuen.»

Ich öffne die Tür, um zu gehen.

«Moment», sagt Auerbach. «Wir sind noch nicht fertig.»

«Doch», erwidere ich. «Für heute sind wir das.»

Ich sehe, dass er etwas erwidern möchte, verlasse jedoch das Zimmer, ohne seine Reaktion abzuwarten.

Als ich vor das Hotel trete, atme ich tief durch. Ich ertappe mich bei dem absurden Gedanken, was wohl wäre, wenn es sich bei Toni Auerbach nicht um einen Menschen mit psychischen Problemen, sondern tatsächlich um den Leibhaftigen handeln würde. Vermutlich gäbe es dann jetzt in der Hölle einen großen Bratenrost mit meinem Namensschild.

6

Es herrscht leichter Schneefall. Die Flocken schweben so zaghaft herab, dass es aussieht, als hätte der Himmel heute keine Lust, sich anzustrengen.

Ich beschließe, einen ausgedehnten Spaziergang zu machen, um den Kopf freizubekommen. Der Plan funktioniert. Nach einem Marsch quer durch die halbe Stadt fühle ich mich derart erfrischt, dass ich sogar kurz überlege, noch auf ein Glas Wein im *Takahashi* vorbeizuschauen. Da ich wieder klar im Kopf bin, fällt mir zum Glück auf, dass die Idee idiotisch ist. Bestimmt würde ein einziger Schluck Riesling reichen, und ich wäre sofort wieder sturztrunken.

Als ich die Haustür aufschließe, bemerke ich einen Mann mit Regenschirm, der unter einer Straßenlaterne wartet. Er lupft den Schirm ein wenig, weshalb ich für einen kurzen Moment sein Gesicht sehen kann.

Ich stutze. «Herr Moosmann? Sind Sie das?»

«Guten Abend, Dr. Jakobi.»

Er löst sich aus dem Schein der Laterne und schlendert auf mich zu.

Ich seufze müde. Es ist bald Mitternacht. Eigentlich hat schon vor Stunden mein Wochenende begonnen. Um Begegnungen wie diese zu vermeiden, wissen meine Patienten eigentlich nicht, wo ich wohne. Auch das gehört zum

System der professionellen Distanz. Aber es ist eben nicht auszuschließen, dass sich hin und wieder dann doch der eine oder andere die Mühe macht, meine Privatadresse herauszubekommen.

Als Moosmann mir gegenübersteht, sehe ich, dass er seit Stunden in der Kälte ausgeharrt haben muss. Seine Gesichtshaut schimmert bläulich.

Eigentlich müsste ich ihn nach Hause schicken oder, falls er akute Probleme hat, an den sozialpsychiatrischen Notdienst verweisen. Aber er tut mir gerade leid. Außerdem mag ich ihn irgendwie.

«Was führt Sie zu mir?», frage ich und versuche mir nicht anmerken zu lassen, dass ich über die nächtliche Begegnung nicht eben erfreut bin.

«Ich möchte gern meinen Therapeuten wechseln», antwortet Moosmann höflich, zieht einen Revolver aus seiner Manteltasche und zielt auf mich.

Ich schlucke erschrocken und hebe die Hände, um ihn zu beschwichtigen. «Sekunde, Herr Moosmann. War ich so hundsmiserabel als Therapeut, dass Sie mich deshalb gleich erschießen müssen?»

«Nein», erwidert Moosmann. «Ganz im Gegenteil. Sie waren mir sogar in vieler Hinsicht eine sehr große Hilfe, aber …»

«Na, bitte!», unterbreche ich voreilig. «Dann können Sie dieses Ding da doch jetzt wieder einpacken.»

Er wischt meine Bemerkung mit der Pistole beiseite. «Keine Sorge. Ich werde Sie nicht erschießen, weil Sie ein mieser Therapeut sind, sondern weil Sie mit meiner Frau vögeln.»

Ich bin sprachlos.

«Ich habe in der Ehe mit Susann wirklich viel aushalten

müssen. Aber jetzt ist Schluss. Ich kann nicht mehr. Dass meine Frau und mein Psychotherapeut miteinander ins Bett gehen, während ich den beiden unabhängig voneinander erzähle, wie sehr ich darunter leide, betrogen zu werden, das geht schlicht über meine Kräfte.»

«Okay. Hier liegt ein Missverständnis vor», sage ich im Brustton der Überzeugung. «Ich schwöre Ihnen, dass ich nie etwas mit Ihrer Frau hatte.»

Er hebt die Pistole ein wenig höher und zielt nun auf mein Herz. Ich glaube, er hat mir gar nicht zugehört.

«Wer weiß?», sagt er gedankenversunken. «Vielleicht bekomme ich sogar mildernde Umstände, wenn das Gericht erfährt, wie schamlos mein Psychotherapeut seine Position ausgenutzt hat.»

Ich versuche, Blickkontakt zu ihm herzustellen und gleichzeitig ruhig zu bleiben. «Wie schon gesagt, Herr Moosmann. Hier liegt ein Missverständnis vor, und ich fände es sehr sinnvoll, wenn wir darüber reden könnten.»

Es kostet enorme Kraft, Todesangst zu verbergen. Sollte ich diese Situation überleben, dann brauche ich gleich doch noch einen oder zwei Drinks.

Moosmann spannt den Hahn. Eine Träne rollt ihm über die Wange, zugleich läuft seine bläulich schimmernde Nase. Mit dem Handrücken wischt er sich übers Gesicht. «Wie konnten Sie mir das nur antun, Dr. Jakobi?»

«Sehen Sie mich an», bitte ich. «Und hören Sie mir zu.»

Er hebt den Kopf und sieht mir nun tatsächlich in die Augen.

«Ich kenne Ihre Frau nicht», sage ich eindringlich. «Ich schwöre, ich habe sie noch nie gesehen. Sie wissen doch selbst, dass sie bislang keine einzige Sitzung besucht hat. Also lassen Sie uns bitte in Ruhe über alles reden. Ich möchte Weihnachten nicht aufgrund eines blöden Missverständnisses tot sein, und Sie möchten ganz sicher nicht im Gefängnis sitzen, weil Sie mir grundlos eine Kugel verpasst haben, oder?»

Er zögert. Ich finde, das ist ein gutes Zeichen.

Während er die Mündung der Waffe weiterhin auf mein Herz gerichtet hält, durchsucht Moosmann umständlich seine linke Manteltasche und fischt schließlich ein Foto hervor. Er gibt es mir.

«Sagen Sie mir nur eins. Haben Sie jemals mit dieser Frau geschlafen?»

Ich schaue mir das Foto an. Es ist ein Porträt von Valerie. Unwillkürlich fällt mir ihr Auftritt als sexy Weihnachtsfrau ein. Schon komisch, was das Gehirn in Extremsituationen so alles veranstaltet. Aber wie dem auch sei, der vorsichtige Optimismus, der eben in mir aufkeimte, hat sich gerade wieder verflüchtigt.

«Und?» Moosmann fuchtelt mit der entsicherten Waffe herum. «Haben Sie mit dieser Frau geschlafen? Ja oder nein?»

«Könnten Sie vielleicht die Waffe runternehmen?»

«Ja oder nein?», insistiert Moosmann.

«Sie machen einen großen Fehler», sage ich.

«Ja oder nein?» Moosmanns Hand zittert.

Ich spüre, dass auch ich zu zittern beginne. Fraglich, ob daran die Kälte schuld ist oder die Angst vor dem Schuss.

«Hören Sie, ich mache Ihnen einen Vorschlag», sage ich. «Wir wärmen uns jetzt irgendwo auf, trinken was und reden in Ruhe über alles. Ob Sie mich nun auf der Stelle erschießen oder erst in einer halben Stunde, das macht den Braten nun wirklich nicht fett.»

«Und warum sollte ich das tun?», fragt Moosmann. «Mir geht es ja nur um die Antwort auf eine ganz einfache Frage. Also …», er hebt die Waffe und zielt nun auf meine Stirn, «… haben Sie mit ihr geschlafen, Dr. Jakobi? Ja oder nein?»

Ich atme einmal tief durch. Ich finde, dass ich ein ganz gutes Leben gehabt habe. Ein bisschen kurz war es womöglich, aber insgesamt kann ich mich nicht beklagen. Und die Vorstellung, binnen eines Lidschlags durch eine Kugel zu sterben, war mir sowieso immer schon lieber als die, nach langer Bettlägerigkeit mühsam den Löffel abzugeben.

Also, sei's drum, denke ich und sage: «Ich kenne diese Frau unter dem Namen Valerie. Falls Sie wirklich mit Ihnen verheiratet ist, dann hat sie uns beide betrogen.»

Ich erwarte das Peitschen des Schusses, stattdessen sehe ich ein Blitzen in Moosmanns Augen. Er zögert und wischt sich wieder mit dem Handrücken übers Gesicht. Es arbeitet in ihm. Das ist gut. Würde er mich schlicht für einen Lügner halten, dann wäre ich jetzt bereits tot.

«Könnten Sie die Waffe vielleicht ein bisschen tiefer halten?», bitte ich. «Die Dinger sollen manchmal ziemlich unmotiviert losgehen, und mir wär dann ein Schuss ins Knie lieber als einer in den Kopf.»

Moosmann lässt langsam den Revolver sinken. Ich sehe ihm an, dass er den Entschluss, mich zu erschießen, zumindest vorerst auf Eis gelegt hat. Seine Schultern sinken herab, er atmet hörbar aus.

«Na, kommen Sie», sage ich in beruhigendem Tonfall. «Lassen Sie uns reden. Gleich da vorn gibt es eine kleine Sushi-Bar.»

«Ich mag kein Sushi», sagt Moosmann.

«Ich auch nicht», erwidere ich.

Nach einem letzten, kurzen Zögern steckt er die Waffe ein. Dann machen wir uns schweigend auf den Weg.

Wir sind die letzten Gäste in Takahashis Schmuddelbude. Kein Wunder, denn es ist inzwischen nach Mitternacht.

«Wir haben geschlossen», verkündet Herr Takahashi, als wir eintreten.

«Schon gut. Wir möchten nichts essen», erwidere ich, setze mich auf meinen Stammplatz und schiebe Moosmann einen Hocker zu.

«Das weiß ich», sagt Takahashi. «Aber es ist auch für Leute geschlossen, die einfach nur rumsitzen wollen.»

«Wir brauchen nicht lange. Wir trinken nur kurz was, während Sie hier saubermachen, und dann verschwinden wir wieder, okay?»

Irritiert schaut Herr Takahashi sich um. Ich wundere mich zunächst, dann jedoch ahne ich, dass ich ihm gerade zu nahegetreten bin. «Sie haben bereits saubergemacht. Richtig?»

Takahashi nickt. «Und ich habe mir sogar richtig viel Mühe gegeben.»

«Da hab ich wohl nicht so genau hingesehen», lüge ich.

«Wenn du den Pfeil der Wahrheit abschießt, tauche zuvor seine Spitze in Honig», erwidert Takahashi.

«Das ist hübsch», wechsle ich sofort das Thema. «Ist das von Konfuzius?»

«Nein. Das hat mir mal eine Bauchtänzerin in Marrakesch gesagt.»

Ich warte darauf, dass er weitererzählt, doch Takahashi winkt ab. «Ist eine lange Geschichte. Und schon fast nicht mehr wahr.»

«Haben wir trotzdem eine Chance auf einen Drink?», frage ich.

Der Japaner betrachtet Moosmann, der in die Nacht hinausstarrt wie ein Polarforscher, der gerade knapp dem Tode entronnen ist.

«Die Kaffeemaschine hab ich auch schon saubergemacht», sagt Takahashi. Ohne eine Miene zu verziehen, fügt er hinzu: «Glauben Sie es oder nicht.»

«Wir bräuchten irgendwas Warmes und irgendwas mit ordentlich Alkohol», sage ich und meine damit, dass Moosmann ein Heißgetränk vertragen könnte, während ich gern einen harten Drink hätte.

Takahashi überlegt kurz, dann hat er die Lösung für beide Probleme gefunden. «Ich mach uns mal Sake.»

Der Japaner verschwindet hinter dem Tresen, während ich mich neben Moosmann setze und mit ihm eine Weile in die Nacht hinausschaue.

«Was hat sie Ihnen erzählt?», fragt er leise.

«Dass sie Valerie heißt und eine vom Leben enttäuschte Hausfrau ist. Und dass sie drei Kinder hat und einen Mann, der sie ständig betrügt.»

Er lacht müde auf. «Dabei war sie es, die keine Kinder wollte.»

«Menschen, die ein Doppelleben führen, tun das in den meisten Fällen, weil sie Wünsche haben, die im realen Leben unerfüllt bleiben.»

«Das verstehe ich nicht», sagt Moosmann stirnrunzelnd. «Wir hätte doch Kinder haben können, wenn sie gewollt hätte.»

«Ja. Aber als das zur Debatte stand, hat sie sich dagegen entschieden. Vielleicht bereut sie es jetzt. Deshalb versucht sie sich in ihrem Doppelleben vorzustellen, wie es ist, eine Familie zu haben.»

Gequält verzieht Moosmann das Gesicht. «Wenn das so ist, dann bereut sie sicher auch, mich geheiratet zu haben, oder? Sonst würde sie ja nicht mit jedem x-beliebigen Kerl ins Bett gehen.»

Ich schweige.

«Das habe ich jetzt nicht gesagt, weil ich Sie für x-beliebig halte», fügt Moosmann entschuldigend hinzu.

«Schon gut», sage ich. Immerhin entspricht es den Tatsachen, dass ich nur einer der offenbar zahllosen Liebhaber von Valerie bin. Viel mehr ärgert mich, dass ihr riskantes Spiel mich ins Jenseits und Moosmann ins Gefängnis hätte bringen können. Aber vielleicht hat sie das sogar einkalkuliert, weil sie das Risiko so sehr liebt.

Takahashi stellt zwei Porzellanfläschchen mit winzigen Bechern auf den Tisch. Außerdem ein Körbchen mit Reiscrackern. «In Japan sagt man: Unter hundert Arzneien ist der Sake die beste.»

«Dann hoffen wir mal, dass das stimmt», sagt Moosmann und leert sein Fläschchen Sake in einem Zug. «Noch einen, bitte.»

Der Japaner schaut mich an. Ein stummer Vorwurf.

«Es war ein harter Tag für ihn», erkläre ich, gieße mir artig ein winziges Schlückchen Sake in mein Becherchen und proste unserem Gastgeber damit lächelnd zu.

Herr Takahashi scheint sich zu fragen, wie er auf die blöde Idee kommen konnte, in eine Stadt voller Barbaren zu ziehen, die kein Sushi mögen und Sake auf Ex aus der Flasche saufen. Er spart sich einen Kommentar und verschwindet wieder hinter dem Tresen.

«Unglaublich. Um ein Haar hätte ich einen Unschuldigen getötet.» Moosmann klingt bitter. «Mir wird ganz schlecht, wenn ich daran denke.»

Ich finde es etwas übertrieben, mich unschuldig zu nennen. Trotzdem widerspreche ich Moosmann nicht. Er hat immerhin noch den Revolver in der Manteltasche. Wobei der zu seiner eigenen Sicherheit nicht dort bleiben sollte.

«Da Sie Ihre Meinung geändert haben, könnten Sie mir jetzt die Waffe geben», sage ich und versuche, ebenso freundlich wie verbindlich zu klingen.

Ich kann Argwohn in Moosmanns Augen sehen, aber auch Angst.

«Ich möchte vermeiden, dass Sie heute Nacht noch eine weitere Dummheit begehen. Vielleicht haben Sie beim nächsten Mal nicht mehr so viel Glück.»

«Was haben Sie mit mir vor?», fragt er.

«Wenn Sie mir jetzt die Waffe geben und versprechen, dass Sie nach dem nächsten Sake direkt nach Hause fahren und sich erst einmal ausschlafen, dann vergessen wir einfach, was heute Nacht passiert ist.»

Erstaunt sieht er mich an.

«Betrachten Sie es als Vertrauensbeweis», fahre ich fort und schreibe ihm meine Privatnummer auf. «Und falls Sie reden möchten, rufen Sie mich an. Jederzeit. Gleich am Montag überlegen wir dann gemeinsam, wie es weitergeht.»

Moosmann nimmt den Zettel an sich und wischt mit dem Handrücken verstohlen eine Träne aus dem Augenwinkel. Inzwischen hat sich seine Gesichtsfarbe wieder normalisiert. Takahashis Medizin beginnt zu wirken.

Als uns der geduldige Japaner neuen Sake bringt, zieht Moosmann gerade seinen Revolver hervor und schiebt ihn zu mir herüber.

Takahashi wartet seelenruhig, bis die Waffe über den Tisch gewandert und in meiner Manteltasche verschwunden ist. Dann stellt er kommentarlos den Sake auf den Tisch und will gehen.

«Es ist nicht so, wie Sie denken», sage ich. Die Tatsache, dass Takahashi die Waffe demonstrativ übersehen hat, beunruhigt mich. Gut möglich, dass er seine Teilnahmslosigkeit nur vorspielt, um gleich die Polizei zu rufen.

«Keine Sorge», erwidert Herr Takahashi höflich. «Ich komme aus einer Gegend in Tokio, wo man keine Fragen stellt. Außerdem hat ein kluger Mann mal gesagt: ‹Kritisiere nicht, was du nicht verstehst.›»

«Auch schön», sage ich. «War das jetzt von Konfuzius?»

Takahashi schüttelt den Kopf. «Nein. Von Elvis Presley.»

Als ich nach Hause komme, ist es fast halb zwei. Beim Hervorkramen des Schlüssels finde ich zufällig auch mein Handy und sehe, dass Ellen mir zu nachtschlafender Zeit eine SMS geschrieben hat: *Nur falls du dich fragst, ob ich noch am Leben bin. Vielen Dank. Es geht mir ausgezeichnet.*

Eine vorwurfsvolle SMS meiner Exfrau hat mir als krönender Abschluss dieses Abends gerade noch gefehlt. Immerhin kommt Ellen offenbar auch ganz gut ohne meine Hilfe zurecht. Ich hätte ihr schon viel früher sagen sollen, dass sie sich um ihre Probleme selbst kümmern muss. Aber Psychologen sind vor gelegentlichen Neurosen nun mal ebenso wenig gefeit wie Imker vor gelegentlichen Bienenstichen.

Ich öffne die Tür und begreife im selben Moment, dass die Strapazen des Tages immer noch nicht vorbei sind. Im Flur brennt Licht. Das kann nur Valerie sein. Ich habe überhaupt nicht mit ihr gerechnet.

Aber als ich die Tür leise hinter mir zuziehe, fällt mir ein, dass ich selbst es war, der sie gestern gleich mehrmals gebeten hat, den angebrochenen Abend heute nachzuholen. Bestimmt ist sie jetzt sauer auf mich, weil ich sie versetzt habe. Aber das macht nichts. Im Gegenteil – wir sind quitt. Ich habe ihr einen Abend versaut, weil ich glaubte, meiner Exfrau helfen zu müssen. Sie hat mir einen Abend versaut, weil mich ihr Ehemann erschießen wollte. Wenn ich es recht bedenke, dann habe ich eigentlich sogar noch was gut bei ihr.

Leise betrete ich das dunkle Schlafzimmer. Ihr Atem geht ruhig und regelmäßig. Sie ist also beim Warten eingeschlafen. Ich taste nach dem Lichtschalter. Die Deckenlampe flammt auf. Sofort ist es taghell.

Valerie erwacht, muss sich erst mühsam orientieren. Sie blinzelt.

«Kannst du bitte das kleine Licht anmachen?», fragt sie mit müder Stimme.

«Du musst gehen», sage ich schroff. «Und zwar jetzt sofort.»

«Was? Mach keinen Quatsch», sagt sie, dreht sich auf die Seite und zieht das Kissen über beide Ohren. «Komm ins Bett, Jakob.»

«Ich meine es ernst, Valerie. Ich möchte, dass du gehst. Sofort.»

Das Kissen hebt sich ein wenig. «Hast du etwa getrunken?»

«Das auch. Vor allem aber habe ich eben mit deinem Mann gesprochen.»

Das Kissen scheint zu verharren.

«Er hat mir erzählt, dass du eigentlich Susann heißt und weder eine betrogene Hausfrau noch Mutter von drei Kindern bist.»

Es dauert ein paar Sekunden, bis die Informationen zu Valerie durchgedrungen sind. Langsam schält sie sich aus dem Kissen und sieht mich mit großen Augen an. Sie ist nun hellwach.

«Ich vermute, er ist dir eines Tages gefolgt und hat dann am Haus mein Klingelschild gesehen», fahre ich fort. «Jedenfalls ist ihm klar geworden, dass wir beide ein Verhältnis haben. Womit er allerdings definitiv nicht gerechnet hat, ist, dass du mir deine wahre Identität verschwiegen hast. Er musste also annehmen, dass ich eine Affäre mit dir habe, obwohl du die Frau eines Patienten bist. Also hat er sich ausgemalt, wie ich einerseits in unseren Sitzungen mit ihm über seine Eheprobleme spreche und andererseits ohne jeglichen moralischen Skrupel seine Frau flachlege.»

Valerie wird blass. Ihre Augen füllen sich mit Tränen.

«Und weil für deinen Mann deshalb der Beweis erbracht war, dass ich ein völlig verdorbener Dreckskerl bin, hat er heute die prima Idee gehabt, mich kurzerhand zu erschießen.»

«Oh, mein Gott!», flüstert sie und schlägt erschrocken die Hände vor den Mund. Tränen laufen ihr über die Wangen.

«Ich finde, angesichts der Umstände kann man ihm das nicht einmal übelnehmen. Jedenfalls hätte nicht viel gefehlt, und ich würde jetzt nicht hier stehen, sondern mit einer Kugel im Kopf vor dem Haus liegen.»

«Jakob», flüstert sie unter Tränen. «Bitte ...»

«Wie gesagt», unterbreche ich. «Ich möchte einfach nur, dass du gehst. Und diesmal sollten wir es dabei belassen. Geh und komm nie wieder, Valerie.»

«Aber ich ...» Sie schnieft. Notdürftig trocknet sie die Tränen mit einem Zipfel des Bettbezugs. «Ich meine, wir müssen doch ...» Ein heftiges Schluchzen hindert sie daran, den Satz zu vollenden. «Jakob, bitte ... lass uns darüber reden.»

«Nein, Valerie. Ich glaube nicht, dass es etwas zu besprechen gibt. Was heute passiert ist, spricht für sich selbst. Und es ist eine Menge passiert. Dein Spaß am Risiko hätte mich fast das Leben gekostet. Dein Mann hat die allerletzte Hoffnung auf eine Rettung seiner Ehe begraben. Vermutlich ist ihm auch noch der Glaube an das Gute im Menschen abhanden gekommen. Ich finde, all das ist ein hoher Preis für ein bisschen Nervenkitzel.»

Sie wischt erneut die Tränen ab und bemüht sich darum, die Fassung zu bewahren. «In Ordnung, Jakob. Ich gehe. Aber du musst dir vorher anhören, was ich zu sagen habe. Bitte.»

«Lass gut sein, Valerie. Ich muss gar nichts. Außerdem hat es sowieso keinen Sinn.»

«Dann vielleicht morgen?» Ein flehentlicher Blick. «Bitte, Jakob.»

«Ich möchte dich nicht wiedersehen, Valerie. Und was auch immer du zu sagen hast, es wird daran nichts ändern.»

Sie nickt schicksalsergeben, dann sieht sie mich an. Ihr Gesicht ist voller Bitterkeit, aber in ihren Augen funkelt Trotz. «Wenn du gestern nicht deine Exfrau hättest trösten müssen, dann wäre vielleicht alles anders gelaufen.»

Ich stelle zu meinem Erstaunen fest, dass ich zwar müde, aber noch nicht müde genug bin, um einem Streit gänzlich aus dem Weg zu gehen.

«Das klingt, als wäre es meine Schuld, dass dein Mann mich abknallen wollte», stelle ich verärgert fest.

«Nein, so meine ich das nicht. Aber ich habe dir gestern gesagt, dass wir reden müssen. Dazu ist es nur leider nicht gekommen, weil genau in diesem Moment deine Exfrau vor der Tür stand.»

«Was hättest du mir denn erzählen wollen?», frage ich.

«Alles», erwidert Valerie mit zitternder Stimme. «Glaub mir, Jakob. Ich wollte dir offen und ehrlich sagen, wer ich wirklich bin.»

Ich schaue ihr in die Augen und versuche zu ergründen, ob sie gerade die Wahrheit sagt oder nur eine ihrer vielen möglichen Wahrheiten erfindet.

«Valerie, es ist nicht ungewöhnlich, dass Menschen Affären haben, um sich von ihren eigentlichen Problemen abzulenken. Vielleicht solltest du therapeutische Hilfe in Erwägung ziehen. Zumindest für eine Weile.»

Sie beißt sich auf die Unterlippe. Ein sicheres Zeichen dafür, dass sie stocksauer ist.

«Spar dir deine klugen Ratschläge», faucht sie und schlägt die Decke zur Seite. Ihr schöner, nackter Körper kommt zum Vorschein. «Du hast ja sowieso genug damit zu tun, deiner Exfrau unter die Arme zu greifen.»

Wütend springt sie aus dem Bett und rafft ihre Wäsche zusammen. Sie will an mir vorbeirauschen, hält jedoch kurz inne. «Bist du eigentlich mal auf die Idee gekommen, dass ich das alles nur erfunden habe, weil mir keine andere Wahl blieb?»

«Wenn du damit meinst, dass deine diversen Affären es nötig machen, Lügengeschichten zu erfinden, dann passt das zu meiner Vermutung, dass du therapeutische Unterstützung gebrauchen könntest. Außerdem lautet die Frage nicht, warum du Lügengeschichten erfinden musst, sondern warum du dich immer wieder in Affären stürzt.»

Sie sieht mich an, dann lacht sie verächtlich. «Für einen Psychologen hast du erstaunlich wenig Ahnung, Jakob.»

Wütend marschiert sie in den Flur, stopft die Kleider in ihre Handtasche und schlüpft splitterfasernackt in ihre Lammfellstiefel.

«Du wirst dich erkälten», sage ich.

Sie greift nach ihrem Mantel. «Ich habe keine Affären. Jedenfalls keine außer dir. Was auch immer Karl dir erzählt hat, es waren Lügen, die ich ihm absichtlich aufgetischt habe. Die Wahrheit ist, dass mein Mann mir mit seiner ständigen Eifersucht so lange auf die Nerven gegangen ist, bis ich seinen Verdacht eines Tages aus einer Laune heraus bestätigt habe. Und dann ist mir klar geworden, dass es mir erstaunlich guttut, mich dafür zu rächen, dass Karl mir noch nie wirklich vertraut hat.»

Sie zieht ihren Mantel über und zurrt wütend den Gürtel fest. «Kompliziert wurde es erst, als ich dich getroffen habe. Wie der Zufall es will, lerne ich dich in einem Café kennen, weil sich der letzte freie Platz in dem ganzen Laden ausgerechnet an deinem Tisch befindet. Mir war schnell klar, dass da der Therapeut meines Mannes vor mir sitzt. Aber ich fand dich attraktiv und wollte dich wiedersehen. Was hätte ich deiner Meinung nach tun sollen?»

«Du hättest reinen Tisch machen können», antworte ich.

«Das stimmt.» Sie klemmt sich ihre Handtasche unter den Arm. «Stattdessen habe ich angefangen, mit dem Feuer zu spielen. Ich habe mir eingeredet, dass die Sache mit uns sowieso nur vorübergehend sein würde. Eine Affäre, wie sie in einer kriselnden Ehe nun einmal vorkommen kann.»

Ein einsame Träne läuft ihr über die Wange. «Und genau so ist es jetzt ja auch gekommen. Tja. Das nennt man wohl Ironie des Schicksals.» Wieder ist sie den Tränen nahe, reißt sich aber zusammen. «Adieu, Jakob.»

Sie macht auf dem Absatz kehrt, legt meinen Zweitschlüssel auf die Kommode und öffnet langsam die Tür. Ohne mich noch ein weiteres Mal anzusehen, sagt sie: «Es gibt noch etwas, das ich dir gestern sagen wollte.»

Sie lässt eine Kunstpause verstreichen. «Ich liebe dich, Jakob.»

Ohne Hast betritt sie den Flur und zieht die Tür hinter sich ins Schloss, während ich einfach nur dastehe, unfähig, ein Wort hervorzubringen.

Während ich noch versuche, meine Gedanken zu sortieren, klopft es leise.

Mechanisch bewege ich mich durch den Flur und öffne die Tür.

Noch einmal Valerie. In ihrem tränenverhangenen Blick ist jetzt ein lüsternes Blitzen zu sehen. Bevor ich etwas sagen kann, fällt sie mir um den Hals, küsst mich stürmisch und beginnt, mir die Kleider vom Leib zu zerren. Keuchend stürzen wir zu Boden. Ich japse unter ihren fordernden Küssen und ahne, dass ich ihrer Lust nicht werde widerstehen können. Sie zieht mich fort wie ein reißender Fluss ein einsames Ahornblatt.

Für einen kurzen Moment denke ich an Valeries Ehemann und bedauere aufrichtig, was ich ihm hier gerade antue. Dann beginne ich, Valeries glühende Küsse zu erwidern, umfasse mit wachsendem Begehren ihre Schenkel und ziehe sie erregt an mich.

Sollte es in der Hölle bislang noch keinen Bratenrost mit meinem Namensschild geben, dann können sie mir dort jetzt einen reservieren.

7

Ein nervtötendes Klackern, begleitet von einem Brummen, holt mich aus dem Schlaf. Der Vibrationsalarm lässt mein Handy geräuschvoll über den Nachttisch kriechen. Sieht aus wie ein Käfer mit Schüttelfrost. Ich schnappe mir das Gerät und schaue aufs Display. Unbekannte Nummer.

«Jakobi?»

Mein Blick fällt auf die zerzausten Haare der neben mit schlummernden Valerie. Die Sünden der letzten Nacht waren also kein Traum.

«Guten Morgen, Dr. Jakobi.» Es ist Karl Moosmann. Er klingt traurig.

«Hallo, Herr Moosmann. Wie geht es Ihnen?» Ich versuche, entspannt zu wirken.

«Geht so», antwortet Moosmann matt.

Valerie räkelt sich. Ich befürchte, dass sie aufwachen könnte. Sie dreht sich jedoch mit einem vernehmlichen Seufzen auf die Seite.

«Das ist schön. Das freut mich», sage ich, um überhaupt etwas zu erwidern.

Ich habe Moosmann nicht zugehört, denn ich bin damit beschäftigt, Valerie im Auge zu behalten. Um sie nicht aufzuwecken, schäle ich mich leise aus dem Bett und husche durch den Flur in die Küche.

«Eigentlich geht es mir nicht so toll», korrigiert Moosmann. «Susann ist nämlich letzte Nacht nicht nach Hause gekommen.»

Ich hätte die Erklärung dafür, möchte sie ihm aber ersparen.

«Vielleicht sollten Sie froh sein, dass Sie beide sich gestern nicht begegnet sind», erwidere ich aufmunternd. «Sie waren ja in einer nicht gerade optimalen Gemütsverfassung.»

Er schweigt eine Weile.

«Ja, ich weiß», sagt er dann. Ich höre, dass ihm die Erinnerung an gestern unangenehm ist.

«Hat es einen bestimmten Grund, dass Sie anrufen, oder möchten Sie einfach nur reden?», frage ich.

Wieder Schweigen. «Bei Ihnen ist sie nicht zufällig, oder?»

Die Frage trifft mich wie ein Keulenschlag.

«Warum sollte Ihre Frau bei mir sein?», erwidere ich unbehaglich.

Wieder schweigt Moosmann. Geht mir irgendwie auf die Nerven, dieses ständige Schweigen.

«Sie antworten nicht auf meine Frage», stellt er fest.

«Doch. Hab ich doch gerade gemacht.»

«Nein. Sie haben mir eine Gegenfrage gestellt.»

«Ist das der Grund Ihres Anrufs?», frage ich mit gespielter Entrüstung. «Sie wollen wirklich von mir wissen, ob ich die Nacht mit Ihrer Frau verbracht habe?»

Wieder dieses zermürbende Schweigen.

«Wie kommen Sie darauf, dass ich glaube, Sie könnten die Nacht mit meiner Frau verbracht haben?», fragt er listig. «Ich habe Sie lediglich gefragt, ob Susann jetzt gerade bei Ihnen ist.»

Da hat er recht. Zur Abwechslung schweige ich mal einen Moment.

«Und? Haben Sie die Nacht mit meiner Frau verbracht?», setzt Moosmann nach. Er klingt professionell unaufgeregt. Vermutlich wäre aus ihm auch ein guter Kriminalkommissar geworden.

«Was glauben Sie denn?»

«Das war schon wieder eine Gegenfrage.»

«Ich bin Psychologe», erwidere ich unwirsch. «Es ist mein Job, Fragen zu stellen.»

Schweigen. «Ich weiß es nicht. Deshalb frage ich Sie ja.»

«Herr Moosmann, selbstverständlich habe ich die Nacht nicht mit Ihrer Frau verbracht», lüge ich wie gedruckt.

Schweigen.

«Gut», sagt er. «Das hätte mich nämlich auch sehr gekränkt.»

Die Küchentür wird geöffnet, und Valerie erscheint. Sie hat sich die Bettdecke um die Schultern gelegt und blinzelt verschlafen.

Angespannt bedeute ich ihr, dass sie bitte still sein soll, doch sie scheint mein pantomimisches Kasperletheater nicht zu verstehen.

«Was ist denn?», nuschelt sie. «Wer ist denn dran?»

«Wie bitte? Was haben Sie gerade gesagt?», höre ich Moosmann fragen.

Ich schaue Valerie entgeistert an. Warum macht sie so was?

«Ich habe gefragt, ob Sie noch dran sind», sage ich zu Moosmann.

«Ja. Bin ich», antwortet er.

«Gut. Kann ich denn sonst noch etwas für Sie tun?», frage ich und beginne Valerie aus der Küche zu scheuchen, indem ich mit der freien Hand herumfuchtele, als würde ich Fliegen verjagen. «Ich bin nämlich leider etwas in Eile, und Sie haben mich auf dem Weg zum Badezimmer erwischt.»

«Wo wollen Sie denn hin, um acht Uhr morgens?» Moosmann klingt misstrauisch.

«Ich möchte heute früher in der Praxis sein», lüge ich.

«Am Sonntag?»

Oh. Es ist Sonntag. Das hatte ich ganz vergessen. «Ja, es war viel zu tun diese Woche, und deshalb sind ein paar Sachen liegengeblieben.»

Er scheint zu überlegen, ob er mir die Geschichte glauben kann.

«Alles klar», sagt er dann. «Kann ich trotzdem kurz raufkommen? Ich habe uns Croissants besorgt und stehe vor Ihrem Haus.»

«Fein!», erwidere ich prompt und denke: Was jetzt?

Wenn ich weiter versuche, Moosmann abzuwimmeln, wird das sein Misstrauen schüren. Andererseits kann ich ihm auch schlecht vorschlagen, dass wir zusammen mit seiner Frau im Bett frühstücken. Mir bleibt nur die Flucht nach vorn.

«Wissen Sie was? Ich bin in fünf Minuten bei Ihnen», verkünde ich forsch. «Ich wollte sowieso zu Fuß ins Büro. Sie begleiten mich einfach, und unterwegs können wir in Ruhe über alles reden.»

Schweigen.

«Ich kann auch gern in Ihrer Küche warten», schlägt er vor.

«Bis gleich, Herr Moosmann», erwidere ich freundlich und tue, als hätte ich seine letzte Bemerkung überhört.

Er zögert. Dann gibt er endlich auf. «Gut. Also bis gleich, Dr. Jakobi.»

Als ich den Schlafzimmerschrank öffne, um mir frische Wäsche zu holen, hat Valerie es sich bereits wieder unter der warmen Bettdecke bequem gemacht.

«Was tust du?», fragt sie. «Du willst mich doch wohl nicht allein lassen?»

«Nur, falls du es nicht mitbekommen hast: Ich habe gerade mit deinem Mann telefoniert», antworte ich. «Er hat Croissants besorgt und steht vor dem Haus. Und er will mich sprechen. Also werde ich mit ihm jetzt einen Spaziergang machen, denn ich kann ihn ja schlecht hochbitten.»

«Warum hast du ihn nicht einfach abgewimmelt?», fragt sie.

«Das habe ich versucht, aber leider ohne Erfolg.»

Sie wirft mir einen mitleidigen Blick zu und greift nach ihrem auf dem Nachttisch liegenden Handy.

«Manchmal seid ihr Männer mir wirklich ein Rätsel», sagt sie, während sie darauf wartet, dass die Verbindung hergestellt wird.

«Darf ich fragen, was du da gerade machst?»

Sie hebt die Hand. Ich schweige. «Hallo, Karl. Hier ist Susann. Ich bin gerade nach Hause gekommen, und jetzt bist du nicht hier.» Sie macht eine Kunstpause. «Das ist schade. Ich habe in einem Hotel übernachtet, weil ich über ein paar Dinge nachdenken wollte. Ich hatte gehofft, wir könnten reden.» Wieder eine Kunstpause. «Wie dem auch sei, ruf mich doch bitte mal zurück, wenn es gerade passt. Danke.»

Sie legt das Handy zurück auf den Nachttisch, sieht meinen verwirrten Gesichtsausdruck und muss lachen.

Ihr Handy klingelt. Sie wirft einen Blick aufs Display.

«Das ist er», sagt sie und drückt den Anruf weg.

Jetzt bin ich noch verwirrter. Bevor ich sie fragen kann, was das alles soll, höre ich das Brummen meines Handys. Es kriecht gerade über den Küchentisch. Da habe ich es eben nämlich liegen gelassen.

Noch einmal Moosmann.

«Ich kann Sie leider nicht ins Büro begleiten», höre ich ihn sagen. Er ist offenbar in Eile, denn sein Atem geht schnell. «Susann hat gerade angerufen. Sie will reden. Ich muss also sofort nach Hause. Ich rufe Sie aber wieder an und sage Ihnen, wie es gelaufen ist. Drücken Sie mir die Daumen, Dr. Jakobi!»

Auch dieses Gespräch endet, bevor ich etwas erwidern kann.

Als ich zurück ins Schlafzimmer komme, hat Valerie sich so sehr im Bett verkrochen, dass praktisch nur noch ihr breites Grinsen zu sehen ist.

«Jetzt schuldest du mir was», schnurrt sie.

Dann lupft sie die Decke gerade so weit, dass darunter ihre nackte Haut aufblitzt. Das Angebot ist nicht nur verlockend, ganz nebenbei ist mir obendrein auch noch kalt. Hastig klettere ich ins Bett und lege mich zu Valerie unter die Decke. Ich befürchte, dass selbst ein Zögern von nur wenigen Sekunden ausreichen könnte, um mir die Schändlichkeit meines Tuns zu vergegenwärtigen. Und dann wäre es wohl zumindest von meiner Seite aus vorbei mit dem Morgensex.

Während ich den warmen Körper von Valerie spüre, die sich ebenso wohlig wie wollüstig an mich schmiegt, kommt mir der Gedanke in den Sinn, dass der Glaube an den Teufel große Vorteile hätte. Beispielsweise müsste ich nicht mehr ganz allein die Verantwortung für meine moralischen Verfehlungen übernehmen. Bestimmt könnte ich sie zumindest teilweise dem Leibhaftigen in die Schuhe schieben. Amüsante Idee, finde ich.

Valerie sieht, dass ich lächeln muss.

«Woran denkst du?»

«Glaubst du eigentlich an den Teufel?», frage ich.

Sie grinst. «Du wirst es nicht glauben, aber ich bin sogar mit ihm per du.»

Am frühen Nachmittag verlässt Valerie zuerst das Bett und dann meine Wohnung. Zumindest für eine Weile kehrt sie in ihr Leben als Susann Moosmann zurück. Die vergangenen zwölf Stunden mit ihr waren ungewohnt harmonisch und deshalb ungewöhnlich schön. Dennoch hat die letzte Nacht unsere grundsätzlichen Probleme nicht geändert: Valerie ist eine verheiratete Frau. Ich bin der Therapeut ihres Mannes.

Mit einem Lächeln verschwindet sie im Fahrstuhl. Die Türen schließen geräuschlos. Dann hört man das gedämpfte Knarren der Kabine, die sich in Bewegung setzt.

Ich stehe einfach nur da und überlege. Gerade ist mir ein zwar abwegiger, aber nicht völlig verrückter Gedanke gekommen. Wäre es möglich, dass die Ereignisse der letzten zwölf Stunden kein Zufall waren? Könnte mein Patient Anton Auerbach auf irgendeine geheimnisvolle Weise seine Finger im Spiel gehabt haben?

Während ich noch über meine seltsame Theorie nachgrüble, summt mein Handy. Es ist Roberto.

«Kannst du in die Kirche kommen?», fällt er mit der Tür ins Haus. «Und zwar am besten sofort?»

«Was ist denn passiert?», frage ich besorgt.

«Das solltest du dir besser selbst ansehen, Jakob.»

Eine halbe Stunde später stehe ich vor Robertos Kirche. Der Pater ist bemüht, entspannt zu wirken. Die Art, wie er hastig eine Zigarette anraucht, um sie nach nur drei Zügen wegzuwerfen, zeigt jedoch, dass er sehr nervös ist.

Nachdem wir die Kirche betreten haben, verriegelt Roberto das Portal und schließt dann auch die Tür zur Sakristei sorgfältig ab.

«Was ist denn so geheimnisvoll?», frage ich.

«Wirst du gleich sehen.» Roberto geht zu der inzwischen in festlichem Glanz erstrahlenden Weihnachtskrippe und faltet die Hände vor der Brust.

Ich betrachte das von Eva liebevoll arrangierte Stillleben. Das Jesuskind in der Krippe, eingerahmt von Maria und Josef, behütet vom Weihnachtsengel, der auf dem First des Stalles Wache hält. Neben der ärmlichen Behausung kampieren Hirten mit ihren Hunden und Herden. Die Heiligen Drei Könige warten darauf, dem Kind ihre Geschenke überreichen zu dürfen.

«Ist sehr hübsch geworden», sage ich andächtig und frage mich, ob Roberto allein deshalb so ein Brimborium veranstaltet, weil seiner geliebten Eva der Aufbau einer besonders hübschen Weihnachtskrippe gelungen ist.

Der Pater legt einen Zeigefinger an den Mund und geht vor der Krippe auf die Knie. Als ich ihn fragend anschaue, klopft er sachte auf den Boden, um mir zu bedeuten, dass ich mich ebenfalls hinknien soll.

Ich tue es, frage mich aber immer noch, was das alles soll.

Wir sind nun auf Augenhöhe mit den Krippenfiguren.

«Balthasar», flüstert Roberto.

Ich lasse meinen Blick über die Krippe schweifen. Dann sehe ich, was Roberto meint, und ein eiskalter Schauer läuft mir über den Rücken.

Einer der Heiligen Drei Könige weint winzige, blutige Tränen. Wenn man genau hinsieht, dann kann man sogar das kaum merkliche Pulsieren des Tränenflusses erkennen. Zu meinem Erstaunen ist jedoch das Stroh zu den Füßen des

Königs weder rot gefärbt noch durchnässt. Es scheint, als würden die blutigen Tränen einfach im Nichts versickern.

Verwundert recke ich den Kopf, um zu sehen, ob die Flüssigkeit, die aus den Augen des heiligen Königs rinnt, neben oder hinter der Krippe Spuren hinterlassen hat. Aber es ist nichts zu sehen.

«Unter dem Tisch ist auch alles trocken», flüstert Roberto.

«Ist das ein … Wunder?», frage ich leise.

«Sag du es mir», erwidert der Pater, ebenfalls in gedämpftem Tonfall.

«Ich kenne mich mit so was nicht aus. Habt ihr in der Kirche nicht irgendwelche Spezialisten für solche unerklärlichen Phänomene?»

Roberto stutzt. Er denkt kurz nach, dann wird er spontan etwas blass um die Nase. «Du hast es noch gar nicht bemerkt. Richtig?»

«Was denn?», frage ich beklommen. «Ich sehe eine Krippenfigur, die blutige Tränen weint. Und wenn du mich hier gerade nicht auf die Schippe nimmst, dann ist das ein ziemlich starkes Stück.»

Roberto faltet erneut die Hände zum Gebet und schließt die Augen. «Das Gesicht. Schau dir das Gesicht an.»

Ich tue, was Roberto sagt, und diesmal jagt mir nicht nur ein kalter Schauer über den Rücken, ich habe auch das Gefühl, mein Herzschlag würde kurzzeitig aussetzen.

«Das … bin ja … ich», bringe ich stotternd hervor.

Beruhigend legt Roberto eine Hand auf meine Schulter. «Deshalb habe ich dich angerufen, Jakob. Es gibt Fotos von der Krippe aus den letzten Jahren. Und du kannst dich gern selbst davon überzeugen, dass diese Figur noch nie irgendeine Ähnlichkeit mit dir hatte.»

Ratlos schaue ich den Geistlichen an.

«Kannst du dir das irgendwie erklären?», fragt er.

Meine Kehle ist trocken. «Du hast nicht zufällig einen Schnaps da, oder?»

«Gehen wir in mein Büro», sagt er und bekreuzigt sich.

Eine Viertelstunde und zwei oder drei Brandys später habe ich Roberto von den Wahnvorstellungen Toni Auerbachs erzählt und den jüngsten Auftritt meines Patienten als Teufel geschildert. Roberto hat mir schweigend zugehört, in der einen Hand ein Brandyglas, in der anderen einen Rosenkranz.

Nun blickt der Priester gedankenverloren in den frostigen Innenhof, nippt ab und zu an seinem Drink und schmeckt abwechselnd dem Brandy und meiner Geschichte nach.

«Hast du mal daran gedacht, dass dieser Auerbach wirklich der Teufel sein könnte?», fragt er schließlich.

«Nicht ernsthaft», erwidere ich.

«Es wäre auch denkbar, dass der Leibhaftige einen Menschen als Medium des Bösen benutzt.»

«Was soll das heißen? Mein Patient ist vom Teufel besessen?»

«Ja. Vielleicht», erwidert Roberto und zündet sich eine Zigarette an. «Das kommt übrigens häufiger vor, als man denkt.»

«Vielleicht in der katholischen Kirche. Ich bevorzuge psychologische Theorien, um Zustände wie den von Anton Auerbach zu erklären.»

Roberto lächelt milde. «Hast du mir nicht erzählt, dass dein Patient Abel Baumann dich an der Wissenschaft hat zweifeln lassen? In seinem Fall hast du es jedenfalls nicht völlig ausgeschlossen, dass Gott seine Finger im Spiel hatte. Warum bist du dir jetzt so sicher, dass der Teufel nicht auf ähnliche Weise Kontakt zu dir aufnimmt?»

Da ist was dran. Ich überlege.

«Vielleicht ist auch das eine Frage der Psychologie», spekuliere ich. «Wenn man die Wahl hat, Gott oder den Teufel zu treffen, dann wählen die meisten Menschen wohl eine Begegnung mit Gott.»

Roberto zielt mit dem Zeigefinger auf mich. «Richtig. Was aber nicht heißt, dass die Existenz des Teufels damit unwahrscheinlicher ist als die Existenz Gottes. Im Gegenteil. Wenn man es rein vom psychologischen Standpunkt aus betrachtet, dann ist völlig offensichtlich, dass der Teufel existiert. Sonst würden wir ja nicht ständig versuchen, ihn zu verdrängen.»

«Soll das heißen, der Teufel ist so eine Art kollektives Trauma?»

«Könnte doch sein, oder? Was sagt der Psychologe?»

Ich gebe zu, auch diese Theorie hat was für sich. «Du befasst dich schon länger mit dem Thema, stimmt's?»

«Die Wahrheit ist, ich bin dem Teufel schon einmal begegnet.»

«Weil er deine Seele kaufen wollte», rate ich.

Roberto lacht. «Nein. Warum soll der Teufel Seelen kaufen, die eines Tages sowieso bei ihm landen? Er ist auf der Jagd nach besonderen Exemplaren.»

«Was übrigens dagegenspricht, dass Anton Auerbach der Teufel ist», werfe ich ein. «Ich bin nämlich alles andere als ein besonderes Exemplar.»

«Das stimmt nicht», erwidert Roberto. «Wenn dir in Gestalt von Abel Baumann tatsächlich Gott, der Herr, erschienen ist, dann bist du sogar ein Auserwählter.»

«Auserwählt? Wozu soll ich auserwählt sein?»

«Das weiß nur Gott allein.»

«Ich bin in jeder Hinsicht durchschnittlich», beharre ich. «Ein ganz normaler, armer Sünder.»

«Gott freut sich mehr über einen einzigen Sünder, der Buße tut, als über neunundneunzig Gerechte, die der Buße nicht bedürfen.»

«Sagt wer?»

«Sagt Jesus im Gleichnis vom verlorenen Schaf. Lukas-Evangelium.»

«Ich bin kein verlorenes Schaf», erwidere ich störrisch. «Und ich habe auch nicht das Bedürfnis, Buße zu tun.»

«Das ist schlecht», erwidert Roberto. «Denn nur, wer seine Sünden aufrichtig bereut, kann auch erlöst werden.»

«Komisch, dass gerade du das sagst. Ich habe nämlich nicht das Gefühl, dass du deine Sünden bereust», erwidere ich.

«Stimmt. Ich bereue nicht die Bohne», antwortet Roberto sonnig. «So wie es aussieht, sehen wir uns also in der Hölle, Jakob.»

«Das wird bestimmt nett», sage ich. «Wobei ich dachte, dass man als Priester vor dem Fegefeuer einigermaßen sicher wäre.»

Energisch drückt der Pater seine Zigarette im Aschenbecher aus. «Jakob, ich breche täglich mindestens die Hälfte der Zehn Gebote. Säße ich in einer Jury, die über meine Begnadigung zu entscheiden hätte, würde ich mit Sicherheit gegen mich stimmen.»

«Aber man muss dir auch einige Dinge zugutehalten», wende ich ein.

«Ach ja? Und was, zum Beispiel?», fragt er erstaunt.

«Zum Beispiel würde ich dir für deine Affäre mit Eva mildernde Umstände geben. Immerhin versuchst du, sie glücklich zu machen. So was sollte beim Jüngsten Gericht berücksichtigt werden, finde ich.»

Er lächelt. «Kann ich dich als Verteidiger haben, wenn es so weit ist?»

«Wenn ich dann nicht gerade in der Hölle beschäftigt bin, gern.»

Roberto nickt und gießt uns Brandy nach.

«Wie meintest du das eben, als du gesagt hast, dass du dem Teufel schon einmal begegnet bist?», will ich wissen.

Bedächtig stellt der Pater die Flasche ab und greift nach seinem Glas. «Die Geschichte ist schon eine Weile her. Eine alte Dame aus meiner Gemeinde rief an, weil es auf ihrem Dachboden spukte. Ob du es glaubst oder nicht, aber Nacht für Nacht klingelte dort ein uraltes Bakelittelefon.»

Ich merke auf. Roberto ist damit beschäftigt, sich zu erinnern, weshalb er mein Erstaunen nicht bemerkt.

«Seit Jahrzehnten war dieses Telefon nicht mehr benutzt worden, vermutlich war es sogar defekt, aber nun klingelte es, und zwar, obwohl …»

«… obwohl es nicht einmal angeschlossen war», vollende ich den Satz.

Roberto hebt den Kopf und sieht mich erstaunt an.

«Du bist ein Exorzist», stelle ich fest.

Die Frage bringt ihn aus dem Konzept. «Das habe ich nicht gesagt.» Er hüstelt verlegen.

«Ich kenne die Geschichte», sage ich. «Der Enkel der alten Dame war kürzlich in meiner Praxis, weil es dort technische Probleme gab. Und bei dieser Gelegenheit hatten wir einen ähnlichen Fall mit einem unserer Telefone. Deshalb hat er die Geschichte von dem alten Bakelittelefon erzählt. Und er hat auch erwähnt, dass der Spuk erst vorbei war, nachdem sich ein Exorzist der Sache angenommen hatte.»

Roberto schaut mich einige Sekunden reglos an.

«Du musst darüber absolutes Stillschweigen bewahren, Jakob», sagt er. «Bitte versprich mir das.»

«Ich glaube, du kannst beruhigt sein. Deine Geheimnisse sind bei mir gut aufgehoben», erwidere ich.

Roberto schiebt sein Brandyglas zur Seite, lehnt sich vor und sieht mir in die Augen. «Jakob, was hier passiert, ist kein Zufall. Und ich glaube auch, dass wir beide uns nicht zufällig begegnet sind. Du solltest in Erwägung ziehen, dass genau hier und genau in diesem Moment die Mächte der Hölle am Werk sind. Und vielleicht sagt dein Patient schlicht die Wahrheit, wenn er behauptet, der Leibhaftige zu sein.»

Pater Roberto bekreuzigt sich rasch.

Ich will etwas erwidern, doch in genau diesem Moment ist aus der Kirche das Schlagen der Kirchentür zu hören. Jener Tür, die der Pater eben sorgfältig verriegelt hat.

Nach einer Schrecksekunde springen wir fast gleichzeitig auf. Roberto umrundet mit einer fließenden Bewegung den Schreibtisch, und schon sind wir auf dem Weg zur Kirche.

Während ich zum Portal laufe, um zu prüfen, ob es tatsächlich unverschlossen ist, beeilt Roberto sich, in den Altarraum zu gelangen. Wahrscheinlich sorgt er sich um die dort befindlichen Wertgegenstände.

Das Hauptportal ist offen. Ich laufe ins Freie und sehe gerade noch eine dunkle Gestalt am Ende der Toreinfahrt um die Ecke verschwinden. Mit klopfendem Herzen überquere ich eilig den Hof. Die eiskalte Winterluft raubt mir fast den Atem.

Ich brauche nur wenige Sekunden, um dorthin zu gelangen, wo gerade die dunkle Gestalt verschwunden ist. Zu meiner Überraschung ist die Straße jedoch menschenleer. Enttäuscht lasse ich die Schultern sinken und wende mich fröstelnd ab, da steht plötzlich Anton Auerbach vor mir.

«Jakob! Was für eine schöne Überraschung, dass ich Sie hier treffe», sagt er mit dem für ihn typischen Raubtierlächeln. «Aber warum sind Sie bei diesem Wetter im Hemd unterwegs? Sie werden sich erkälten.»

Ich lasse mir mein Erstaunen über die Begegnung nicht anmerken.

«Ich wollte gerade wieder rein», sage ich nebulös. «Ich bin hier zu Besuch. Und Sie? Sind Sie rein zufällig hier?»

«Ja. Ich habe hier in der Nähe einen Termin.» Er reckt den Arm mit großer Geste und schaut auf seine Uhr. «Leider bin ich spät dran. Schönen Sonntag noch. Wir sehen uns in der Praxis, Jakob.»

Er nickt freundlich und geht eilig weiter.

Fröstelnd betrete ich wenig später wieder die Kirche. Roberto kniet vor der Weihnachtskrippe. Als er mich sieht, erhebt er sich und kommt durch den Mittelgang auf mich zu.

«Auch das war kein Zufall, Jakob», sagt er. «Die geheimnisvolle Krippenfigur ist verschwunden. Jetzt steht dort wieder der alte König Balthasar. Er weint keine blutigen Tränen, und er hat nicht die geringste Ähnlichkeit mit dir. Sag mir, wie das möglich ist ohne das Wirken fremder Mächte.»

Ich habe dem Priester nicht zugehört, denn erst jetzt fällt mir ein Detail der Begegnung mit Anton Auerbach auf.

«Hast du gehört, was ich gesagt habe?» Robertos Stimme klingt wie aus weiter Ferne.

Es ist ein Detail, das mich plötzlich sehr beunruhigt.

«Jakob?» Robertos Stimme klingt dringlicher, scheint sich zugleich aber noch weiter von mir zu entfernen.

Das beunruhigende Detail ist Anton Auerbachs Uhr. Als er sie mit großer Geste entblößt hat, habe ich gesehen, dass es sich um eine Patek Philippe aus Roségold handelt. Ich könnte schwören, es ist genau die Uhr, die Ellen ihrem einstigen Geliebten Niklas bei der Trennung abgenommen hat. Fragt sich, wie ausgerechnet diese Uhr an das Handgelenk von Anton Auerbach kommt.

8

Ich kann Ellen nicht dazu überreden, mich auf ein Glas Wein im Takahashi zu treffen. Sie nimmt es mir nämlich immer noch krumm, dass ich sie am Freitag mit ihrem Liebeskummer allein gelassen habe.

«Wenn du dich entschuldigen willst, dann musst du schon ein bisschen mehr aufbieten als deinen schäbigen Stammimbiss», sagt sie.

«Und was schwebt dir da so vor?», will ich wissen.

«Du könnest mich ins *Grandezza* einladen. Meinetwegen um acht.»

«So schuldig fühle ich mich nun auch wieder nicht», antworte ich.

«Okay. Wie du meinst», erwidert sie gelassen.

«Schon gut. Einverstanden. Ich mache uns einen Tisch klar.»

«Fein. Ich freue mich», flötet sie.

Ich rufe im *Grandezza* an und erfahre, dass der Laden trotz seines gehobenen Preisniveaus ausnehmend gut gebucht ist.

«Für die Wochenenden haben wir auch gern mal Wartezeiten von zwei bis drei Monaten», informiert mich der Empfangschef. So blasiert, wie er sich am Telefon anhört, hatte ich ihn gar nicht in Erinnerung. Bevor er mich abwimmeln kann, bringe ich Ellens Namen ins Spiel, was dazu führt, dass plötzlich doch ein Tisch verfügbar ist. Selbst der arrogante Empfangschef des *Grandezza* kann es sich nicht leisten, Stammkundinnen zu verprellen.

Diesmal sind praktisch alle Plätze unter dem riesigen Kronleuchter besetzt. Der Geräuschpegel ist deutlich höher als in der letzten Woche. Es dominieren größere Gesellschaften. Geschäftsleute knüpfen oder festigen Kontakte, Künstler und Kreative dinieren mit ihrer Entourage. Familien feiern Jahrestage oder Jubiläen. Vereinzelt sieht man Paare, die sich schlicht einen besonderen Abend gönnen.

Ellen hat bereits an einem kleinen, aber hübschen Ecktisch Platz genommen. Sie winkt mir zu, als sie mich sieht. Dabei zeigt sie ein strahlendes Lächeln. Wenn ich daran denke, in welcher Verfassung sie am Freitag war, dann kommt sie mir heute wie ein völlig anderer Mensch vor.

Ich zwänge mich an einem Tisch mit berufsjugendlichen Mittdreißigern vorbei, wahlweise Angehörige einer Filmcrew oder in die Jahre gekommene Mitglieder einer Popband. Dann umrunde ich eine Matrone in einem giftgrünen Paillettenkleid, die womöglich heute Geburtstag hat. Falls nicht, dann erklärt die vor ihr stehende Torte zumindest, warum die Dame so um die drei Zentner auf die Waage bringen dürfte.

Als ich mich setze, strahlt Ellen immer noch wie ein ganzer Sternenhimmel. Eigentlich brauche ich sie gar nicht zu fragen, ob sie am Wochenende im Ritz Carlton war und ob ihr dort ein Mann namens Anton Auerbach über den Weg gelaufen ist, der sie ruck, zuck von ihrem Liebesschmerz geheilt hat. Wenn ich Ellen ansehe, dann sprechen die Indizien für sich.

«Ich wusste gar nicht, dass dir die Aussicht auf ein lumpiges Achtzig-Euro-Steak so viel Freude bereiten kann», sage ich.

«Es ist nicht das Steak», erwidert sie. «Ganz nebenbei habe ich heute sowieso keine Lust auf Fleisch. Ich habe uns Austern und Champagner bestellt.»

«Oh. Nicht schlecht. Ich hätte nicht gedacht, dass ich bereits fünfhundert Mäuse los bin, bevor ich überhaupt sitze.»

Sie zeigt ihre weißen Zähne. Ein bisschen erinnert mich das an Toni Auerbachs Raubtierlächeln. «Freut mich, dass du die Sache sportlich siehst. Was hältst du dementsprechend von Meeresfrüchten zum Hauptgang?»

«Haben wir denn was zu feiern?», frage ich.

«Allerdings. Es gibt Neuigkeiten», antwortet sie verheißungsvoll.

«Du hast jemanden kennengelernt», unke ich.

Ihr Lächeln erstirbt. «Woher weißt du das?»

«Ach. Das habe ich nur geraten.»

Sie überlegt, dann hebt sie triumphierend die rechte Hand. «Du hast meinen Ring gesehen, stimmt's?»

Ellen streckt mir einen Brillanten in der Größe einer Stachelbeere entgegen. «Wie findest du ihn?»

«Ist der etwa echt?», frage ich beeindruckt.

«Selbstverständlich ist der echt. Ein Zweikaräter. Ich habe ihn schätzten lassen. Natürlich nur sicherheitshalber.»

«Warum überrascht mich das nicht?», frage ich.

«Das ist doch wohl klar. Nachdem ich gerade erst von einem Kerl verlassen worden bin, der es nur auf mein Geld abgesehen hatte, lasse ich jetzt Vorsicht walten. Das kann man mir ja wohl nicht verübeln, oder?»

Ich zucke mit den Schultern. «Wahrscheinlich nicht. Obwohl ich es erstaunlich finde, dass du deinem neuen Verehrer im Gegenzug die Patek Philippe von Niklas geschenkt hast. Ist das nicht eher ein bisschen leichtsinnig?»

Sie lehnt sich zurück und mustert mich kritisch. «Möchtest du mir vielleicht sagen, was hier los ist, Jakob? Woher weißt du das von der Uhr?»

«Ich vermute, dass du einen meiner Patienten kennengelernt hast», antworte ich. «Sein Name ist Anton Auerbach. Ich habe Niklas' Uhr an seinem Handgelenk gesehen, und ich weiß zufällig, dass Auerbach im Ritz Carlton wohnt. Du hast am Freitag gesagt, dass du deinen Liebeskummer in einem Luxushotel auskurieren willst. Also habe ich eins und eins zusammengezählt. Und jetzt bin ich gespannt, ob ich mit meiner Vermutung richtig liege.»

Ellen wirkt erleichtert. «Ich hatte schon für einen kurzen Moment befürchtet, er hätte dir von unserer Liaison erzählt. Ich habe ihn nämlich als sehr diskret kennengelernt. Ein echter Gentleman.»

«Du weißt, dass er mein Patient ist?», frage ich erstaunt. Auch wenn die Bezeichnung «Patient» es vielleicht nicht hundertprozentig trifft.

Ellen will antworten, aber in diesem Moment stellt ein Kellner eine Etagere mit mindestens zwei Dutzend Austern auf den Tisch.

Als mir ein weiterer Kellner eine Flasche Champagner, Jahrgang 1988, unter die Nase hält, spüre ich, dass meine Hände plötzlich zu jucken beginnen. Vielleicht eine allergische Reaktion auf die mir bevorstehende Rechnung, denke ich.

Der Kellner wartet geduldig. Ich hole kurz Luft, nicke dann und sage: «Ja, der sieht aus, als könnte man ihn trinken.»

Er lächelt gnädig. «Eine hervorragende Wahl.»

Da das Händejucken nicht aufhört, kratze ich mich unauffällig.

Ellen bemerkt es. «Was ist? Was hast du?»

Ich betrachte meine Hände und stelle eine leichte Rötung auf den Innenseiten und auf den Handrücken fest. «Keine Ahnung. Eine Hautreizung oder so was?»

«Deine Stirn ist auch ein bisschen gerötet», sagt Ellen.

«Die Luft hier ist etwas trocken. Findest du nicht?»

Der Korken knallt. Schäumend schießt der Champagner in die Gläser. Ellen prostet mir zu.

«Dann wollen wir die trockene Luft mal anfeuchten», sagt sie und nimmt einen großen Schluck. «Um deine Frage von eben zu beantworten: Selbstverständlich hat Toni mir erzählt, dass er dich kennt. Allerdings betrachtet er dich nicht als seinen Therapeuten, sondern als Geschäftspartner.»

«Damit meint er dann wohl, dass er meine Seele kaufen will», erkläre ich.

Ellen sieht mich erwartungsvoll an. Sie scheint nicht zu verstehen, was an diesem Umstand problematisch sein könnte.

«Findest du es etwa normal, dass jemand durch die Gegend zieht und den Leuten ihre Seele abkauft?», frage ich.

Sie winkt ab und nimmt sich eine Auster. «Ach so. Das meinst du. Ist doch halb so wild. Ich fände es schwieriger, wenn Toni mit Waffen handeln oder Frauen und Kinder ausbeuten würde. Ich meine, heutzutage handeln die Leute doch mit allem möglichen Kram. Du kannst an der Börse ganz legal mit Killerbakterien, genetisch verändertem Gemüse oder Atommüll spekulieren. Im Vergleich dazu finde ich Tonis Seelenhandel auf eine fast reizende Weise harmlos.»

Ich glaube, mich verhört zu haben. Hat Ellen Auerbachs Geschäfte gerade als harmlos bezeichnet?

«Ist dir klar, dass er sich für den Teufel höchstpersönlich hält?», frage ich.

«Ja. Das hat er mir erzählt», erwidert Ellen. Seelenruhig träufelt sie etwas frischen Zitronensaft auf eine Auster.

«Und?», will ich wissen.

«Und was?»

«Stört es dich denn überhaupt nicht, dass dein neuer Verehrer wahlweise eine schwere Psychose hat oder der Leibhaftige höchstpersönlich ist?»

Sie muss lachen. «Seit wann glaubst du denn an den Teufel, Jakob?»

«Ellen, es geht gerade allein um die Frage, was du glaubst.»

Sie schlürft seelenruhig ihre Auster, nimmt noch einen Schluck Champagner und strafft sich. «Ehrlich gesagt, ist es mir nicht wichtig, wer Toni Auerbach ist. Mir sind bei meinen diversen Rendezvous so viele Rohrkrepierer begegnet, dass ich heilfroh bin, endlich einen Mann getroffen zu haben, der nicht nur Stil, Esprit und Temperament besitzt, sondern sich obendrein auch noch vorstellen kann, eine Familie zu gründen. Und zwar ohne Wenn und Aber. Ganz nebenbei hat Toni offenbar selbst so viel Geld, dass er es höchstwahrscheinlich nicht auf meins abgesehen hat.»

«Ihr habt sogar schon über das Thema Familienplanung gesprochen», sage ich. «Beeindruckend.»

«Nicht nur das», erwidert Ellen lächelnd. «Wir haben auch längst mit der Familienplanung angefangen.»

Ich verschlucke mich an meinem Champagner und muss husten.

«Nimm gleich noch einen Schluck», sagt Ellen. «Das hilft.»

Ich befolge ihren Rat und muss noch mehr husten.

Ellen wartet geduldig, bis ich mich wieder beruhigt habe. Dabei betrachtet sie meine Stirn.

«Was ist denn?», will ich wissen.

«Ich glaube, die Rötung ist schlimmer geworden», antwortet sie. «Du solltest das vielleicht mal einem Arzt zeigen.»

«Mache ich bei Gelegenheit», verspreche ich. «Im Moment interessiert mich aber, warum du mit einem Kerl Familienpläne schmiedest, den du gerade mal achtundvierzig Stunden kennst.»

Sie legt die leere Auster aufs Eis zurück. «Das klingt, als wärst du eifersüchtig.»

«Du weißt genau, dass das nicht so ist. Aber ich möchte dich trotzdem davor bewahren, einen großen Fehler zu machen.»

«Und was wäre deiner Ansicht nach ein solcher Fehler?»

«Könnte es nicht sein, dass du die Sache überstürzt?»

Ellen muss lachen. «Selbstverständlich überstürze ich die Sache, Jakob. Warum auch nicht? Toni ist ein toller Mann, und ich glaube, er wäre auch ein toller Vater. Ich wünsche mir ein Kind von ihm, und ich wünsche mir auch, dass wir es gemeinsam aufziehen. Sollte das aber nicht klappen, dann wäre ich zum Glück durchaus in der Lage, allein für das Kind zu sorgen.»

Ich überlege, warum Ellen derart konkrete Zukunftspläne schmiedet. Dann geht mir plötzlich ein Licht auf. «Deine Eisprung-App hat dich am Freitag angesimst, richtig?»

Ellen tupft mit der schneeweißen Serviette ihre blutroten Lippen ab. Sie tut das äußerst vorsichtig, um die Farbe nicht zu gefährden. «Warst du kürzlich nicht noch strikt dagegen, dass ich dir Details aus meinem Intimleben erzähle? Wenn ich das richtig in Erinnerung habe, dann fehlte dir die nötige professionelle Distanz. Und das ist noch keine Woche her.»

Da hat sie recht. Ich verkneife mir einen Kommentar.

«Du musst die Austern wenigstens probieren», sagt sie. «Die sind ganz ausgezeichnet.»

Ich bediene mich, bin aber mit meinen Gedanken ganz woanders.

«Hat Auerbach dir eigentlich angeboten, deine Seele zu kaufen?», frage ich.

Ihre roten Lippen verbiegen sich zu einem Lächeln. «Nein. Ich kann zwar nicht leugnen, dass er auch Interesse an meiner Seele hatte. Der wesentliche Teil seiner Aufmerksamkeit galt jedoch meinem Körper.»

Ich schlürfe meine Auster. Sie schmeckt tatsächlich ausgezeichnet. Ich spüle mit einem großen Schluck Champagner nach, spüre die prickelnde Flüssigkeit durch meinen Körper fließen und sehe die Welt bereits Sekunden später etwas gelassener. Ellen ist alt genug, um zu wissen, was sie tut. Außerdem hat Auerbach ihr reinen Wein eingeschenkt. Es steht mir deshalb nicht zu, noch länger den Bedenkenträger zu spielen. Also werde ich mir ab jetzt weitere Kommentare zu der Liaison von Ellen und Toni sparen.

Sie errät meine Gedanken. «Mag ja sein, dass Toni psychische Probleme hat. Dennoch scheinen sie nicht so gravierend zu sein, dass du seine Einweisung in eine Klinik in Erwägung ziehst.»

«Das heißt aber nicht viel», werfe ich ein. «Außerdem kann sich meine Meinung jeden Moment ändern.»

«Sei nicht so bescheiden, Jakob. Wenn du nicht daran glauben würdest, dass du Toni helfen kannst, dann hättest du ihm längst geraten, einen Kollegen zu konsultieren oder eine Klinik aufzusuchen. Als ich dich wegen Niklas gebeten habe, mir zu helfen, hast du ja auch abgelehnt.» Sie beugt sich vor und sieht mich eindringlich an. «Glaub mir, Jakob. Ich weiß, dass Toni bei dir in guten Händen ist.»

Ich schweige und nehme mir noch eine Auster. Was soll ich dazu sagen? In der Tat bin ich überzeugt, dass ich Toni helfen kann. Nur manchmal bin ich mir meiner Sache von einem auf den anderen Moment nicht mehr so sicher. Schon bei der Therapie von Abel Baumann hatte ich gelegentlich Zweifel an meiner professionellen Distanz. Im Fall von Toni Auerbach ist das leider nicht anders.

Trotzdem möchte ich Ellen nicht mit meinen Problemen belästigen. Es freut mich, dass sie einen so glücklichen Eindruck macht. Und ich hoffe inständig, dass Auerbach kein falsches Spiel mit ihr spielt.

Wieder durchzuckt mich die leichte Sorge, dass es sich bei Auerbach tatsächlich um den Teufel handeln könnte. Zu meinem Erstaunen kommt der Höllenfürst mir im Moment jedoch nicht sehr bedrohlich vor. Vielleicht, weil ich ihn mir gerade als Liebenden vorstelle. Interessant. Selbst der Teufel verliert einen gehörigen Teil seines Schreckens, wenn man ihm unterstellt, dass er sein Herz an etwas hängen könnte.

Ellen reißt mich aus meinen Gedanken. «Bevor ich es vergesse. Ich hab was für dich.»

Sie kramt in ihrer farblich zu den Lippen passenden Lederhandtasche und fördert einen Brief zutage. «Von deiner Mutter. Sie hatte leider deine neue Adresse nicht zur Hand.»

Ich seufze genervt. «Meine Adresse hat sich seit fast drei Jahren nicht geändert. Es ist für Mutter lediglich bequemer, meine Post an dich zu schicken, weil sie dir sowieso ständig schreibt.»

«Dann lass sie doch einfach», schlägt Ellen vor.

«Tu ich ja auch», erwidere ich. «Es ärgert mich trotzdem.»

«Und was genau ärgert dich daran?»

«Ganz einfach», antworte ich. «Wenn es sie nicht einmal

interessiert, wo ich wohne, dann legt das die Vermutung nahe, dass ich ihr auch sonst einigermaßen egal bin.»

«Das ist Quatsch, Jakob. Selbstverständlich bist du deiner Mutter nicht egal. Sonst hätte sie bestimmt nicht euren Familiensitz verkauft und dir dein Erbe ausbezahlt, damit du deine Praxis eröffnen kannst.»

«Diese Theorie ärgert mich übrigens auch jedes Mal», erwidere ich. «Mutter hat das Haus nur verkauft, weil sie jetzt auf Kuba lebt. Und ich war derjenige, der sich mit Maklern und Interessenten herumgeschlagen hat. Und das alles haben wir wiederum meinem halbkriminellen Bruder zu verdanken, der abhauen musste, weil ...» Ich hebe beide Hände und unterbreche mich selbst. «Lassen wir es gut sein, Ellen. Du und ich kennen die Geschichte in- und auswendig. Es hat keinen Sinn, sie ständig wiederzukäuen.»

Ellen überlegt einen kurzen Moment. «Du hast recht, Jakob. Lass uns Meeresfrüchte bestellen und einfach den schönen Abend genießen.»

Ich nicke und halte nach dem Kellner Ausschau. Nebenbei stecke ich den Brief in die Innentasche meines Sakkos.

«Willst du denn nicht wissen, was drinsteht?», fragt Ellen.

«Es sind bestimmt die üblichen Weihnachts- und Neujahrsgrüße», antworte ich. «Ich lese ihn später in Ruhe. Aber falls es Neuigkeiten gibt, die du noch nicht kennst, kann ich dich gerne anrufen.»

Ellen lächelt. «Deine Mutter hat recht. Du hast ein loses Mundwerk.»

Der Kellner sieht mich und beginnt, sich einen Weg durch die Menge zu bahnen. Ich beschließe derweil, mir eine ordentliche Flasche Wein zu den Meeresfrüchten zu gönnen. Ein Mann, der mit einer starrsinnigen Mutter und einer übergriffigen Exfrau geschlagen ist, die sich obendrein ständig einig sind, hat ab und zu eine gute Flasche Wein verdient, finde ich.

Als ich am Morgen ins Büro spaziere, ist die Stadt in Eis und Schnee gehüllt. Laut Wetterbericht soll es vorerst bei den frostigen Temperaturen bleiben. Die Chancen auf eine weiße Weihnacht stehen also gut.

Ich genieße den Marsch durch die klare Luft, obwohl mir meine gereizte Haut zu schaffen macht. Inzwischen sind nicht nur Hände und Stirn betroffen, auch im Bauchbereich habe ich heute beim Anziehen leichte Rötungen bemerkt. Um die Haut nicht noch mehr zu reizen, unterdrücke ich den lästigen Impuls, mich zu kratzen. Das ist momentan auch deshalb nicht leicht, weil ich warme Handschuhe, eine wollene Mütze und dicke Winterkleidung trage, die das Jucken noch verstärken. Mir wird nichts anderes übrig bleiben, als in der Mittagspause einen Arzt aufzusuchen.

Als ich in die Praxis komme, macht sich zu meiner großen Verwunderung eine fremde Frau in der Teeküche zu schaffen.

«Guten Morgen. Kann ich Ihnen vielleicht helfen?», frage ich indigniert.

Die Unbekannte dreht sich zu mir um. Sie wirkt erstaunt. Die Frau ist Ende zwanzig, höchstens Anfang dreißig. Eine sehr attraktive Erscheinung. Sie trägt das brünette, leicht gelockte Haar offen. Apart verwaschene Jeans und ein dunkelgrauer, enggeschnittener Kaschmirpullover betonen ihre verführerische Figur. Das Make-up ist ebenso unaufdringlich wie der cappuccinofarbene Lack, der ihre sauber manikürten Nägel ziert.

Instinktiv ziehe ich rasch die Mütze vom Kopf. Ich möchte nicht unhöflich erscheinen. Bestimmt hat sich die Dame nur verlaufen.

«Was haben Sie denn da an der Stirn?», fragt sie. «Ist das eine Schramme?»

Die Stimme kenne ich. Nur kann ich sie im Moment nicht der vor mir stehenden Person zuordnen. Ich rätsele noch, was hier vor sich geht, da wird mir plötzlich schlagartig klar, wer mich da gerade in arge Verwirrung gebracht hat. «Frau Kretzer?»

«Ja. Klar. Wer denn sonst?», erwidert sie. «Oder haben Sie noch andere Sekretärinnen eingestellt, von denen ich nichts weiß?»

«Ich hätte Sie um ein Haar nicht wiedererkannt», sage ich und bin selbst ganz erstaunt über meine selektive Wahrnehmung.

Sie lächelt aufreizend. «Ich hoffe, das ist ein Kompliment.»

«Ja. Wenn ich Ihnen damit nicht zu nahetrete, dann dürfen Sie das gerne als Kompliment auffassen», erwidere ich diplomatisch.

«Sie dürfen ruhig ein wenig begeisterter reagieren, Dr. Jakobi. Ich habe mich schließlich nicht stundenlang mit Tonis Hilfe umstylen lassen, damit es kein Mann bemerkt. Ganz im Gegenteil. Wenn die Männer mich jetzt immer noch nicht zur Kenntnis nehmen, dann weiß ich auch nicht weiter.»

«Also, ich habe Sie sehr wohl zur Kenntnis genommen», sage ich.

«Habe ich gemerkt. Und es freut mich sehr. Möchten Sie einen Kaffee?» Sie wendet sich wieder der Küchenzeile zu und präsentiert mir dabei ihre attraktive Rückansicht.

«Gern», antworte ich und ziehe meine Handschuhe aus.

Sie will mir eine Tasse Kaffee reichen und sieht dabei die

roten Flecken auf meinen Händen. «Haben Sie das eigentlich schon länger?»

Sie stellt die Tasse auf den Empfangstresen, greift nach meinen Händen und betrachtet sie eingehend.

«Seit gestern», antworte ich und bemerke, dass die unerwartete Nähe von Frau Kretzer mich ein wenig verunsichert. «Ich wollte damit in der Mittagspause mal kurz zum Arzt. Könnten Sie mir einen Termin machen?»

«Haben Sie diese Rötungen auch am Körper?», fragt sie.

Ich zögere. «Warum wollen Sie das wissen?»

«Ich denke, das war ein Ja», stellt sie fest. «Soll ich es mir mal ansehen?»

Sie sieht, dass mich ihr Vorschlag erstaunt.

«Bevor ich zu Ihnen gekommen bin, war ich unter anderem Empfangskraft bei einem Dermatologen», erklärt sie. «Das stand übrigens auch in meinen Bewerbungsunterlagen.»

«Oh. Das muss ich dann wohl überlesen haben», erwidere ich.

«Macht nichts. Kommen Sie.» Entschlossen öffnet Frau Kretzer die Tür zu meinem Büro. «Ich werfe schnell einen Blick auf Ihren Oberkörper, bevor der erste Patient da ist. Geht ganz fix. Ich möchte nur sichergehen, dass Sie sich keine Gürtelrose eingefangen haben. Dann sollten Sie nämlich mit dem Arztbesuch nicht bis heute Mittag warten.»

Ein paar Minuten später stehe ich mit nacktem Oberkörper vor meiner Sekretärin und frage mich, ob ich mein Hemd auch dann ausgezogen hätte, wenn sie heute Morgen wie bisher mit strassbesetzten rosa Fingernägeln, wasserstoffblonden Haaren und grellen Klamotten in der Praxis erschienen wäre. Wahrscheinlich nicht. Ihr neuer Look lässt sie irgendwie seriöser wirken.

«Soll ich tief ein- und wieder ausatmen?», witzele ich.

Sie lächelt und tastet mit den Fingerspitzen meine leicht gerötete Flanke ab. Ihre Berührung lässt mich erschauern. Frau Kretzer tut, als hätte sie es nicht bemerkt, und fängt an, mich langsam zu umrunden. Dabei nimmt sie meine Hautreizung genauestens in Augenschein.

Als sie meinen Rücken inspiziert, kann ich ihren Atem zwischen meinen Schulterblättern spüren. Ich bekomme eine Gänsehaut. Um Frau Kretzer davon abzulenken, sage ich: «Und? Wie sieht es aus?»

Ich spüre, dass sie ihren Busen sanft gegen meinen Rücken drückt, während ihre Fingerspitzen meine Nackengegend erforschen. Die Gänsehaut wird dadurch nicht besser. Eher im Gegenteil.

«Sieht gut aus», sagt sie nach einer kurzen Pause mit laszivem Unterton.

«Freut mich», erwidere ich knapp und drehe mich zu ihr um, damit sie meine Gänsehaut nicht in letzter Sekunde bemerkt.

Der Plan geht insofern nicht auf, als ich jetzt auch bäuchlings eine Gänsehaut bekomme, weil mich die nackten Brustwarzen von Frau Kretzer berühren. In Windeseile muss Frau Kretzer sich ihres Kaschmirpullovers entledigt haben. Ich spüre die Nähe ihres warmen Körpers und sehe ein leidenschaftliches Flackern in ihren Augen.

Mit beiden Händen umfasst sie meinen Nacken.

«Ich hab dich vom ersten Moment an gewollt», zischt sie. Dabei lässt sie sich langsam auf den Schreibtisch sinken und zieht mich mit sich. Unsere Lippen sind kurz davor, sich zu berühren.

«Lass es einfach geschehen, Jakob», haucht sie.

Während sie ihre Lippen auf meine presst, ist ein Klopfen

zu hören, unmittelbar gefolgt vom leisen Knarren meiner Bürotür.

Als ich mich umdrehe, sehe ich Valerie und ihren Ehegatten. Offenbar hat Moosmann seine Frau endlich zu einem Besuch in meiner Praxis überreden können. Vielleicht haben die beiden auch inzwischen über ihre Beziehung gesprochen und hätten heute reinen Tisch machen wollen.

«Sie sind zu früh», sagt Frau Kretzer über meine Schulter hinweg. Offenbar ist sie empört darüber, dass überpünktliche Klienten ihr den Sex vor der Arbeit versaut haben.

Ich sehe die Enttäuschung in Valeries Augen und schäme mich.

Als einen Moment später die Tür krachend ins Schloss fällt, habe ich das Gefühl, abrupt aus einem tiefen Schlaf zu erwachen.

«Sagen Sie mir die Wahrheit, Frau Kretzer. Es ist kein Zufall, dass Sie mit mir schlafen wollten, richtig?»

Sie sieht mich beklommen an. «Sind Sie jetzt sauer?»

Ich wiege den Kopf hin und her. «Ich weiß noch nicht. Hat Anton Auerbach Sie darum gebeten?»

Sie nickt. «Er hat gesagt, dass ich dann meine Seele wiederbekomme.» Rasch fügt sie hinzu: «Aber das hätte ich bestimmt nicht bei jedem Mann gemacht.»

«Danke. Das ist nett von Ihnen.» Ich schnappe mir mein Hemd und beginne, mich anzukleiden. «Wundert mich, dass Sie Ihre Seele überhaupt wiederhaben wollen. Ich dachte, die wäre Ihnen völlig schnuppe.»

«Ja. Das dachte ich auch.» Sie lächelt unsicher. «Aber ehrlich gesagt, fühlt es sich schon ein bisschen komisch an, wenn einem die eigene Seele plötzlich nicht mehr gehört.»

Verlegen streift Frau Kretzer sich ihren Kaschmirpullover über. «Bin ich jetzt gefeuert?»

«Auf keinen Fall. Sie sahen noch nie so gut aus wie heute. Außerdem sind Sie die Einzige, die sich in meinem Laden auskennt.»

Sie lächelt erleichtert. «Danke, Dr. Jakobi.»

«Aber versprechen Sie mir, dass Sie in Zukunft nicht mehr irgendwelche Dinge hinter meinem Rücken aushecken.»

«Ich verspreche es», sagt sie und hebt die rechte Hand, als würde sie dabei auf die Bibel schwören.

«Gut. Dann vergessen wir jetzt, was eben hier passiert ist.» Ich schnappe mir Sakko und Mantel. «Ich bin zur nächsten Sitzung wieder da. Ich muss vorher noch was Dringendes erledigen.»

9

Als ich die Kirche betrete, ist Eva gerade damit beschäftigt, den Altarraum zu schmücken. Ein betörendes Duftgemisch aus Weihrauch und frischen Blumen liegt in der Luft.

Sie hört das leise Knarren der sich schließenden Kirchentür, erkennt mich und bekreuzigt sich rasch.

Gemächlich schreite ich durch den Mittelgang und ziehe dabei Mütze und Handschuhe aus. «Guten Morgen. Ist Pater Felice da?»

«In seinem Büro.» Sie bemerkt meine gerötete Haut. Ein Moment des Erstaunens, dann wendet sie sich wieder ihrer Arbeit zu. «Gehen Sie ruhig zu ihm. Er wollte sowieso mit Ihnen sprechen.»

«Ach ja? Worüber denn?», will ich wissen.

Sie vermeidet es, mich anzusehen. «Ich vermute, über die seltsamen Dinge, die hier vor sich gehen.»

«Was meinen Sie? Die Sache mit der Krippenfigur?»

«Ja, das auch.» Wieder bekreuzigt sie sich, bevor sie damit beginnt, ein paar schneeweiße Christrosen in einer Vase neben der Krippe zu arrangieren.

Mal abgesehen von ihrer Liaison mit einem Gottesmann scheint Eva eine sehr fromme Frau zu sein, denke ich und öffne die Tür zur Sakristei.

«Stimmt es wirklich, dass Sie sich mit dem Leibhaftigen

eingelassen haben?», fragt sie, als ich gerade im Begriff bin, die Tür hinter mir zu schließen.

Ich halte inne. Ihre Worte scheinen im Kirchengewölbe nachzuhallen. Ich trete einen Schritt zurück und schaue sie erstaunt an, aber sie weicht abermals meinem Blick aus.

«Ehrlich gesagt: Ich weiß es nicht», sage ich und setze meinen Weg fort, ohne eine weitere Reaktion von ihr abzuwarten.

In Robertos Büro herrscht Eiseskälte. Kein Wunder, denn das Fenster zum Hof steht sperrangelweit offen. Den Priester scheint das nicht zu stören.

«Gut, dass du kommst», sagt Roberto, ohne mich anzusehen. Sein Schreibtisch ist voller aufgeschlagener Bücher, darunter ein paar sehr alte Folianten. Die Wälzer beanspruchen offenbar seine ganze Aufmerksamkeit.

«Ich mach hier mal zu», sage ich und schließe das Fenster. «Sonst friert dir noch die Hausbar ein.»

«Ach, das hat sich sowieso erledigt», sagt er beiläufig und deutet mit der Linken auf einen neben dem Schreibtisch stehenden Mülleimer, ohne den Blick von einem alten Buch abzuwenden, in dem er mit der anderen Hand blättert. «Es gibt wichtige Aufgaben, die wir nüchtern angehen müssen.»

Der Mülleimer ist voller leerer Flaschen. Roberto scheint seine gesamten Alkoholvorräte in den Ausguss geschüttet zu haben. Zu meinem Bedauern erkenne ich auch den Brandy, den er mir unlängst kredenzt hat. Schade. Der war wirklich gut. Auf und zwischen den leeren Flaschen sind ungerauchte, zerbrochene Zigaretten zu sehen. Roberto scheint seine guten Vorsätze sehr ernst zu nehmen.

Da die Raumtemperatur um den Gefrierpunkt liegt, lasse ich meinen Mantel an und setze mich.

«Ich bin Anton Auerbach auf den Fersen», sagt Roberto,

über seine Bücher gebeugt. «Alle diese Quellen hier prophezeien, dass der Leibhaftige kurz vor dem Weihnachtsfest auf die Erde kommen wird.»

«Oh. Wirklich? Und kann wenigstens eine dieser Quellen das Jahr nennen, in dem er auftauchen wird? Und vielleicht noch den genauen Ort?»

«Ja, spotte du nur.» Roberto hebt den Kopf und zuckt im nächsten Moment heftig zusammen. «Mein Gott! Jakob! Was ist denn mit dir passiert?»

«Meinst du diese Hautgeschichte?», frage ich. «Halb so wild.»

Roberto umrundet langsam den Schreibtisch und sieht mich dabei mit einer Mischung aus Faszination und Besorgnis an.

«Trockene Luft, Allergie, Krätze, Neurodermitis, was weiß ich», sage ich. «In der Mittagspause gehe ich zum Arzt. Erzähl mir lieber, was du noch so in deinen Büchern gefunden hast.»

Aufmerksam betrachtet Roberto meine gerötete Stirn. Er hat mir nur mit halbem Ohr zugehört.

«Meine Sekretärin hat mal bei einem Dermatologen gearbeitet. Sie sagt, es ist immerhin keine Gürtelrose», erkläre ich.

Roberto greift nach meinen Händen und betrachtet sie ebenso aufmerksam, wie das vorhin Frau Kretzer getan hat.

Ich muss grinsen. «Hast du auch mal bei einem Dermatologen gearbeitet, oder was?»

«Zieh dich aus», sagt Roberto. «Ich wette, du hast diese Rötungen auch an den Füßen und an deiner Flanke.»

«Ich hab mich eben schon für meine Sekretärin ausgezogen», sage ich. «Das hat kein gutes Ende genommen. Außerdem ist es hier schweinekalt.»

«Dann gehen wir eben in meine Wohnung», schlägt Roberto vor.

«Schon gut. Nicht nötig», erwidere ich und beginne, mir die Schuhe aufzubinden. «Mit der Flanke hast du recht. An den Füßen war bis heute Morgen nichts zu erkennen. Aber wir können gern zusammen nachsehen.»

Ich ziehe die Socken aus und erblicke zu meiner eigenen Verwunderung kleine, kreisrunde Rötungen auf beiden Fußrücken.

Fragend schaue ich Roberto an. «Woher hast du das gewusst?»

Der Priester bekreuzigt sich. «Du hast die Stigmata empfangen, Jakob.»

«Die was?»

«Die Stigmata. Die Wundmale Christi.»

«Das ist ’n Witz, oder?»

«Ganz bestimmt nicht. Du hast diese Hautirritationen genau dort, wo der Gekreuzigte verwundet wurde. Die Flecken an deinen Händen und Füßen beispielsweise sehen aus wie die Wunden, die Jesus durch die Nägel beigebracht wurden.»

Ich merke, dass meine vermeintlichen Wundmale spontan zu jucken beginnen, unterdrücke aber den Impuls, mich zu kratzen.

«Aber da sind noch meine Stirn und meine Flanke», kontere ich.

«Ganz genau. Laut Überlieferung hat die Dornenkrone die Kopfhaut des Gottessohnes blutiggestochen. Und in der Bibel steht auch, dass dem Gekreuzigten eine Lanze in die Seite gerammt wurde, um seinen Tod festzustellen.»

Ratlos betrachte ich meine Hände und Füße.

«Schade, dass du dich von deiner Hausbar getrennt hast»,

sage ich und beginne, Socken und Schuhe wieder anzuziehen. «Gerade jetzt könnte ich nämlich einen Drink vertragen.»

Roberto greift in ein Seitenfach und zieht eine halbvolle Flasche Grappa mit zwei Gläsern hervor.

«Zum Glück habe ich es noch nicht geschafft, alles wegzuschütten», sagt er und stellt die Flasche nebst Gläsern auf den Tisch. Dann fischt er eine zerbrochene Zigarette aus dem Mülleimer, setzt sich und gießt uns ein.

«Für mich steht inzwischen fest, dass der Allmächtige uns zueinandergeführt hat», verkündet Roberto und beginnt, die zerbrochene Zigarette mit einem Stück Papier, das er beiläufig aus einem der alten Bücher reißt, zu reparieren. «Es ist Gottes heiliger Plan, dass wir beide uns dem Teufel in den Weg stellen.»

«Aha», sage ich und betrachte das Chaos auf Robertos Schreibtisch. «Und das hast du aus diesen Büchern erfahren?»

Roberto kippt seinen Grappa und nickt.

«Und du meinst Anton Auerbach, wenn du sagst, dass wir uns dem Teufel in den Weg stellen müssen», vermute ich.

«Vielleicht. Aber so genau weiß ich das noch nicht.»

«Was steht denn in deinen Büchern?»

«Vergiss die Bücher. Schau dir die Indizien an, Jakob. Auerbach setzt alles daran, deine Seele zu bekommen. Er manipuliert dich und deine Umwelt. Er betreibt Hexerei. Er verfügt über unermesslich viel Geld. Und ganz nebenbei liegt seine Existenz im Dunkeln.»

Ich merke verwundert auf.

«Das wusstest du nicht? Ich hab recherchiert. Das Internet kennt zwar einige Anton Auerbachs, dein vermögender Patient ist jedoch nicht dabei. Ein Mann, der angeblich mit

Millionen jongliert, ist völlig unbekannt? Selbst der Wirtschaftswelt? Das ist doch seltsam, oder?»

Roberto befeuchtet den Papierfetzen mit der Zungenspitze und vollendet seine Zigarettenreparatur.

«Ich weiß nicht so recht», sage ich. «Für dich als Priester liegt es auf der Hand, dass der Teufel existiert. Aber ich bin Psychologe. Ich glaube daran, dass die Menschen ihre Abgründe in sich tragen.»

Roberto zündet seine Zigarette an und inhaliert tief. «Und genau diese Haltung kommt dem Teufel sehr entgegen, Jakob. Er will nämlich nicht, dass man an ihn glaubt. Für ihn ist es sogar am besten, wenn überhaupt niemand an ihn glaubt. Denn ahnungslose Menschen sind dankbare und vor allem einfache Opfer für das Böse. Du bist auch so ein ahnungsloses Opfer, Jakob. Auch wenn du es nicht wahrhaben willst.»

«Gerade scheine ich eher ein Opfer Gottes zu sein», erwidere ich und zeige meine Hände.

«Ja. Es ist gut möglich, dass Gott dir ein Zeichen geben wollte, damit du endlich begreifst, dass die Psychologie nicht alles erklären kann, was zwischen Himmel und Hölle passiert», sagt Roberto und gießt sich noch einen Grappa ein. «Ich würde mich aber auch nicht wundern, wenn Anton Auerbach dir eine Krankheit an den Hals geschickt hätte, um dich zu ärgern. Und natürlich, um dich zu zermürben, denn er hat den Plan, dir deine Seele zu rauben, noch lange nicht aufgegeben. Im Gegenteil. Ich glaube, er fängt gerade erst an, den Druck auf dich zu erhöhen. Was du bisher erlebt hast, war nur die Ouvertüre.»

«Der Teufel schickt göttliche Zeichen?», frage ich ungläubig. «Ich dachte, er hasst alles, was heilig ist.»

«Der Teufel ist ein Trickser. Er lügt, er betrügt, er führt

seine Opfer auf Irrwege. Er tarnt sich, er schmückt sich mit fremden Federn. Er ist ein Meister der Täuschung. Und es macht ihm Spaß, Menschen zu ärgern und zu provozieren. Je gläubiger seine Opfer sind, desto größer ist sein Vergnügen. Und deshalb sind dem Höllenfürsten auch die Stigmata nicht heilig.»

Ich schweige und frage mich, ob an Robertos Argumentation was dran sein könnte. In der Psychosomatik kennt man den Effekt, dass psychische Probleme körperliche Reaktionen auslösen. Ähnlich verhält es sich mit Wahnvorstellungen. Auch sie können ganz reale Folgen haben. Zum Beispiel schafft ein paranoider Diktator, der reihenweise angebliche Systemgegner hinrichten lässt, in seinem Land de facto ein Klima der Angst. Wäre es also denkbar, dass Toni Auerbach sich in den Leibhaftigen verwandelt, weil er zuvor lange und intensiv genug daran geglaubt hat, es bereits zu sein?

«Worüber denkst du nach?», will Roberto wissen.

«Ich frage mich, ob du zumindest teilweise recht hast», antworte ich.

«Lass es uns doch einfach herausfinden», schlägt er vor.

«Einfach? Wie willst du das anstellen? Ich versuche ja schon, Toni Auerbach zu helfen. Und das ist alles andere als einfach.»

«Wir machen einen Exorzismus», sagt Roberto. Es klingt, als würde er ein ungezwungenes Mittagessen vorschlagen. «Dann werden wir schon sehen, ob wir es mit dem Teufel zu tun haben oder nicht.»

«Muss jemand, der exorziert werden soll, nicht sein Einverständnis dazu geben?», frage ich und spüre, dass mir die Vorstellung, Toni Auerbach gegen seinen Willen einen Exorzismus aufzuzwingen, ganz und gar nicht behagt.

«Nicht unbedingt. Oft ist der oder die Besessene nicht in der Lage, sich selbst klar zu äußern. Dann muss der Exorzist dem Urteil von Verwandten oder Freunden vertrauen.» Er schaut mich vielsagend an. «Ich denke, im Fall von Auerbach würde mir dein Urteil genügen, Jakob.»

Ich brauche über diesen Vorschlag nicht lange nachzudenken. «Nein, tut mir leid. Ich kann es nicht verantworten, dass ein Mensch mit psychischen Problemen einer solchen Prozedur unterzogen wird, und das obendrein gegen seinen Willen. Das klingt nach Methoden aus der Psychiatrie des neunzehnten Jahrhunderts.»

«Anton Auerbach hat keine psychischen Probleme», erwidert Roberto. «Er täuscht sie nur vor, damit du dich mit ihm beschäftigst.»

«Es bleibt dabei», sage ich. «Ich werde keinem Exorzismus zustimmen.»

Roberto sieht mich lange an, dann nickt er bedächtig. «Okay.» Es klingt wie: Na gut, dann eben nicht.

Ich wundere mich über seinen Sinneswandel. «Wie? So plötzlich lässt du die Sache einfach auf sich beruhen?»

«Ja. Aber nur vorerst. Weil ich glaube, dass du deine Meinung schon sehr bald ändern wirst. Der Teufel kann extrem gereizt reagieren, wenn er nicht bekommt, was er will. Wenn du ihm also weiter deine Seele vorenthältst, dann wird er dir sein wahres Ich zeigen. Und das ist der Moment, in dem du hoffentlich an mich und mein Angebot denken wirst.»

Roberto ist die Sache bitterernst, das sehe ich ihm an. Zu meinem Erstaunen wird mir ein wenig mulmig zumute.

«Danke», sage ich. «Aber ich hoffe, dass ich deine Hilfe nicht benötige. Und das ist keine Floskel, denn ich habe tatsächlich nicht die geringste Lust, mich mit den Höllenmächten anzulegen.»

Roberto beugt sich vor. «Das hast du bereits getan, Jakob. Genau deshalb mache ich mir ja Sorgen um dich.»

Wieder das mulmige Gefühl. «Schon gut, Roberto. Sollte ich nicht weiterwissen, dann melde ich mich bei dir. Versprochen.»

Er nickt zufrieden. «Pass gut auf dich auf, Jakob. Und vertraue auf Gott. Ich bin sicher, du bist ihm damals tatsächlich in Gestalt von Abel Baumann begegnet. Gott wird dir helfen. Er wird dir beistehen. Aber du musst vertrauen und nach seinen Zeichen Ausschau halten.»

«Okay. Auch das werde ich tun», sage ich.

«Gut», erwidert Roberto und lehnt sich zurück. «Möchtest du, dass ich dir jetzt den Segen spende?»

«Bringt das was?», frage ich leichthin.

«Es schadet zumindest nicht», antwortet Roberto.

«Nein. Ich glaube, ich nehme lieber noch einen Grappa», sage ich.

«Okay. Schadet auch nicht», erwidert Roberto und gießt uns ein.

Frau Kretzer kann Anton Auerbach dazu bewegen, mir für den frühen Abend einen Termin zu geben. Eigentlich ist sein Terminkalender rappelvoll, er will es aber unbedingt arrangieren, dass er eine halbe Stunde Zeit für mich erübrigen kann. Weniger Glück hat Frau Kretzer bei dem Versuch, für mich einen Arzttermin zu machen. Selbst ihr ehemaliger Arbeitgeber kann auf die Schnelle nichts für mich tun. Und im Krankenhaus brauche ich es erst gar nicht zu versuchen, weil man dort mit einer Hautkrankheit nur dann als Notfall angenommen wird, wenn die Leute schreiend vor einem weglaufen. So weit ist es mit meinem Ausschlag noch nicht, obwohl man mich heute ständig daran erinnert. Während

Frau Kretzer für ihr neues Outfit ein Kompliment nach dem anderen kassiert, werde ich von meinen Patienten ausgiebig bemitleidet.

Ich bin froh, als der Arbeitstag endlich vorbei ist. Gemütlich spaziere ich zum *Ritz Carlton* und stehe wenig später vor der Suite 666.

Anton Auerbach empfängt mich in einem schwarzen Seidenkimono mit roten Drachenköpfen. Der Aufzug verleiht ihm die Aura eines alternden Playboys. «Jakob! Schön, Sie zu sehen. Kommen Sie rein.»

Ich betrete die Suite und erkenne unschwer den Grund für Auerbachs Terminschwierigkeiten. Er hat offenbar ein Rendezvous vor sich.

Sämtliche Türen in der riesigen Suite stehen offen, weil ein Heer von herumwuselnden Hotelangestellten damit beschäftigt ist, Auerbachs Stelldichein vorzubereiten.

Ich erkenne ein mit roten Rosenblättern geschmücktes Himmelbett. Zwei Zimmermädchen zupfen an der schneeweißen Leinenwäsche herum, um dem Arrangement den allerletzten Schliff zu geben. Ein Hotelmitarbeiter, vermutlich der Housekeeper, wacht mit Argusaugen darüber, dass alles seine Richtigkeit hat.

Derweil verwandeln einige Mitarbeiterinnen des hoteleigenen Beauty-Spa das Badezimmer in eine Wohlfühloase. Auch hier hat man nicht mit Rosenblättern gegeizt. Selbst das Wasser in der sehr geräumigen Eckbadewanne ist zur Gänze mit roten Blüten bedeckt. Duftkerzen stehen bereit, um den Raum später in ein heimeliges Licht zu tauchen. Kostbare Öle und Essenzen warten darauf, bei wohltuenden Massagen ihre entspannende Wirkung zu entfalten.

Ich ahne schon, wem der ganze Aufwand gilt.

«Also, Jakob. Was ist denn so wichtig, dass es nicht bis

morgen warten kann?», fragt Auerbach und bittet mich mit einer einladenden Handbewegung, auf dem Sofa Platz zu nehmen. Er selbst lässt sich in einen Sessel fallen

«Möchten Sie was trinken?», fragt er freundlich.

«Danke, nein. Ich will Sie auch nicht lange stören», antworte ich.

Mein Blick fällt auf einen prall mit Eis gefüllten Sektkühler, in dem eine Flasche Champagner auf ihren großen Auftritt wartet.

«Jahrgang 1988», stelle ich fest.

«Ja, den trinkt Sie besonders gern», erwidert Auerbach.

«Die Dame, die ich gleich erwarte», fügt er nach kurzem Zögern hinzu, als wüssten wir nicht beide, dass es sich um Ellen handelt.

Ich denke an das Gespräch mit Roberto. Ob Auerbach nun der Teufel ist oder nicht: Er ist in jedem Fall ein großer Heuchler.

«Ellen hat es mir erzählt, und das wissen Sie auch», sage ich entspannt.

Er grinst sein Raubtierlächeln. «Und? Wie finden Sie meinen Schachzug?»

Bevor ich antworten kann, meldet sich der Housekeeper zu Wort: «Wir wären dann so weit, Herr Auerbach. Falls ich und meine Leute noch irgendetwas für Sie tun können ...»

«Danke, das ist dann erst mal alles», sagt Toni gnädig. Er zieht ein Bündel Geldscheine aus seinem Kimono, zählt großzügig ein paar hundert Euro ab und drückt sie dem Housekeeper in die Hand. «Verteilen Sie das bitte. Vielen Dank allerseits!»

Der Mann verbeugt sich tief, lotst das Personal zur Tür, und Sekunden später bin ich mit Auerbach allein.

«Wo waren wir gerade stehengeblieben?», fragt Toni scheinheilig.

«Sie haben gefragt, ob es ein guter Schachzug war, mit Ellen anzubändeln.»

«Ach ja, genau. Und? Was sagen Sie?»

Ich will mich nicht provozieren lassen. «Ist eigentlich was dran an dem Gerücht, dass der Teufel gern Schach spielt?»

Er lacht. «Möchten Sie eine Partie um Ihre Seele riskieren? Ich setze ein, was immer Sie wollen. Der Gewinner bekommt alles. Okay?»

Ich schüttele den Kopf. «Lieber nicht. Ich bin kein guter Schachspieler.»

«Schade», sagt er mit einem Schulterzucken. «Aber um der Wahrheit die Ehre zu geben: ich auch nicht. Wahrscheinlich hätten Sie gesiegt.»

Er wirft einen kurzen Blick auf die teure Uhr, die Ellen ihm geschenkt hat. «Also, warum sind Sie hier, Jakob, wenn Sie weder über Ellen noch über unseren Deal reden möchten?»

Erst jetzt ziehe ich die Mütze vom Kopf und die Handschuhe aus. «Deswegen.»

Er grinst breit. «Und? Wie finden Sie die Idee? Witzig, oder? Ich war für einen kurzen Moment versucht, Ihnen zusätzlich einen Heiligenschein zu verpassen. Wenn jemand moralisch so einwandfrei wie Sie ist, Jakob, dann hat er eigentlich einen Heiligenschein verdient.»

«Das soll also Ihr Werk sein?», frage ich ungläubig.

«Allerdings», antwortet Auerbach. «Ich würde Ihnen darauf mein Ehrenwort geben, aber das Ehrenwort des Teufels gilt ja bekanntlich nichts.»

«Wie haben Sie das angestellt?», will ich wissen. «Haben Sie mir irgendetwas in den Drink getan? Oder mir allergene

Stoffe untergejubelt? Vielleicht bei einem Ihrer Praxisbesuche?»

Er sieht mich herausfordernd an. «Wie lautet Ihre Theorie, Dr. Jakobi?»

«Dazu müsste ich erst wissen, wer außer meiner Sekretärin noch so alles auf Ihrer Gehaltsliste steht», antworte ich. «Vermutlich braucht man eine Menge Helfershelfer, um all den Hokuspokus zu veranstalten, mit dem Sie mich glauben machen wollen, dass Sie der Leibhaftige sind.»

Sein Gesicht verdüstert sich schlagartig. Ein leichter Schauer jagt mir über den Rücken, aber ich lasse mir nichts anmerken.

«Wissen Sie, was Umsessenheit ist, Jakob?» Er klingt verärgert.

Ich schüttele den Kopf. «Nein. Nie gehört.»

«Ihr Priesterfreund kann es Ihnen bestimmt auch erklären. Umsessenheit ist eine der Stufen der dämonischen Heimsuchung. Im Vergleich zur Besessenheit, wo der Dämon im Menschen steckt, ist die Umsessenheit ein dämonischer Angriff von außen. Die Betroffenen werden von unsichtbaren Mächten traktiert und müssen Schläge und Tritte aus dem Nichts ertragen. Und manchmal …», er macht eine Kunstpause, «… schlägt der Teufel seine Opfer auch mit Krankheiten.»

Ich hebe meine Hände. «Das hier ist also Umsessenheit?»

Auerbach nickt. «Und glauben Sie mir, so was kriege ich ganz ohne Helfershelfer hin.»

«Heißt das, Sie könnten auch dafür sorgen, dass diese Rötungen rasch wieder verschwinden?»

Auerbach nickt. Er greift neben seinen Sessel, zieht aus einer dort stehenden Tasche einen Stift und einige Papiere hervor und legt alles auf den Tisch. «Unterschreiben Sie den Vertrag, und Sie werden dieses Zimmer als ein kerngesunder und gutaussehender Mann in den besten Jahren verlassen. Und damit Sie sehen, dass ich nicht nachtragend bin, biete ich Ihnen obendrein fünf Millionen Euro an. Quasi als kleine Entschädigung für Ihre Unannehmlichkeiten.»

«Wie wäre es, wenn Sie mich jetzt sofort von meiner … Umsessenheit heilen, um mir zu beweisen, dass Sie der sind, für den Sie sich ausgeben?»

Ich sehe, dass sich sein Ärger nun in Wut verwandelt. «Ich muss Ihnen überhaupt nichts beweisen, Jakob. Wenn Sie mir nicht glauben, dann gehen Sie doch einfach heim und schauen Sie zu, wie Ihre Hautprobleme von jetzt an ständig schlimmer werden.»

Er hebt seinen rechten Zeigefinger und malt ein Zeichen in die Luft.

«Hey! Was war das?», frage ich launig. «Umsessenheit, Teil zwei?»

Auerbach nickt. «Allerdings. Und Ihnen wird das Lachen sehr bald vergehen, Jakob. Falls Sie es sich mit unserem Vertrag anders überlegen sollten, rufen Sie mich an. Auch heute Nacht. Meine Tür steht jederzeit offen.»

«Sie drohen mir schon wieder», stelle ich fest.

Er wirft erneut einen kurzen Blick auf seine Uhr und überhört meine Frage. «Ellen wird jede Minute hier sein. Falls Sie Ihrer Exfrau nicht über den Weg laufen möchten, dann sollten Sie jetzt besser gehen. Ich will Sie aber natürlich auf keinen Fall vertreiben, Jakob.»

«Danke für Ihre Zeit», sage ich kühl und stehe auf.

Auf dem Nachhauseweg beginnen meine Stigmata zu schmerzen. Zunächst ist es nur ein leichtes Brennen, aber schon wenig später fühlen sich die geröteten Stellen wie ein schlimmer Sonnenbrand an. Es kommt mir vor, als würde ich von Tausenden winziger Nadeln gestochen.

Meine Vermutung ist, dass ich gerade einer Suggestion zum Opfer falle. Toni Auerbach nutzt meine Unsicherheit aus, um mich zu manipulieren.

Als ich zu Hause angekommen bin und bei der Suche nach dem Schlüssel die Handschuhe ausziehe, tropft Blut von meinen Fingern. Es ist nicht viel, aber es reicht, um den Schnee zu meinen Füßen rot zu besprenkeln und mir einen höllischen Schrecken einzujagen. Ich betrachte meine Hände und sehe, dass die Rötungen sich binnen kürzester Zeit so verschlimmert haben, dass die Haut an den betreffenden Stellen aufgesprungen ist.

Falls dass, was ich hier gerade erlebe, tatsächlich das Ergebnis einer Suggestion ist, dann würde ich mich unter psychologischen Aspekten enorm dafür interessieren. Da die Sache einerseits leicht beängstigend ist und andererseits mich selbst betrifft, hält meine fachliche Begeisterung sich jedoch in Grenzen. Ich frage mich stattdessen, ob ich schnellstmöglich ein Krankenhaus aufsuchen sollte. Oder hat es Sinn, Roberto anzurufen? Ich denke an seine guten Ratschläge und Ermahnungen und frage mich wieder einmal, wo eigentlich die Zeichen Gottes sind, wenn man sie braucht.

Bei der Suche nach einem Taschentuch, mit dem ich meine Hände säubern kann, fällt mir der Brief meiner Mutter in die Hand. Ich bin noch nicht dazu gekommen, ihn zu lesen. Fast hätte ich ihn vergessen.

Der Umschlag ist mit einem Schmuckaufkleber versiegelt. Er zeigt das Bild eines kitschig gezeichneten Engels, der eine Schriftrolle trägt, auf der zu lesen ist: Dominus Vobiscum. Meine Lateinkenntnisse und die ferne Erinnerung an den Religionsunterricht reichen aus, um diesen Sinnspruch aus der Liturgie zu übersetzen: Der Herr sei mit euch.

Ich bin beeindruckt. Wenn das hier ein Zeichen Gottes ist, dann hat der Himmel sich diesmal wirklich Mühe gegeben.

10

Als ich Hände, Füße, Flanke und Stirn gesäubert, desinfiziert und verbunden habe, sehe ich aus wie ein Dompteur, dessen Raubtiere auf Krawall gebürstet waren. Ich befürchte, dass mein Blutverlust schon jetzt zu einer bedenklichen Gesichtsblässe geführt hat und sehr bald in eine Ohnmacht münden wird. Vielleicht habe ich aber auch nur einen Hang zur Hypochondrie. Eine kurze Internetrecherche beruhigt mich. Der Verlust von einem halben Liter Blut ist für einen gesunden Erwachsenen völlig unkritisch. Selbst wenn ein ganzer Liter flöten geht, ist das angeblich noch kein Grund zur Beunruhigung, sofern man was zu trinken, ein paar belegte Brote und ein Bett in der Nähe hat. Mein Blutverlust beläuft sich höchstens auf die Menge eines Fingerhutes. Ich muss mir also überhaupt keine Gedanken machen.

Versorgt mit einem großen Glas Rotwein, von dem ich mir blutbildende Wirkung erhoffe, wende ich mich dem Brief meiner Mutter zu.

Wie ich erfahre, geht es meiner Familie blendend. Mutter kümmert sich im kubanischen Exil um ihre Enkelin Julietta, während mein Bruder Jonas und seine Frau Hanna offiziell Kunst und Architektur studieren. Eigentlich sind die beiden längst dem Studentenalter entwachsen, aber wenn man langfristige Aufenthaltsgenehmigungen braucht, dann ist der Besuch einer Schule oder Universität auf Kuba die einfachste Möglichkeit, um solche Papiere zu bekommen. Dabei scheint es den kubanischen Staat nicht zu interessieren, ob Studenten für die von ihnen gewählten Fächer zumindest halbwegs geeignet sind, denn meine fast siebzigjährige Mutter macht offiziell eine Ausbildung zur Balletttänzerin. Vielleicht ist es aber auch nur eine Frage der Devisen, wie genau oder vielmehr ungenau die kubanischen Behörden bei der Erledigung der Formalitäten hinschauen.

Mutter wünscht mir schon jetzt ein gesundes und glückliches neues Jahr, und das von ganzem Herzen. Sie kann es sich dennoch nicht verkneifen, mir mit auf den Weg zu geben, dass ich im kommenden Jahr mein Entwicklungspotenzial noch besser ausschöpfen könnte, und zwar beruflich wie privat. Es ist ihre Art, mir zu signalisieren, dass ich mich bemühen soll, an die Erfolge meines berühmten Vaters anzuknüpfen. Vielleicht wird Mutter eines Tages begreifen, dass ich das Leben meines vor ein paar Jahren verstorbenen Vaters nicht einmal geschenkt haben möchte.

Mutters Brief liegt ein flaches Beutelchen aus hauchdünnem Stoff bei, das mit irgendeinem Kräuterpulver gefüllt ist. Ein langes Stück Schnur dient als Verschluss, was dem Stoffpäckchen die Anmutung eines Teebeutels verleiht. Mutter schreibt, sie hat das Pulver bei einem Santero erworben, also einem Priester, der die Santeria praktiziert. So nennt sich eine auf Kuba verbreitete Naturreligion, die verschiedene religiöse Strömungen beinhaltet. Das Pulver soll mir Gesundheit, Glück und Erfolg bescheren, meinen Körper und meine Seele reinigen und mich außerdem noch vor bösen Geistern schützen.

Na bitte, denke ich und setze Teewasser auf.

Damit sich die Wirkung meines Heilstrankes voll entfalten kann, lasse ich den Beutel fünfzehn Minuten lang ziehen. Das Ergebnis ist ein absolut scheußliches Gesöff, das nach einer Mischung aus abgestandenem Kaffee, vergammeltem Brot und überreifem Käse schmeckt. Ich bekomme das widerliche Zeug nur runter, indem ich eine Handvoll Würfelzucker reinwerfe und das Ganze mit reichlich Rum strecke. Danach schmeckt es zwar immer noch wie Grog, in dem ein Hund gebadet hat, aber wenigstens habe ich nicht bei jedem Schluck das Gefühl, mich gleich übergeben zu müssen.

Während ich mich dazu zwinge, den letzten Rest des widerlichen Gebräus in mich hineinzuschütten, bemerke ich plötzlich, dass die Stigmata aufgehört haben, zu schmerzen. Wie kann das sein? Mit fliegenden Fingern öffne ich die Verbände an meinen Händen. Wenn mein kubanisches Wundermittel mir eine Spontanheilung beschert hätte, würde das mein Vertrauen in die Zeichen Gottes enorm stärken.

Leider erfüllt sich meine Hoffnung nicht. Im Gegenteil: Die Wunden scheinen sich verschlimmert zu haben.

Ich stehe auf, um mir die Hände zu waschen, doch mir wird schwindelig. Ich muss ein paar Sekunden warten, bevor ich meinen Weg zum Badezimmer fortsetzen kann.

Der Blick in den Spiegel lässt mich erschauern. Frisches Blut hat meinen Stirnverband rötlich verfärbt, ich bin leichenblass, die Wangen wirken eingefallen. Unter den Augen zeichnen sich dunkle Ränder ab, als hätte ich seit Tagen kein Bett gesehen.

Rasch tupfe ich die Hände trocken, schnappe mir zwei neue Verbände und beschließe, nun doch einen Krankenwagen zu rufen.

Kaum habe ich mich vom Waschbecken weggedreht, da befällt mich wieder das Schwindelgefühl. Rasch will ich mich abstützen, meine Hand verfehlt jedoch den Badewannenrand. Zu meinem großen Erschrecken sehe ich im nächsten Moment den Fußboden auf mich zu rasen.

Dann wird mir schwarz vor Augen.

Als ich erwache, brummt mir der Schädel. Es braucht einen Moment, bis ich mich daran erinnere, was passiert ist.

Ebenso besorgt wie vorsichtig hebe ich Kopf und Hände. Der Anblick des blutverschmierten Badezimmerbodens jagt mir einen Schrecken ein.

Zum Glück stelle ich auf den zweiten Blick fest, dass es schlimmer aussieht, als es ist. Ich habe auch diesmal nicht viel Blut verloren. Trotzdem sollte ich mich etwas in Acht nehmen. Wenn man immer mal wieder ein bisschen blutet, kann das auf Dauer auch ungesund werden.

Mühsam richte ich mich auf und lehne mich gegen die Badewanne. Der Reisewecker auf der Ablage unter dem Spiegel behauptet, dass es fast drei Uhr ist. Dann hätte ich die letzten sechs Stunden auf dem Badezimmerboden zugebracht. Das kann nicht sein, denke ich. Mühsam ziehe ich mein Handy hervor und stelle fest, dass der Reisewecker die Wahrheit sagt.

Da ich noch immer den scheußlichen Geschmack von Mutters Tee auf der Zunge habe, stütze ich mich auf den Badewannenrand und lasse das Wasser laufen. Ich forme die Hände zu einem Gefäß und trinke.

Als mein Durst gestillt ist, säubere ich erneut meine Stigmata und lege frische Verbände an. Ein Blick in den Spiegel verrät mir, dass ich immer noch wie ein Statist für einen Zombiefilm aussehe.

Ich überschlage, dass es auf Kuba jetzt neun Uhr abends ist. Bevor ich mich auf den Weg ins nächste Krankenhaus mache, werde ich Mutter fragen, ob sie zufällig weiß, was das für eine Teemischung war, die sie mir geschickt hat. Das könnte bei der Diagnose helfen. Meine Vermutung ist nämlich, dass die Schwindelgefühle und die Ohnmacht das Ergebnis einer allergischen Reaktion waren. Und genau diese könnte auch für meine Hautprobleme verantwortlich sein.

«Nein. Du störst überhaupt nicht, Jakob», flötet Mutter. «Wir haben gerade gegessen, und jetzt bringen Jonas und Hanna die Kleine ins Bett. Was kann ich denn für dich tun?»

«Danke für euren Brief. Ich wollte eigentlich nur wissen, ob du die Zusammensetzung von diesem Tee kennst, den du mir geschickt hast.»

«Du nuschelst», stellt sie fest.

«Finde ich nicht», antworte ich.

«Hast du etwa getrunken?», fragt sie argwöhnisch.

Kaum hat man seine Mutter am Telefon, schon muss man sich rechtfertigen. «Mutter, hier ist es mitten in der Nacht. Ich bin müde, und außerdem geht es mir gerade nicht so gut.»

«Und was für ein Tee?», hakt sie nach. «Bist du sicher, dass du nicht doch ein paar Drinks zu viel hattest?»

«Dieser Beutel, den du deinem Brief beigelegt hast», erkläre ich und überhöre, dass sie mir beharrlich andichten will, betrunken zu sein.

«Das ist Räucherwerk und kein Tee.»

«Was zur Hölle ist Räucherwerk?»

«Man zündet es an, und der Rauch reinigt die Umgebung. Ist gut für die Energie. Und soll die Lebensgeister wecken.»

Ich schweige beredt.

«Grundgütiger», sagt sie fassungslos. «Du hast dieses Zeug doch nicht getrunken, oder?»

«Na ja …», beginne ich, um sofort wieder zu verstummen. Im Grunde weiß ich, dass Leugnen zwecklos ist.

«Jakob, was ist los mit dir?», schimpft sie. «Bist du etwa ein Kindergartenkind? Das darf doch nicht wahr sein! Da schickt man dir Räucherwerk für Glück und Gesundheit, und du bringst es fertig, dich damit zu vergiften.»

«Das ist noch nicht raus», versuche ich kleinlaut zu intervenieren, aber sie ist bereits so in Fahrt, dass sie meinen Einwand überhört.

«Wer weiß, was diese Medizinmänner hier alles zusammenmixen?», greint sie. «Womöglich hast du einen Tee aus faulen Rattenknochen und giftigem Katzenkot getrunken. Und da könntest du fast von Glück sagen, weil man hier auch richtig eklige Sachen kaufen kann.»

«Ich glaube, ich geh jetzt mal ins Krankenhaus», sage ich tonlos.

«Das ist eine sehr gute Idee. Soll ich dir die Nummer von der Charité geben?», fragt sie.

«Du lebst auf Kuba und hast die Nummer der Berliner Charité parat?»

«Ja. Und?»

Ich weiß genau, was sie sagen wird, wenn ich jetzt nachfrage. Sie sagt es immer in solchen Momenten. Es ist quasi der Satz ihres Lebens geworden.

«Und warum?», frage ich.

«Man weiß ja nie», antwortet sie.

Genau das war er, der Satz ihres Lebens. Vielleicht wollte ich ihn einfach nur mal wieder hören.

Die Nacht ist klar und kalt, der Schnee knirscht beim Gehen. Am Taxistand warten jede Menge Fahrzeuge. Es ist mitten in der Woche, deshalb gibt es heute mehr Taxis als Nachtschwärmer.

Ich merke, dass mir die Winterluft guttut, und beschließe, den Weg zum Krankenhaus zu Fuß anzutreten. Sobald ich keine Lust mehr habe, werde ich mir einfach ein Taxi rufen.

Bereits zwei Querstraßen weiter halte ich meine Idee für nicht mehr ganz so schlau. Einerseits kriecht mir der Frost in die Knochen, andererseits spüre ich wieder ein leichtes Schwindelgefühl. Da sämtliche Läden und Restaurants geschlossen sind und sich bei diesen arktischen Temperaturen um diese Zeit auch niemand mehr auf der Straße herumtreibt, wäre es wohl fatal, wenn ich jetzt erneut in Ohnmacht fiele. Wahrscheinlich würde in ein paar Stunden ein Frühaufsteher über meine steifgefrorene Leiche stolpern. Vielleicht hätte ich auch Pech, und es käme bis zum Morgen noch eine ordentliche Menge Neuschnee runter. So wie ich den Berliner Winterdienst kenne, würde man mich dann nicht vor dem ersten Tauwetter finden.

Ich beschließe, kein Risiko einzugehen, und ziehe mein Handy hervor, um mir kurzerhand ein Taxi zu rufen. Als ich merke, dass die Zahlen und Buchstaben im Display vor meinen Augen zu tanzen beginnen, habe ich gerade noch Gelegenheit, mich in leichter Panik nach einem Halt umzusehen. Aber leider gibt es keinen Halt. Rasch versuche ich die Anruftaste zu drücken, doch das Handy rutscht mir aus der Hand und fällt lautlos in das weiche Weiß. Zugleich wird mein Schwindelgefühl abrupt schlimmer.

Als ich den im fahlen Licht der Straßenlaternen schimmernden Schnee auf mich zu rasen sehe, denke ich, dass es schade ist, auf diese Weise und in den besten Jahren den Löffel abgeben zu müssen.

Dann wird mir erneut schwarz vor Augen.

Als ich erwache, blicke ich in dichtes Schneetreiben. Das fahle Dämmerlicht der frühen Morgenstunden lässt die Flocken wie mattes Silber glänzen.

Langsam sickert die Erinnerung an den nächtlichen Spaziergang in mein Bewusstsein. Als mir wieder einfällt, dass ich ohnmächtig in den Schnee gestürzt bin, bringt mich das zu der Frage, ob ich noch unter den Lebenden weile oder mich bereits im Jenseits befinde.

Mühsam hebe ich den Kopf. Mein Nacken schmerzt. Falls dies das Jenseits sein sollte, dann hätte ich es mir irgendwie komfortabler vorgestellt.

Ich schaue mich um und erkenne zu meiner großen Überraschung, dass ich in Takahashis Sushi-Bar liege, und zwar unmittelbar vor dem Tresen. Wenn ich hier manchmal einen Feierabendwein trinke, dann sitze ich keine drei Meter entfernt auf einem der Hocker am Fenster. Deswegen kam mir der Blick aus dem Fenster auch sofort bekannt vor.

Ich stütze mich auf die Ellbogen und sehe, dass auf fast allen im Raum befindlichen Heizkörpern Kleidungsstücke zum Trocknen liegen. Ein Blick unter meine Decke bestätigt den Verdacht, dass es sich um meine Sachen handelt. Jemand hat mich entkleidet und dann warm eingepackt.

«Bleiben Sie mal bitte kurz dran?», höre ich eine Stimme sagen. Es ist die von Herrn Takahashi. Er kommt aus dem Hinterzimmer, hat ein klobiges Funktelefon am Ohr und sieht nun, dass ich bei Bewusstsein bin.

«Ich hab das Krankenhaus in der Leitung», sagt er und hält mit der freien Hand die Sprechmuschel zu. «Ich dachte, ich rufe Ihnen sicherheitshalber einen Krankenwagen. Aber jetzt sind Sie ja wieder unter den Lebenden. Was meinen Sie? Möchten Sie trotzdem ins Krankenhaus?»

Ich überlege kurz, dann schüttele ich müde den Kopf. Mutters Neujahrsglücksbringer scheine ich überlebt zu haben, und wegen meiner Hautprobleme bin ich übermorgen bei einem Dermatologen. Im Krankenhaus müsste ich bestimmt mehrere Stunden in einem hässlichen Wartezimmer zubringen. Da liege ich doch lieber gemütlich vor Takahashis Theke.

«Danke, hat sich erledigt», höre ich meinen Wohltäter sagen. Er drückt das Gespräch weg, sieht mich eine Weile prüfend an und beendet seine Visite mit den Worten: «Okay. Sie bekommen jetzt grünen Tee. Der wird Sie bestimmt wieder auf die Beine bringen.»

«Danke», nuschele ich schwach.

«Sie müssen mir nicht danken», sagt Herr Takahashi freundlich. «Ich mache das hier gern. Ich bin Buddhist, und wenn ein Buddhist etwas für sein Karma tun möchte, dann kann ihm kaum etwas Besseres passieren, als einen halbtoten Erfrierenden vor seiner Tür zu finden.»

«Was ist denn eigentlich genau passiert?», will ich wissen, während Herr Takahashi sich hinter dem Tresen zu schaffen macht.

«Ich habe Sie gefunden. Muss so vor einer halben Stunde gewesen sein. Sie lagen im Schnee, gleich neben dem Schaufenster. Also hab ich Sie in den Laden geschleppt, Ihnen die nassen Klamotten ausgezogen und Sie in warme Decken eingepackt. Dann wollte ich einen Krankenwagen rufen. Den Rest der Geschichte kennen Sie ja.»

«Aha», sage ich und frage mich, wie lange ich wohl da draußen gelegen haben mag. «Wie spät ist es jetzt?»

«Gleich fünf. Sie hatten Glück. Ich bin heute Morgen früher gekommen als gewöhnlich. Noch zwei Stunden bei diesem Wetter, und die Sache wäre wohl nicht so glimpflich für

Sie ausgegangen.» Er kniet sich neben mein Lager und stellt ein Tablett mit Tee auf den Boden. «Bitte. Trinken Sie, dann geht es Ihnen sicher bald besser.»

Ich nehme einen Schluck Tee und spüre die wohltuende Wirkung der wärmenden Flüssigkeit. Genüsslich leere ich meine Trinkschale und gieße mir nach.

«Ruhen Sie sich noch ein bisschen aus», rät mein Lebensretter.

«Danke. Das werde ich tun», sage ich und trinke.

Takahashi nickt zufrieden. «Ich bin hinten im Büro und kümmere mich um meinen Papierkram. Falls was ist, rufen Sie einfach.»

«Okay. Und noch mal vielen Dank.»

Er winkt ab. «Wie gesagt. Keine Ursache.»

Er verschwindet hinter dem Tresen. Ich nehme noch einen Schluck Tee und lasse mich wieder auf mein Lager sinken. Vor dem Schaufenster tanzen Schneeflocken in der Morgendämmerung. Ich schaue ihnen zu und spüre, dass der warme Tee mich schläfrig macht. Langsam gleite ich in einen sanften Schlummer.

Als ich erwache, ist es helllichter Tag. Das gleißende Weiß des Neuschnees gibt mir das Gefühl, direkt in die Sonne zu blicken. Ich schirme meine Augen mit der Hand ab und schaue mich um.

Herr Takahashi sitzt an einem der Gästetische und frühstückt.

«Guten Morgen. Wie geht es Ihnen?», fragt er und lächelt freundlich.

«Gut», sage ich reflexhaft, horche dann in mich hinein und stelle fest, dass ich untertrieben habe. «Eigentlich sogar sehr gut. Ich fühle mich frisch und ausgeruht.»

Takahashi grinst. «Ein japanisches Sprichwort sagt: Erwarte das Glück im Schlaf.»

«Scheint was dran zu sein», erwidere ich. Beim Anblick des frühstückenden Herrn Takahashi bemerke ich, dass ich einen Mordshunger habe. «Wie spät ist es?»

«Gleich zehn.» Er sieht, dass ich auf sein Frühstück schiele, und zuckt bedauernd mit den Schultern. «Ich würde Ihnen gern etwas anbieten, aber das hier ist ein typisch japanisches Frühstück. Es gibt Reis, Fisch, Misosuppe und eingelegtes Gemüse. Wenn ich es richtig sehe, dann ist das alles nicht nach Ihrem Geschmack, oder?»

Ich befürchte, insgeheim ist Herr Takahashi doch ein wenig beleidigt, dass ich seiner Küche bei all meinen Besuchen nie eine Chance gegeben habe.

«Das hat aber nichts mit Ihnen und Ihrem Restaurant zu tun», sage ich.

«Sie müssen sich nicht entschuldigen», erwidert Takahashi. «Ich kann die meisten Sachen, die in diesem Land gegessen werden, auch nicht ausstehen. Aber wenn Sie möchten, dann hole ich Ihnen eine belegte Schrippe. Es gibt eine Bäckerei, gleich um die Ecke.»

«Kann ich vielleicht ein bisschen Reis haben?», frage ich.

«Selbstverständlich», erwidert Herr Takahashi.

Sein Reis schmeckt göttlich. Ich esse zur Freude meines Gönners noch eine zweite Portion und fühle mich danach so weit wiederhergestellt, dass ich seine Gastfreundschaft nicht länger strapazieren möchte. Außerdem fällt mir ein, dass ich noch ein Hühnchen mit Auerbach zu rupfen habe.

«Sie müssen ein bisschen auf sich aufpassen», mahnt Herr Takahashi, während ich mit einer Decke um die Schultern durch den Laden spaziere und meine Klamotten von den Heizkörpern fische.

«Klar. Mach ich», antworte ich lapidar.

«Sie sehen aus, als hätten Sie in letzter Zeit eine Menge mitgemacht», fährt Herr Takahashi mit ruhiger Stimme fort. «Wenn man Sie so im Schlaf reden hört, dann scheint es der Teufel höchstpersönlich zu sein, der Ihnen auf den Fersen ist.»

Ich halte verdutzt inne und schaue Takahashi fragend an. Habe ich da gerade richtig gehört?

Er nickt. «Sie haben im Schlaf gesprochen. Nicht nur einmal, sondern eigentlich ständig. Deshalb konnte ich es auch nicht vermeiden, einiges davon mitzubekommen. Tut mir leid.»

«Mir auch», sage ich und beginne, mich anzukleiden. «Ich habe Sie schon genug mit meinen Problemen belästigt. Da möchte ich Sie nicht auch noch im Schlaf vollquatschen.»

Er winkt lächelnd ab. «Wenn Sie sonst vorbeischauen, sagen Sie meistens kaum was. Das gleicht sich aus, finde ich.»

«Verraten Sie mir, was ich erzählt habe?»

«Es klang, als würden Sie verzweifelt versuchen, sich den Teufel vom Leib zu halten. Immer wieder haben Sie seinen Namen gerufen. Mal haben Sie ihn verflucht, dann haben Sie ihn bestürmt, dann wieder schien es, als würden Sie mit ihm diskutieren. Und all das obendrein in verschiedenen Sprachen.»

Er sieht mein verblüfftes Gesicht und nickt bestätigend. «Ich kenne mich da nicht so aus, aber Englisch war ganz sicher dabei. Französisch auch. Spanisch vielleicht noch, oder war es Latein? Und Russisch, womöglich.»

«Russisch? Ich spreche überhaupt kein Russisch», sage ich. «Spanisch übrigens auch nicht. Und mein Latein hält sich wirklich sehr in Grenzen.»

«Im Schlaf können Sie es offenbar ganz gut», erwidert Takahashi sonnig.

Nachdenklich ziehe ich meinen Mantel über. «Kennt man den Teufel eigentlich auch in Japan?»

«Es gibt Dämonen in allen Größen und Farben. Die haben starke Ähnlichkeit mit diesem Typen, den man hier für den Teufel hält.»

Ich reiche ihm die Hand. «Und Sie? Glauben Sie an den Teufel?»

Er lächelt. «Nein. Wie gesagt, ich bin Buddhist. Für mich ist das Leben eine fließende Kreisbewegung und kein Zittern zwischen Himmel und Hölle.»

Ich nicke beeindruckt. Herr Takahashi ist ein kluger Mann.

«Noch einmal danke für alles», sage ich zum Abschied.

Er lächelt bescheiden. «Immer gern.»

Ich gehe nach Hause und dusche lange und heiß. Dann trinke ich genüsslich einen doppelten Espresso. Meine Stigmata bluten nicht mehr, sehen aber unschön aus. Sorgfältig erneuere ich deshalb die Verbände, ziehe mir frische Sachen an und mache mich auf den Weg zu Roberto.

Ich treffe ihn in der Kirche. Er sitzt allein in der ersten Reihe und betrachtet gedankenversunken das Kruzifix hinter dem Altar.

Leise setze ich mich neben den Priester und lasse die uns umfangende Stille auf mich wirken. Der Duft von Weihrauch und frischen Blumen mischt sich mit dem Geruch der Winterluft, die ich von draußen mitgebracht habe.

«Du hast es dir also anders überlegt», sagt Roberto leise, ohne seinen Blick vom Gekreuzigten abzuwenden.

«Wie kommst du darauf?», frage ich.

Er lächelt und sieht mich an. «Nach unserem gestrigen Gespräch habe ich gehofft, dass du dir die Sache noch einmal durch den Kopf gehen lassen würdest, aber mit einem so raschen Sinneswandel hätte ich nicht gerechnet. Was ist passiert? Hat er dir übel mitgespielt?»

Ich nicke zögerlich. «Ja. Kann man schon so sagen.»

«Und jetzt bist du bereit, in den Exorzismus einzuwilligen?», fragt Roberto.

«Du hast gesagt, du kannst herausfinden, ob es sich um echte Besessenheit handelt», stelle ich fest. «Wie sicher ist deine Methode?»

«Sehr sicher», antwortet Roberto. «Und seit vielen Jahrtausenden erprobt.»

«Und kannst du auch versprechen, dass Toni Auerbach bei der Sache nicht zu Schaden kommt?»

Roberto zögert. «Ja. Ich denke, das kann ich.»

«Aber?», hake ich nach.

«Aber jeder Fall ist anders, Jakob. Insofern kann ich dir nicht genau sagen, was uns erwartet. Mit welchem Dämon wir es auch immer hier zu tun haben, er wird nicht kampflos aufgeben, sondern sich mit Händen und Füßen gegen seine Vertreibung wehren. Darauf solltest du vorbereitet sein.»

Roberto schaut wieder zum Gekreuzigten und gibt mir Zeit zum Nachdenken.

«Ich kann deine Zweifel verstehen», sagt er nach einer Weile. «Denk daran, dass nicht nur du eine große Verantwortung trägst. Ich habe geschworen, den Menschen zu dienen. Nichts liegt mir also ferner, als eines von Gottes Geschöpfen zu verletzen.»

Ich denke an die Ereignisse der vergangenen Nacht. Offensichtlich bin ich nicht sehr talentiert darin, Gottes Zeichen zu deuten. Trotzdem scheint der Himmel ein Auge auf mich zu haben, denn sonst hätte er mir in der Not keinen hilfsbereiten Buddhisten geschickt. Vielleicht muss ich einfach darauf vertrauen, dass Roberto weiß, was er tut.

«Gut», sage ich. «Also dann. Gehen wir.»

«Möge Gott uns beistehen», fügt Roberto hinzu und bekreuzigt sich.

11

«Was ist eigentlich in dieser Tasche?», frage ich. Roberto hat vor unserer Abfahrt einen schwarzen Pilotenkoffer auf die Rückbank gestellt und bislang kein Wort darüber verloren, was es damit auf sich hat.

«Das ist meine Ausrüstung», antwortet der Priester und lenkt seinen altersschwachen Renault in das Parkhaus des *Ritz Carlton*.

«Interessant. Und woraus besteht die Ausrüstung eines Exorzisten?»

«Zum einen nimmt man all das mit, was auch für einen normalen Hausbesuch benötigt wird. Also das Kreuz, die Bibel, den Rosenkranz, die lila Stola, ein Aspergill, einige Hostien …»

«Was ist ein Aspergill?», will ich wissen.

«Das kennst du bestimmt aus der Liturgie. Sieht aus wie eine kleine Kelle», erklärt Roberto. «Man benutzt es zum Versprengen von Weihwasser.»

Ich weiß tatsächlich, was er meint, und habe das Gerät auch schon im Einsatz gesehen. Allerdings habe ich mich nie gefragt, wie die korrekte Bezeichnung für dieses Ding lautet.

«Dann empfiehlt es sich noch, das Rituale Romanum dabeizuhaben», fährt Roberto fort. «Das ist der Text aus dem

Jahre 1614, der bis heute die Basis für den Exorzismus bildet.»

«Oh. Hoffen wir, dass der Teufel nicht mit der Zeit gegangen ist», unke ich.

«Wie meinst du das?», fragt Roberto irritiert.

«Ich frage mich, ob eine so alte Beschwörungsformel zeitgemäß ist. Einerseits müsste der Teufel das Ritual in- und auswendig kennen, andererseits fällt mir spontan kein Problem ein, das man heute noch mit Methoden aus dem Jahr 1614 angehen würde, oder?»

Roberto wirkt nachdenklich.

«Ist das Böse nicht eine ebenso absolute Kraft wie die Liebe Gottes?», fragt er und parkt seine Rostlaube zwischen zwei blitzsauberen Luxusschlitten. Er überlegt einen Moment, dann nickt er. «Ja. Ich glaube, der Teufel ist unveränderlich. Demgemäß hat auch das römische Ritual immerwährende Gültigkeit, richtig?»

«Keine Ahnung», antworte ich locker. «Du bist der Fachmann. Also wird es schon richtig sein, was du gerade gesagt hast.»

Trotz meiner Zustimmung wirkt Roberto ein bisschen aufgeschmissen.

«Was ist los?», frage ich. «Zweifelst du an deinen eigenen Worten?»

Roberto stellt den Motor ab und seufzt. «Du willst von mir ständig irgendwelche Garantien, Jakob. Aber die kann ich dir nicht geben. Du weißt auch nicht mit hundertprozentiger Sicherheit, ob eine deiner Therapien funktioniert, bevor du sie ausprobiert hast, oder?»

«Das stimmt. Allerdings versuche ich auch nicht, meine Patienten mit Methoden aus dem siebzehnten Jahrhundert zu therapieren.»

«Das römische Ritual ist nur die Basis», erwidert Roberto genervt. «Am Ende zählt doch, dass wir den Dämon vertreiben. Ob uns das mit dem Ritual gelingt oder durch ein ganz bestimmtes Gebet oder Lied, ist nicht wichtig. Man weiß nie im Voraus, worauf der Dämon reagiert. Es kann passieren, dass er das Ritual stundenlang ohne sichtbaren Effekt über sich ergehen lässt. Und dann versetzt ihn urplötzlich der Anblick einer Reliquie so in Angst und Schrecken, das er binnen eines Lidschlags verschwindet.»

«Aha», sage ich. «Interessant. Und? Haben wir Reliquien?»

Roberto schnappt sich seinen Pilotenkoffer von der Rückbank. «Allerdings. Ich habe den großen Zeh der heiligen Sonnhild von Simming dabei.»

«Und was ist das für ein Ding, dieser sogenannte große Zeh?»

«Jakob, du wirst doch wohl wissen, was ein Zeh ist, oder?»

«Moment. Reden wir davon, dass du einen menschlichen Zeh mit dir herumträgst? Einen echten, menschlichen Zeh? Ich dachte, das wäre nur eine Metapher oder so was.»

«Entspann dich, Jakob. Es handelt sich um einen Zeh aus dem sechzehnten Jahrhundert. Eigentlich ist es also nur ein kleines Knochenstück.»

«Und das soll den Teufel stoppen?», frage ich ungläubig.

«Möglicherweise. Die heilige Sonnhild hat sich ihren Zeh eigenhändig abgehackt, weil sie von einer Schlangenart gebissen wurde, die man damals allgemein für eine Erscheinungsform des Teufels hielt. Die Sache hatte den bemerkenswerten Nebeneffekt, dass Simming und die umliegenden Dörfer von der Pest verschont blieben. So erzählt es jedenfalls die Legende.»

«Seltsam», sage ich. «Der Name dieser Heiligen kommt mir irgendwie bekannt vor.»

«Vielleicht habe ich ihn zufällig mal erwähnt», vermutet Roberto.

Wir schälen uns aus seinem Kleinwagen.

«Okay. Wir haben also einen uralten Text und einen uralten Knochen im Gepäck», fasse ich zusammen. «Was hast du noch aufzubieten im Kampf gegen das Böse?»

«Knoblauch und Holzpflöcke», erwidert Roberto ungerührt.

Er sagt es, als ich gerade die quietschende Beifahrertür ins Schloss schlage. Deshalb glaube ich, mich verhört zu haben. «Entschuldige. Ich habe gerade Knoblauch und Holzpflöcke verstanden.»

Roberto nickt. «Das habe ich auch gesagt. Ein Exorzist weiß nie, was ihn erwartet. Sei also auf das Allerschlimmste gefasst, Jakob. Möglich, dass du mir helfen musst, Anton Auerbach einen Holzpflock ins Herz zu rammen.»

Roberto nimmt Kurs auf die Fahrstühle. Perplex schaue ich ihm hinterher.

«Können wir darüber noch mal kurz sprechen?», frage ich.

«Nun komm schon, Jakob. Das war nur ein Witz», ruft er.

Erleichtert folge ich ihm zu den Fahrstühlen.

«Vertrau einfach darauf, dass ich meinen Job verstehe», sagt Roberto. «Was wir hier tun, wird seit Jahrtausenden praktiziert. Der Laden, für den ich arbeite, hat also eine Menge Erfahrung mit diesen Sachen. Deine moderne Psychologie hingegen ist kaum zweihundert Jahre alt. Meine heilige Mutter Kirche betrachtet eine solche Zeitspanne als kleine Episode. Historisch gesehen hat die Kirche gegen den Teufel also klar die besseren Karten.»

Gemeinsam betreten wir den Fahrstuhl.

«Das war jetzt ganz schön spitzfindig», sage ich und drücke den Knopf in die sechste Etage.

Toni Auerbach empfängt uns in einer lindgrünen Jogginghose und einem T-Shirt mit dem Aufdruck: Make Love, Not War.

«Ich habe gerade Yoga gemacht», erklärt er und bedeutet uns freundlich, Platz zu nehmen. «Das ist nicht nur gut für die Gelenke, sondern hilft auch der geistigen Fitness. Nicht wahr, Dr. Jakobi?»

Er lächelt sein Raubtierlächeln. Ich ignoriere die leise Provokation.

«Und Sie sind also Pater Felice», fährt Toni fort. «Was darf ich Ihnen denn zu trinken anbieten, Pater? Einen kleinen Brandy vielleicht?»

Roberto wirkt unschlüssig, was Toni als Antwort genügt.

Im Nu stehen drei Gläser Brandy nebst Flasche auf dem Tisch.

Während wir an unseren Drinks nippen und plaudern, mustert Toni den Priester ebenso unauffällig wie gründlich.

Nach einer Weile frage ich mich, wann Roberto endlich den Grund unseres Besuchs verraten wird. Er spricht über das Wetter, zeigt sich beeindruckt von der Hotelsuite, lobt den Brandy und scheint darüber völlig vergessen zu haben, warum wir eigentlich hier sind. Nebenbei spielt der Pater gedankenverloren mit dem Tragegriff seines Pilotenkoffers, was ich als Zeichen von Nervosität werte.

«Hübscher Koffer, den Sie da haben», bemerkt Auerbach beiläufig.

Schlagartig wird mir klar, dass Robertos vermeintliche Nervosität Methode hat.

«Ja? Gefällt er Ihnen?», fragt der Geistliche und stellt den Pilotenkoffer demonstrativ auf den Couchtisch.

Mit Argwohn betrachtet Auerbach das glänzend schwarze Leder. «Aus der Nähe betrachtet, ist er nicht mein Fall. Aber er scheint praktisch zu sein.»

«Und genau das ist auch der Grund, warum er mir unentbehrlich geworden ist», sagt Roberto und öffnet den Koffer.

Das Aufschnappen der Schlösser lässt Toni zusammenzucken.

«Die wichtigsten Dinge, die ein Priester braucht, haben in diesem Koffer Platz», fährt Roberto fort.

Respektvoll holt er das Kruzifix hervor und legt es auf den Couchtisch.

Es ist nicht zu übersehen, dass Toni Auerbach den Anblick des Gekreuzigten unangenehm findet. Auch Roberto bemerkt das.

Schweigend holt er nun die Bibel aus dem Koffer und legt sie vorsichtig neben das Kruzifix. Verächtlich schnalzt Auerbach mit der Zunge. Dann schnappt er sich sein Brandyglas und lehnt sich weit im Sessel zurück.

«Das hier kennen Sie bestimmt», sagt Roberto und zieht das Aspergill aus der Tasche. «Es ist so eine Art Segenspender. Ich zeige es mal.»

Roberto holt aus, und kurz darauf regnet es Weihwasser. «In nomine patris et filii et spiritus sancti.»

Toni Auerbach verzieht keine Miene, während die Weihwassertropfen auf seinen Körper hinabregnen und dort im nächsten Moment mit lautem Zischen verdampfen.

Er bemerkt unsere erstaunten Gesichter und amüsiert sich.

«Ich bin wohl noch ein bisschen vom Yoga erhitzt», erklärt er und nippt an seinem Drink. Im nächsten Moment verzieht er angewidert das Gesicht. «Oh. Das war keine gute Idee von Ihnen, Pater. Sie haben mit Ihrem Segen einen sechzig Jahre alten Brandy verwässert.»

Mit Bedacht stellt Toni sein Glas auf den Couchtisch. «Und was Sie betrifft, Jakob. Ist das hier wirklich Ihr Ernst?

«Kommt darauf an, was Sie meinen», antworte ich ausweichend.

Auerbach lehnt sich vor und sieht mir in die Augen. «Was ich meine, ist, dass Sie und Ihr himmlischer Freund mich offensichtlich exorzieren wollen. Und ich frage Sie, ob das Ihr Ernst ist, Dr. Jakobi.»

Ich schaue hilfesuchend zu Roberto, der mir mit einem winzigen Kopfnicken signalisiert, dass er einen Exorzismus für absolut notwendig hält.

«Toni, damit das klar ist. Ich will Sie zu überhaupt nichts zwingen. Aber es wäre denkbar, dass ein Exorzismus Ihnen ermöglicht, einige Ihrer Probleme in den Griff zu kriegen», erkläre ich. «Es gibt Belege dafür, dass psychologische Blockaden durch grenzwissenschaftliche Methoden gelöst werden können. Denken Sie etwa an die Wirkung von Placebos.»

«Wobei die christliche Theologie keine Grenzwissenschaft ist und man einen Exorzismus nicht mit einem Placebo vergleichen sollte», wirft Roberto pikiert ein. Meine hinkenden Vergleiche passen ihm überhaupt nicht.

Auerbach überlegt. «Die Lösung meiner Probleme liegt mir selbstverständlich am Herzen. Heißt das denn auch, dass ich endlich Ihre Unterschrift bekomme, Jakob?»

Ich schüttele den Kopf. «Ich möchte meine Seele immer noch gern behalten. Tut mir leid, Toni. Aber es gibt eine andere Lösung. Roberto glaubt, dass Sie besessen sind. Wenn er mit seiner Vermutung richtig liegt, dann ist nicht meine fehlende Unterschrift das Problem, sondern die Tatsache, dass Sie von einer fremden Macht bestimmt werden. Sollten wir Sie von dieser fremden Macht befreien können, dann wäre die Unterschrift bestimmt überhaupt kein Thema mehr.»

Toni sieht uns abwechselnd an und überlegt. Schließlich klopft er sich mit beiden Händen auf die Oberschenkel und sagt: «Okay. Legen wir los.» Er springt auf und scheint plötzlich Feuer und Flamme für den Vorschlag. «Wie gehen wir vor? Was muss ich machen?»

«Gut wäre, wenn Sie es sich bequem machen könnten», antwortet Roberto.

«Gehen wir ins Schlafzimmer», schlägt Toni vor. «Ich leg mich aufs Bett.»

Er schnappt sich die Brandyflasche, gießt uns allen großzügig nach und verschwindet mit seinem Glas im Nebenraum. Roberto und ich folgen ihm.

Zu meinem Erstaunen stelle ich fest, dass an Tonis Doppelbett Handschellen befestigt sind.

«Praktischerweise war Ellen letzte Nacht hier, Jakob. Wussten Sie, dass Ihre Exfrau ein Faible für erotische Fesselspiele hat?»

Er wirft sich aufs Bett und streckt Arme und Beine von sich. «Bitte nicht zu eng, sonst kriege ich Platzangst.»

Ich zögere, Toni Auerbach an sein Bett zu ketten.

«Was ist los, Jakob? Pater Roberto wird Ihnen bestätigen, dass es sinnvoll ist, den Besessenen zu fixieren. Und zwar zu seiner eigenen Sicherheit.»

«Das stimmt», sagt Roberto. Er stellt seinen Drink auf eine Kommode und fängt an, das Werkzeug auszupacken.

«Keine Sorge, Jakob. Ich habe volles Vertrauen zu Ihnen beiden», ergänzt Toni und bedeutet mir mit einem energischen Kopfnicken, dass ich ihm doch bitte jetzt endlich die Handschellen anlegen soll.

Widerwillig erfülle ich ihm den Wunsch. Auerbach verfolgt es mit Genugtuung. «Denken Sie daran, dass Sie mich unter keinen Umständen befreien dürfen, Jakob. Egal, was passiert. Der Dämon wird sich mit allen ihm zur Verfügung stehenden Kräften gegen das Ritual wehren. Deshalb darf man ihm keine Zugeständnisse machen.» Er schaut zu Roberto. «Richtig, Pater?»

«Wieder richtig», erwidert Roberto und kippt einen ordentlichen Schluck Brandy. Dann legt der Priester die lila Stola um die Schultern, küsst den Stoff und nimmt die Bibel und das Aspergill von der Kommode. «Wir können beginnen.»

«Super», sagt Auerbach. «Nur noch eine Frage. Was passiert, wenn das Ritual nicht stark genug ist, um den Dämon zu vertreiben?»

«Guter Einwand», sage ich zu Roberto, aber der schüttelt den Kopf.

«Hör ab jetzt nicht hin, Jakob. Das ist der Dämon, der aus ihm spricht.» Roberto segnet das Zimmer. «In nomine patris et filii et spiritus sancti …»

«Ich muss pinkeln», sagt Auerbach. «Tut mir leid. Das hab ich bestimmt dem Brandy zu verdanken. Können wir eine Minute unterbrechen?»

Roberto scheint ihn nicht gehört zu haben. Er deklamiert lateinische Verse und lässt dabei Weihwasser auf Auerbach hinabregnen. Man hört das Zischen, wenn es auf Tonis Haut verdampft.

«Roberto? Hast du gehört, was er gesagt hat?», frage ich.

Keine Reaktion.

«Es ist wirklich dringend», fügt Auerbach hinzu.

«Roberto?», rufe ich, aber der Angesprochene reagiert immer noch nicht.

«Ich glaube, jetzt wird mir auch noch schlecht», höre ich Toni sagen.

«Roberto! Hör gefälligst zu!», herrsche ich den Pater an.

Roberto unterbricht sein Gebet. «Es ist gut, wenn er sich übergibt. Das ist ein Zeichen der Reinigung. Er befreit sich vom Dämon.»

«Bitte. Gleich ist es zu spät», jammert Auerbach.

«Ich werde ihm jetzt helfen», sage ich zu Roberto und ziehe die Schlüssel aus der Tasche.

«Das tust du nicht», zischt der Geistliche und fährt damit fort, lateinische Beschwörungsformeln zu deklamieren.

Auerbach zerrt an den Handschellen und beginnt, heftig nach Luft zu schnappen. Ich vermute, es ist der Beginn einer Panikattacke.

«Wir müssen ihn von den Handschellen befreien», sage ich eindringlich.

Roberto schüttelt den Kopf, ohne seinen Wortfluss zu unterbrechen.

Auerbach japst. Sein Gesicht läuft rot an.

Ich beschließe, dem Spuk ein Ende zu setzen, und will gerade die erste der Handschellen öffnen, da beginnt Tonis Bett dermaßen heftig zu wackeln, dass es mir nicht gelingt, den winzigen Schlüssel ins Schloss zu bekommen.

Roberto lässt sich von den seltsamen Ereignissen nicht beirren. Laut und leidenschaftlich deklamiert er aus der Heiligen Schrift, während Toni Auerbach, seinem puterroten Gesicht nach zu urteilen, kurz vor einem Herzinfarkt steht.

Mit Mühe und Not schaffe ich es, die Handschellen zu öffnen. Auerbach springt aus dem Bett wie von der Tarantel gestochen. Im selben Moment wird es mucksmäuschenstill. Dass Bett wackelt nicht länger, Roberto unterbricht seinen Vortrag und lässt die Bibel sinken.

Während Toni sich beeilt, ins Bad zu kommen, sieht Roberto mich vorwurfsvoll an.

«Tut mir leid», sage ich. «Aber er hatte eine Panikattacke. Womöglich wäre er kollabiert.»

Roberto klappt die Bibel zu. «Anton Auerbach ist besessen, Jakob. Der Dämon, der ihn beherrscht, will uns austricksen. Er spielt mit uns. Er macht sich über uns lustig. Und vor allem täuscht er uns.»

Im Bad hört man Wasserrauschen.

«Wenn Toni wieder auf den Beinen ist, können wir es gerne noch einmal versuchen», schlage ich vor.

Roberto legt die Bibel auf die Kommode, nimmt seinen Brandy und zuckt mit den Schultern. «Ja. Mal sehen.»

Als Auerbach zwanzig Minuten später immer noch im Bad ist, klopfe ich dezent an die Tür. «Alles okay da drin, Toni?»

«Alles bestens», höre ich Auerbach sagen. «Ich komme gleich raus.»

Es klingelt an der Tür.

«Kann mal bitte jemand aufmachen?», hört man Toni aus dem Badezimmer rufen. «Das ist für mich.»

Ich werfe einen fragenden Blick zu Roberto. Der zuckt mit den Schultern. «Mach ruhig auf. Sein Dämon kann es nicht sein. Der ist dank dir immer noch in ihm.»

Ich öffne die Tür und stehe einem Kellner mit einem opulent gedeckten Rolltisch gegenüber. «Guten Tag. Sie hatten Essen bestellt?»

Die Badezimmertür wird entriegelt, und ein blendend gelaunter und offensichtlich frischgeduschter Toni Auerbach erscheint. «Allerdings hatte ich das. Kommen Sie doch bitte rein.»

Der Kellner schiebt den Rolltisch in den Empfangsbereich der Suite. «Wo darf ich den Herren servieren?»

«Ich mache das schon. Vielen Dank.» Toni drückt dem Kellner einen großen Schein in die Hand und komplimentiert den mit seinem Trinkgeld sichtlich zufriedenen Mann hinaus.

«Was hat das zu bedeuten?», frage ich und zeige auf den Rolltisch.

«Na, was schon? Ich dachte, ein kleiner Snack würde uns allen guttun», erwidert Auerbach. «Für Vielbeschäftigte gibt es über der Badewanne ein Telefon. Also habe ich ein Bad genommen und uns dabei frische Austern, Kaviar, Hummer und Wachteln bestellt.» Er zieht eine Flasche aus dem Sektkühler. «Champagner? Es gibt auch noch Weißwein.»

Roberto steht auf. «Danke, aber ich werde jetzt meine Sachen einpacken und nach Hause fahren.»

Toni ist bestürzt. «Aber warum denn das?»

«Weil ich überhaupt keine Lust habe, mich von Ihnen zum Narren halten zu lassen», erwidert der Geistliche verärgert.

«Aber das liegt mir völlig fern», erwidert Toni. «Ich glaube, dass wir drei ein sehr gutes Team sind, wenn es darum geht, mich vom Bösen zu befreien. Deshalb möchte ich auch unbedingt, dass wir gleich nach dem Essen einen neuen Versuch starten. Diese dumme Geschichte von eben hat Ihnen offenbar den Spaß an der Sache verdorben. Das tut mir sehr leid, wirklich. Aber ich verspreche, dass so etwas nicht wieder vorkommt.»

Roberto zögert. Dann schaut er mich fragend an.

«Diesmal können wir es gern auf deine Weise machen», sage ich. «Vorausgesetzt, Toni ist einverstanden.»

«Ja. Ich bin mit allem einverstanden», sagt Auerbach schnell.

Roberto überlegt, dann atmet er tief durch. «Gut. Wir werden die Fenster und Türen verriegeln», erklärt er und sieht Toni forschend an.

Der nickt. «Kein Problem.»

«Und die Schlüssel für die Handschellen jage ich durch die Toilettenspülung, nachdem wir Sie ans Bett gekettet haben. Wenn der Exorzismus erfolgreich vollzogen ist, wird der Haustechniker Sie befreien. In einem Hotel wie diesem ist man auf solche Fälle vorbereitet.»

Toni zögert einen Moment, dann nickt er wieder. «Okay.»

«Und wir werden sämtliche Verbindungen zur Außenwelt kappen. Alle elektronischen Geräte werden ausgeschaltet und in den Vorraum gebracht. Insbesondere Handys und Computer.»

Auerbach nickt erneut. «Gut. Auch damit bin ich einverstanden.»

Roberto sieht mich an. «Versprichst du mir, dass du dich diesmal raushältst, Jakob? Versprichst du es mir beim Leben deiner Mutter?»

Ich schaue fragend zu Toni Auerbach.

«Ich weiß, worauf ich mich einlasse, Jakob. Sie können es ihm also versprechen.» Er grinst. «Ich werde verantwortungsvoll mit dem Leben Ihrer Mutter umgehen.»

«Gut. Ich bin einverstanden», sage ich.

Roberto nickt und setzt sich wieder. «Dann können wir jetzt essen.»

Eine knappe Stunde später befinden wir uns erneut in Tonis Schlafzimmer. Die Vorbereitungen sind gemäß Robertos Bedingungen erledigt worden.

Ich sitze auf einem Stuhl in einer Ecke des Zimmers und könnte mich eigentlich entspannt zurücklehnen, weil ich ja versprochen habe, mich definitiv rauszuhalten. Dennoch beschleicht mich ein mulmiges Gefühl.

«In nomine patris et filii et spiritus sancti.» Roberto lässt Weihwasser regnen und beginnt erneut damit, das römische Ritual zu verlesen.

Es dauert nicht lange, da verdreht Auerbach die Augen. Es folgt ein tiefes Stöhnen, dass in ein Schnaufen übergeht. Binnen Sekunden wird Tonis Gesicht puterrot. Diesmal scheint aber nicht Angst die Ursache dafür zu sein, sondern Wut. Toni hebt den Kopf und schaut den Priester voller Verachtung an. «Ist das schon alles, was du draufhast, Roberto? Ich weiß, dass du dich deutlich mehr ins Zeug legst, wenn es darum geht, deine kleine Eva glücklich zu machen.»

Roberto gerät für einen Moment aus dem Takt. Er sieht mich an. Ich schüttele den Kopf und bedeute ihm, dass ich Auerbach gegenüber Eva niemals erwähnt habe.

In diesem Moment zucken Roberto und ich zusammen, denn plötzlich ist Evas flehentliche Stimme zu hören. «Bitte, Roberto. Ich liebe dich. Und ich will ein Kind von dir. Wenn die Kirche uns dafür verurteilt, dann gehen wir einfach weit fort und fangen irgendwo ganz neu an.» Es ist Auerbach, der die Worte gesagt hat, allerdings mit der Stimme von Eva.

Roberto verstummt erschrocken. Er atmet durch, strafft sich und lässt dann das Aspergill kreisen. «In nomine patris et filii et spiritus sancti.»

«Muss ein Exorzist nicht ein Vorbild im Glauben sein?», giftet Auerbach.

Sein Bett beginnt zu wackeln. Es sieht aus, als würde das Möbel auf der Stelle tänzeln wie ein Boxer vor dem Angriff.

Mit lautem Klirren fällt ein Bild zu Boden. Außerdem sinkt die Raumtemperatur rapide. Fühlt sich an, als hätte jemand alle Fenster aufgerissen.

Ohne das Bett aus den Augen zu lassen, ertastet Roberto das auf der Kommode liegende Kruzifix. Er hebt es hoch und hält es Auerbach wie ein Schutzschild entgegen, um nun auf Deutsch fortzufahren: «Ich befehle dir, unreiner Geist, mir, obwohl ich ein unwürdiger Diener Gottes bin …»

«Unwürdig! Das kann man laut sagen», ruft Auerbach dazwischen.

«Ich befehle dir, mir in allem zu gehorchen und dem

Gottesgeschöpf, das du heimgesucht hast, keinen Schaden zuzufügen. Und ich befehle dir, unreiner Geist, nenne mir deinen Namen.»

Atemlos warte ich auf Auerbachs Reaktion. Die Temperatur scheint den Gefrierpunkt erreicht zu haben. Die Atemluft kondensiert. Auerbachs Bett tänzelt heftiger als zuvor. Außerdem hört man es in den Wänden knacken und krachen, als würde das gesamte Gebäude jeden Moment in sich zusammenstürzen.

«Nenne mir deinen Namen», wiederholt Roberto und hält tapfer das Kruzifix hoch. «Nenne mir deinen Namen, unreiner Geist. Nenne mir deinen Namen.»

«Du weißt längst, wer ich bin», ruft Auerbach. «Es gibt niemanden, hinter dem ich mich verstecke! Ich bin es, Roberto! Du kennst mich von all den Abenden, an denen du gezweifelt hast. An deiner Kirche. Oder an deinem Gott. Oder an dir selbst.»

Roberto weicht zurück und tastet mit der Hand erneut nach einem Gegenstand. Diesmal findet er nicht, was er sucht. Er schaut kurz zur Kommode, um sich zu orientieren, und wirkt erschrocken.

Sein Blick wandert zu Boden, dann zu mir.

Seine Lippen formen eine lautlose Frage. Der Lärm übertönt die Wörter. Immer noch knackt und kracht und klappert es im Zimmer, als wären wir auf einem Windjammer in Seenot.

Ratlos hebe ich die Arme. «Ich kann dich nicht verstehen, Roberto.»

Der Pater holt tief Luft, und nun übertönt sein Brüllen den Lärm. «Wo ist der Zeh?»

Schlagartig wird es still im Zimmer. Auerbachs Bett steht da, als hätte es sich nie auch nur einen Millimeter bewegt.

Das Krachen und Knacken in den Wänden hat ebenfalls urplötzlich aufgehört. Selbst die Temperatur hat binnen eines Atemzugs wieder normale Regionen erreicht.

«Was war das gerade?», fragt Auerbach irritiert.

«Hier fehlt ein Zeh», sagt Roberto hilflos. «Er gehörte der heiligen Sonnhild von Simming, und er lag genau hier.»

Schweigen.

«Ein Zeh wäre mir aufgefallen», sagt Toni. «Da lag nur ein Knochen.»

«Das war der Zeh», erwidert Roberto und schöpft Hoffnung. «Er ist alt. Deshalb ist nur ein Knochen davon übrig. Wo ist er?»

Toni schweigt. Man sieht, dass ihm nicht ganz wohl in seiner Haut ist.

«Was ist mit dem Zeh passiert?», fragt Roberto unheilschwanger.

«Ich dachte, es wäre ein Wachtelknöchelchen», sagt Toni unschuldig. «Also habe ich ihn zu den anderen Knochen auf dem Teller geworfen.

Einen Moment lang steht Roberto mit offenem Mund da.

«Wo ist der Rolltisch?», will er wissen.

«Auf dem Gang», erwidere ich kleinlaut. «Du hast gesagt, ich soll ihn nach draußen schieben.»

In Windeseile entriegelt Roberto die Türen.

«Nein!», hört man ihn verzweifelt rufen. «Oh mein Gott!»

«Was ist denn?», frage ich und schaue in den menschenleeren Hotelflur.

«Der Tisch ist weg», erwidert Roberto voller Verzweiflung. «Der Zeh der heiligen Sonnhild von Simming liegt jetzt in irgendeinem Mülleimer unter einem Haufen Wachtelknochen.»

«Das tut mir sehr leid», sage ich.

Roberto hat nicht zugehört. «Ich muss in die Küche. Vielleicht haben sie die Knochen noch nicht weggeworfen.»

Bevor ich etwas erwidern kann, sprintet er bereits zu den Fahrstühlen.

Ich gehe zurück ins Schlafzimmer, um Robertos Sachen einzusammeln. Ich spüre, dass mich eine Heidenwut auf Anton Auerbach packt. Roberto hatte völlig recht. Toni spielt nur mit uns. Vermutlich findet er das alles hier rasend witzig.

«Ich werde Sie noch eine Weile schmoren lassen, bevor ich die Haustechnik anrufe», sage ich beim Betreten des Schlafzimmers. «Sie können ja darüber nachdenken, ob es nötig ist, einen anständigen Menschen wie Roberto dermaßen schlecht zu behandeln.»

«Das ist sehr nobel von Ihnen», erwidert Auerbach und läuft mit einem Brandyglas an mir vorbei. «Aber der Teufel braucht keine Haustechnik.»

Ich schaue zum Bett, an dem die offenen Handschellen baumeln. Zügig packe ich Robertos Ausrüstung zusammen.

«Vielleicht noch einen Drink für den Weg?», fragt Auerbach und hält die Brandyflasche hoch.

«Fanden Sie das gerade witzig?», frage ich.

Auerbach nickt. «Absolut. Sie nicht?»

«Nein. Aber gibt es zumindest einen tieferen Sinn, warum Sie das hier alles veranstalten?», will ich wissen.

«Meine Sache», erwidert Auerbach mit ernster Miene. «Was Ihren anständigen Priester betrifft, da habe ich übrigens eine nicht so gute Nachricht für ihn. Seine geliebte Eva steht bei mir auch unter Vertrag.» Er grinst. «Aber das müssen Sie Ihrem Freund ja nicht auf die Nase binden.»

Diesmal bin ich es, der verächtlich mit der Zunge schnalzt. Dann verlasse ich grußlos Auerbachs Suite.

Ich treffe Roberto im Parkhaus. Er wirkt mitgenommen, hat aber immerhin den Zeh der heiligen Sonnhild von Simming gefunden.

«Was ist denn mit dir passiert?», fragt er.

«Was meinst du?», erwidere ich.

«Dein Kopfverband ist hochgerutscht», erklärt Roberto. «Und die Stigmata scheinen komplett verschwunden zu sein. Seltsam.»

Mit fliegenden Fingern öffne ich die Verbände an meinen Händen und sehe ebenso erstaunt wie erleichtert, dass Roberto recht hat. Die Stigmata sind restlos verschwunden.

«Wie ist das möglich?», frage ich.

«Vielleicht ist mir zumindest ein Exorzismus geglückt», erwidert Roberto.

Ich verstehe nicht ganz.

«Der Dämon kann auch mehrere Menschen gleichzeitig befallen», erklärt Roberto. «Und die Sache mit Auerbach beschäftigt dich eindeutig so intensiv, dass man den Eindruck gewinnen könnte, du wärst besessen davon.»

«Soll das heißen, ich war besessen?», frage ich erschrocken.

Roberto zieht eine Zigarette hervor. «Ja, das glaube ich. Und ich glaube auch, dass in Auerbach tatsächlich nicht irgendein Dämon wohnt, sondern der Teufel höchstpersönlich.»

«Und was kann man da machen?», frage ich hilflos.

Er zündet die Zigarette an. «Beten, Jakob. Beten.»

12

Ich könnte mir für den Rest des Tages freinehmen, zumal ich heute sowieso keine Patiententermine mehr habe. Aber ich spekuliere darauf, dass ein paar Stunden Büroarbeit mich auf andere Gedanken bringen werden. Vielleicht lässt der Papierkram die Erinnerung an den blamablen Versuch, Toni Auerbach zu exorzieren, ein wenig verblassen.

Frau Kretzer sitzt am Empfangstresen und langweilt sich mit einer Illustrierten. Sie trägt exakt das gleiche Outfit wie gestern und sieht darin unvermindert attraktiv aus.

«Kennen Sie ein Haustier mit vier Buchstaben?», fragt sie. «*Katze* passt leider nicht.»

Das war jetzt nicht übermäßig attraktiv, denke ich und sage: «Versuchen Sie es doch mal mit *Hund.*»

Sie prüft meinen Vorschlag.

«Super. *Hund* ist richtig», sagt sie und trägt die Buchstaben ein.

«Kann man dabei wenigstens was gewinnen?», will ich wissen.

«Einen elektrischen Dosenöffner», antwortet sie, schaut von ihrer Zeitung hoch und stutzt. «Was ist denn mit Ihrer Haut passiert?»

«Die Rötungen sind weg.» Ich zeige ihr meine Hände. «Sehen Sie? Scheint so eine Art spontane Selbstheilung gewesen zu sein.»

«Wie geht denn das?», fragt sie verblüfft.

«Jemand, der sich damit auskennt, hat gesagt, dass ich womöglich vom Teufel besessen war. Und angeblich hat das die Hautprobleme verursacht», erkläre ich. «Klingt komisch, ich weiß. Aber so was soll vorkommen.

Sie grinst. «Wir hätten gestern vielleicht doch miteinander schlafen sollen. Ein Mann, der vom Teufel besessen ist, und eine Frau ohne Seele, das klingt für mich nach ziemlich interessantem Sex.»

«Bekommen Sie Ihre Seele jetzt eigentlich zurück?», lenke ich vom Thema ab. «Das war doch Ihre Belohnung dafür, dass Sie sich an mich rangemacht haben.»

«Ja. Eigentlich war es so abgemacht. Aber Toni fand, dass ich den Job nicht zufriedenstellend erledigt habe.»

«Oh. Das ist unfair. Es ging Toni nur darum, mich vor Moosmann und seiner Frau zu brüskieren. Und das hat er dank Ihnen erreicht. Ob nun mit oder ohne Sex.»

«Stimmt. Andererseits darf Toni unfair sein. Immerhin ist er der Teufel.»

«Auch wieder wahr», sage ich. «Wenn Sie Ihren Dosenöffner gewonnen haben, kümmern Sie sich dann noch ein bisschen um Ihre beruflichen Aufgaben?»

Sie wuchtet einen Stapel Unterlagen auf den Tresen. «Alles längst erledigt. Außerdem hat Karl angerufen. Er würde Sie gern sprechen.»

Sie sieht, dass ich überlege, wen sie meinen könnte.

«Karl Moosmann», fügt sie hinzu. «Ihr Patient.»

«Ich weiß», lüge ich. «Ich überlege nur gerade, was er von mir will. Er hat nicht zufällig irgendetwas angedeutet, oder?»

«Nein. Aber wenn Sie möchten, dann rufe ich ihn noch mal an und frage nach.»

«Nicht nötig», sage ich. Falls Moosmann sich nun doch entschieden hätte, mich über den Haufen zu schießen, dann würde er sich bestimmt nicht die Mühe machen, mit mir dafür einen Termin zu vereinbaren. «Sagen Sie ihm, dass er vorbeikommen kann, wann immer er möchte. Ich bin den ganzen Nachmittag über im Büro.»

«Das ist nett von Ihnen», erwidert sie zufrieden. «Möchten Sie Kaffee?»

«Ja, warum eigentlich nicht?», sage ich, nehme die Akten vom Tresen und mache mich auf den Weg in mein Büro.

Karl Moosmann trifft zeitgleich mit dem Kaffee ein.

«Er sagt, er hatte rein zufällig in der Nähe zu tun», erklärt Frau Kretzer.

Zu meinem Erstaunen hat Moosmann blendende Laune. Nach dem Eklat von gestern war das nicht zu erwarten.

«Es freut mich, dass Sie gekommen sind», sage ich. «Eigentlich wäre es an mir gewesen, mich zu melden, um mich in aller Form …»

«Sie müssen sich nicht entschuldigen, Dr. Jakobi», unterbricht Moosmann. «Zumindest nicht bei mir. Der gestrige Vorfall war sehr heilsam für mich. Ich hätte nie gedacht, dass es mich glücklich machen könnte, endlich Klarheit zu haben. Ich war der festen Überzeugung, dass mit dem Scheitern meiner Ehe auch mein Glück vorbei wäre. Aber das ist ein Irrtum.»

Er zieht ein paar Blätter Papier aus der Innentasche seines Sakkos, entfaltet sie und streicht sie sorgsam glatt. «Ich habe Ihnen etwas mitgebracht. Ich dachte, Sie möchten Ihren Triumph vielleicht schwarz auf weiß haben.» Er schiebt die Papiere über den Schreibtisch.

«Was ist das?»

Moosmann lächelt. «Erinnern Sie sich, dass ich Sie kürzlich gefragt habe, ob Sie an den Teufel glauben?»

«Ja. Ich erinnere mich gut. Das war in einer Sitzung. Sie dachten, er hätte bei Ihrer Ehe seine Finger im Spiel.»

«Genau. Und ich hatte recht.» Moosmann deutet auf die Papiere. «Das da ist die Kopie einer Vereinbarung, die Susann mit dem Teufel getroffen hat. Meine Frau hat ihre Seele verkauft, und im Gegenzug hat ihr der Leibhaftige versprochen, dass sie Ihre Liebe gewinnt.»

Moosmann sieht mein bestürztes Gesicht und muss laut lachen. «Was ist los? Eine Seele im Tausch gegen ein Herz. Ich finde, das klingt fair.»

«Sie hat wirklich meinetwegen ihre Seele verkauft?» Ich kann nicht glauben, was Moosmann mir da erzählt.

«Ja. Lesen Sie es nach. Seite drei. Paragraph fünf.»

Ich überfliege die betreffende Stelle. Kein Zweifel. Valerie hat Auerbach ihre Seele versprochen, und der Teufel garantiert ihr dafür meine Liebe.

«Ihnen ist hoffentlich klar, dass der Vertrag nichtig ist», erwidere ich. «Wie soll es der Teufel anstellen, dass ich mich in Ihre Frau verliebe?»

«Das weiß ich nicht, aber die Sache hat eine gewisse Logik. Immerhin müssen Sie und Susann nicht bei null anfangen. Eine Menge Beziehungen beginnen mit einer Affäre. In Ihrem Fall wäre dieser erste Schritt schon getan. Und seit gestern ist Susann nun auch frei für eine neue Beziehung.»

«Aber doch nicht mit mir», erwidere ich mit leiser Verzweiflung. «Schließlich bin ich es, der vor ihren Augen mit seiner Sekretärin rumgemacht hat.»

Moosmann lehnt sich zurück. «Interessant. Sie bekommen kalte Füße, weil es jetzt mit Susann ernst werden könnte, richtig?»

«Wundert Sie das? Wenn eine Frau selbst mit dem Teufel paktiert, um ihren Wunschkandidaten in eine Beziehung zu lotsen, dann finde ich das einigermaßen beängstigend.»

«Man könnte es auch romantisch nennen», erwidert Moosmann entspannt.

«Nein. Ich finde es beängstigend», insistiere ich.

«Und wenn ein Mann das Gleiche tun würde?», fragt Moosmann.

Ich habe keine Lust auf spitzfindige Diskussionen, also winke ich unwirsch ab. «Darum geht es doch jetzt überhaupt nicht. Außerdem ist den meisten Männern ihre Seele nicht so wichtig. Das ist also was ganz anderes.»

«Sie haben recht», sagt Moosmann. «Aber wie dem auch sei, gestern haben Susann und ich ein klärendes Gespräch geführt. Und dabei hat sie mir den Vertrag gezeigt. Da wusste ich, dass ich verloren habe.»

«Vielleicht messen Sie diesem Papier zu große Bedeutung bei. Es wäre doch möglich, dass Ihre Frau es nur unterschrieben hat, um Ihnen eins auszuwischen.»

«Nein. Ich bin sicher, sie liebt Sie wirklich», erwidert Moosmann im Brustton der Überzeugung. «Und nicht einmal die Tatsache, dass Sie gestern Ihre Sekretärin vernaschen wollten, hat etwas an Susanns Gefühlen geändert. Im Gegenteil, die Sache hat ihren Kampfgeist geweckt. Ob Sie es also wollen oder nicht, Dr. Jakobi, meine Frau ist jetzt Ihre Frau.»

Es schmeckt mir nicht, die Verantwortung für Valeries Glück aufgeladen zu bekommen. Aber ich bin wohl nicht ganz unschuldig an der Situation. Valerie hätte nicht meinetwegen ihre Seele verscherbelt, wenn ich ihr zuvor keine Hoffnungen gemacht hätte. Dabei dachte ich, ihr größter Wunsch wäre eine Affäre ohne Verpflichtungen. Tja, so kann man sich irren. Zumindest verstehe ich jetzt, warum Valerie ständig zwischen Nähe und Distanz pendelte. Wenn man eine vertragliche Verpflichtung eingegangen ist, dann zweifelt man manchmal daran, ob man die richtige Wahl getroffen hat. Beziehungen sind in dieser Hinsicht wie Traumurlaube. Selbst im Paradies fragen sich manche Menschen, ob es nicht noch attraktivere Ziele gegeben hätte.

Moosmann sitzt da, nippt an seinem Kaffee und wartet.

«Okay. Ich werde mit Valerie reden», sage ich nebulös.

«Das liegt bei Ihnen», erwidert er. «Ich bin nur gekommen, weil ich Sie ins Bild setzen wollte. Und ich dachte, es würde Sie vielleicht interessieren, dass es den Teufel offenbar doch gibt. Es scheint ihn nicht zu jucken, dass Sie nicht an ihn glauben.»

Ob er nun der Teufel ist oder nicht: Ich muss gestehen, dass ich Toni Auerbachs psychologisches Geschick bewundere. Falls er Frau Kretzer verleitet hat, mit mir anzubändeln, damit Valerie sich für eine Beziehung mit mir entscheidet, dann ist das ebenso brillant wie manipulativ. Denn am Ende könnte die Sache für Valerie tatsächlich vertragsgemäß ausgehen. Ein wirklich teuflischer Plan.

«Da ist noch etwas», sagt Moosmann und stellt seine Tasse zurück auf den Schreibtisch. «Ich habe gestern Abend noch versucht, Sie zu erreichen. Sie waren aber schon weg. Ruth hat gemerkt, dass es mir nicht so gutging, und da sind wir ins Plaudern geraten. Ich hatte gerade das Trennungsgespräch mit Susann hinter mir und fühlte mich einsam. Also habe ich Ruth gefragt, ob sie mit mir essen gehen möchte.»

«Sie haben also meine Sekretärin ausgeführt», fasse ich zusammen.

«Das auch», sagt Moosmann. «Und dabei hat Ruth mir erzählt, wie es zu dieser prekären Situation zwischen Ihnen und ihr gekommen ist. Und sie hat natürlich auch von ihrem Vertrag mit Auerbach gesprochen. Sie ärgert sich maßlos, dass sie so blöd war, ihn zu unterschreiben.»

«Und im Gegenzug haben Sie Frau Kretzer von Valeries Vertrag erzählt», rate ich.

«Genau.» Er greift wieder nach seiner Tasse Kaffee und nimmt einen kleinen Schluck. «Vielleicht hat sich dabei irgendwie ein Gefühl der Verbundenheit eingestellt. Jedenfalls haben wir geredet und geredet und uns blendend verstanden. Und dann ergab eins das andere. Kurz gesagt ...»

«Sie haben mit meiner Sekretärin geschlafen», vermute ich.

«Ja, das auch», erwidert Auerbach. «Es war die schönste Nacht meines Lebens.»

«Wie? Was denn noch?», frage ich. «Haben Sie sie etwa geheiratet?»

«Gegenüber von dem Café, wo wir heute Morgen gefrühstückt haben, war ein Juwelier. Ich bin also rüber, hab spontan einen Ring gekauft und sie gefragt, ob sie mich heiraten will.»

«Sie haben sich mit Frau Kretzer verlobt.»

Er nickt zufrieden. «Und? Was sagen Sie?»

«Was soll ich dazu sagen? Herzlichen Glückwunsch. Ich freue mich für Sie beide. Und ich wünsche Ihnen eine lange und glückliche Ehe.»

«Aber was sagen Sie als mein Therapeut? War ich zu voreilig?»

In dem Lichtspalt unter der Bürotür ist ein Schatten zu sehen, der sich gerade bewegt hat. Moosmann kann nichts davon bemerkt haben, denn er sitzt mit dem Rücken zur

Tür. Ich vermute, dass der Schatten zu Frau Kretzer gehört, die uns gerade belauscht, und beschließe, mir nichts anmerken zu lassen.

«Aus verschiedenen Gründen halte ich es für keine gute Idee, Ihnen noch länger therapeutische Ratschläge zu geben, Herr Moosmann.»

Er nickt. «Kann ich verstehen. Und was wäre Ihre persönliche Meinung?»

Nun bin ich es, der an seinem Kaffee nippt.

«Sind Sie glücklich?», frage ich.

«Sehr.»

«Erinnern Sie sich daran, dass ich Ihnen diese Frage schon einmal gestellt habe?»

«Ja.» Er überlegt, dann hellt sich sein Gesicht auf. «Das war in unserer ersten Sitzung. Kann es sein, dass es die erste Frage überhaupt war, die Sie mir gestellt haben?»

Ich nicke. «Damals haben Sie geantwortet, dass Sie der unglücklichste Mensch im ganzen Universum sind. Sieht so aus, als hätten Sie Fortschritte gemacht.»

Er lächelt und reicht mir die Hand. «Das beantwortet meine Frage. Danke für alles, Dr. Jakobi. Und auch Ihnen viel Glück.»

Frau Kretzer lässt sich nicht anmerken, dass sie den Grund von Moosmanns Besuch kennt. Die beiden verabschieden sich höflich und scheinbar distanziert voneinander. Nur ihre Blicke sprechen eine ganz andere Sprache.

«Ich hätte gern noch einen Kaffee», sage ich, als Moosmann gegangen ist.

«War es ein gutes Gespräch?», fragt sie neugierig.

«Seit wann interessieren Sie sich für den Inhalt von Patientengesprächen?»

«Ist er denn als Patient hier gewesen?» Sie wirkt erstaunt.

«Haben Sie nicht alles verstehen können?», erwidere ich. «Sie haben doch an der Tür gelauscht.»

Wütend stemmt sie die Arme in die Hüften. «Nein, ich habe nicht alles verstanden, sonst würde ich ja nicht krampfhaft versuchen, Sie zum Reden zu bringen, Dr. Jakobi.»

Ich muss lächeln. «Was möchten Sie denn wissen, Frau Kretzer?»

«Sagen Sie es mir ehrlich: Haben Sie ihm von mir abgeraten?»

«Und was, wenn ich das getan hätte?»

Ihre Wangen röten sich. «Dann wäre ich ganz schön sauer auf Sie. Der Teufel hat mir schon meine Seele weggenommen. Da können Sie mir doch nicht auch noch den einzig guten Typen wegdiskutieren, der mir seit sechs Jahren über den Weg gelaufen ist.»

«Beruhigen Sie sich, Frau Kretzer. Karl liebt Sie. Und er will Sie heiraten. Und ich werde ihn nicht davon abhalten. Ganz im Gegenteil. Ich wünsche Ihnen beiden eine riesengroße Portion Glück.»

Ihre Arme sinken herab.

«Danke», sagt sie und wirkt ebenso erstaunt wie erleichtert.

Ich gebe Frau Kretzer für den Rest des Tages frei. Sie soll mit ihrem zukünftigen Mann das vorweihnachtlich glitzernde Berlin genießen.

Der Bürokram beschäftigt mich bis zum frühen Abend. Ich spaziere gemütlich nach Hause, wo ich mir ein heißes Bad einlaufen lasse, um darüber nachzudenken, wie ich mich Valerie gegenüber verhalten soll. Noch während das Wasser einläuft, ertappe ich mich bei dem Gedanken, dass ich Karl Moosmann recht geben muss, wenn er Valeries Teufelspakt als einen Liebesbeweis bezeichnet. Ob ich jemals wieder eine Frau treffen werde, die mich derart aufrichtig und bedingungslos liebt, dass sie bereit ist, ihre Seele für mich zu verkaufen?

Andererseits frage ich mich, wie Valerie damit leben würde, dass meine Liebe das Ergebnis eines Teufelspaktes wäre. Müsste sie nicht befürchten, dass wir ohne die Hilfe des Leibhaftigen nie ein Paar geworden wären?

Darüber nachgrübelnd, welche Spielchen der Teufel mit uns spielt, will ich in die Wanne steigen. In diesem Moment klingelt es an der Tür.

Das könnte Valerie sein, die ich im Moment lieber nicht sehen möchte.

Wieder klingelt es, diesmal länger.

Ich warte auf ein weiteres, noch energischeres Klingeln und weiß dann, dass Ellen mich dringend sprechen möchte. Nur meine Exfrau kann derart beredt Türklingeln bedienen.

Seufzend ziehe ich mir den Bademantel an und lasse sie ins Haus.

«Du störst ein bisschen», sage ich, als sie vor der Tür steht. «Ich wollte nämlich gerade ein Bad nehmen.»

«Lass dich nicht aufhalten», erwidert sie und geht an mir vorbei in die Wohnung. «Ich weiß ja, wie du nackt aussiehst.»

Das stimmt.

«Wein ist im Kühlschrank», sage ich und gehe schon mal ins Bad.

Wenig später sitzt sie mit einem Glas Grauburgunder auf einem Hocker im Badezimmer und macht ein ernstes Gesicht. «Toni hat mir erzählt, was heute Morgen passiert ist. Ehrlich gesagt, konnte ich es kaum glauben. Deshalb bin ich hier, um mir deine Version der Geschichte anzuhören.»

«Was hat er denn so erzählt?», frage ich kleinlaut.

«Du sollst mit einem Priester im Hotel aufgekreuzt sein, um Toni zu exorzieren», sagt sie und nimmt einen Schluck Wein.

«Und?»

«Stimmt das?»

Schweigen.

«Ja, das kann man so sagen», gebe ich nonchalant zu.

«Nur mal so aus Interesse», hakt Ellen hinterhältig nach. «Kann man für so was eigentlich die Zulassung entzogen bekommen?»

Ich tauche bis zur Nasenspitze unter und überlege einen Moment, dann tauche ich wieder auf. «Ich würde sagen, das kommt darauf an.»

«Zum Beispiel, ob so ein Vorfall mit etwaigen strafbaren Handlungen einhergeht?», vermutet Ellen.

«Ja. Zum Beispiel.»

«Zum Beispiel mit Freiheitsberaubung.»

«Ich weiß nicht, worauf du hinaus willst», lüge ich.

«Vielleicht darauf, dass ihr den armen Toni an sein Bett gekettet habt?»

«Ich wusste übrigens gar nicht, dass du auf Fesselspiele stehst», sage ich.

«Manchmal», erwidert sie. «Aber du lenkst vom Thema ab.»

«Toni war einverstanden, dass wir ihn fixieren», erkläre ich.

«Vielleicht zu Beginn eures makabren Rituals. Aber bestimmt nicht mehr, als er dringend zur Toilette musste, sich ihm fast der Magen umgedreht hätte und er einem Herzinfarkt nahe war.»

«Was bist du? Seine Anwältin?»

«Nein, aber ich würde mich nicht wundern, wenn Toni

rechtliche Schritte gegen euch einleiten würde. Und ich bin fest davon überzeugt, dass deine Approbation als Psychologe dann ruck, zuck futsch wäre. Mittelalterliche Teufelsaustreibungen gehören meines Wissens nicht zu den heute allgemein anerkannten Methoden der Psychologie.»

«Es war ein Experiment», verteidige ich mich. «Außerdem ist Pater Felice ein erfahrener Exorzist. Er weiß, was er tut.»

«Dass er Exorzist ist, stimmt. Dass er weiß, was er tut, bezweifele ich. Toni hat Erkundigungen über ihn einziehen lassen. Dein Freund hat ein Alkoholproblem, einen Hang zu Marihuana und ein Verhältnis mit seiner Assistentin.»

«Na und? Deshalb muss er ja kein schlechter Exorzist sein.»

«Das ist deine Meinung. Die Regenbogenpresse wird das ganz anders sehen, wenn es zum Prozess kommt. Für die Journaille seid ihr ein paar Freaks, die einen unbescholtenen Geschäftsmann verdächtigen, vom Teufel besessen zu sein. Und ob dein liederlicher Priester auch dann noch eine gute Figur macht, wenn man seine Vergehen ans Tageslicht zerrt, wage ich zu bezweifeln.»

Wieder tauche ich einen Moment bis zur Nasenspitze im Badewasser unter. Ellen hat eine große Begabung, den Teufel an die Wand zu malen.

«Und was soll ich deiner Meinung nach jetzt tun?», frage ich unbehaglich.

«Toni hat gesagt, dass er die Sache vergisst, wenn du ihm ein bisschen entgegenkommst. Ich soll dir ausrichten, dass es dich nur einen Federstrich kostet, und schon hat die liebe Seele Ruh. Was auch immer er damit meint.»

«Ich weiß, was er meint», sage ich. «Und ich hätte es mir denken können.»

«Überleg es dir in Ruhe», erwidert Ellen und nippt bedächtig an ihrem Weinglas. «Aber versprich mir, dass du nicht noch mal so einen Schwachsinn machst.»

Ich nicke matt.

«Weißt du, dass du es warst, der meine Begegnung mit Toni gestiftet hat? Wenn du mich an jenem Abend nicht weggeschickt hättest, wäre ich nicht ins Hotel gezogen und hätte ihn vielleicht nie kennengelernt.»

«Wäre womöglich besser gewesen», unke ich.

«Das ist Blödsinn, Jakob. Toni ist ein wundervoller Mann. Bevor du diese peinliche Teufelsaustreibung veranstaltet hast, war ich dir so dankbar für deinen Schicksalswink, dass ich dir zu Weihnachten einen Geländewagen schenken wollte, damit du nicht immer zu Fuß gehen musst.»

«Ich gehe gern zu Fuß», sage ich. «Und wenn du mir ein Buch oder eine CD schenkst, dann reicht das völlig.»

«Ich wollte dir auch nur erklären, dass mir die Sache mit Toni sehr wichtig ist.» Sie steht auf. «Danke für den Wein. Ich will dich nicht länger stören.»

Ich höre, dass sie im Begriff ist, die Wohnung zu verlassen, als mein Handy klingelt.

«Soll ich es dir bringen?», ruft sie.

«Das wäre sehr nett.»

Sie reicht mir das Telefon. Ich blicke aufs Display. Roberto will mich sprechen.

Ich warte, bis Ellen wieder im Flur verschwunden ist, dann erst nehme ich das Gespräch an. «Hi. Wie geht's dir?»

«Ich habe ihn in die Kirche gebracht», höre ich Roberto flüstern. Er klingt erschöpft, ein bisschen verwirrt und scheint mir entweder betrunken oder bekifft.

«Ich verstehe nicht ganz», sage ich beunruhigt.

«Ich hatte recht, Jakob. Toni Auerbach ist der Leibhaftige. Der Teufel. Der Antichrist. Denn nur Satan selbst vermag der

Kraft von Gottes Wort zu widerstehen. Aber ich weiß jetzt, wie ich ihn in die Hölle zurückschicken kann. Und das werde ich heute Nacht tun.»

«Können wir da ganz kurz drüber ...», beginne ich, aber Roberto hat das Gespräch bereits beendet.

Bestürzt überlege ich, was ich jetzt machen soll.

Ellen schaut ins Badezimmer. «Alles okay? Gute Nachrichten?»

«Ich dachte, du wärst längst weg», sage ich ausweichend.

«Bin ich aber nicht», erwidert sie spitz. «Wer war denn dran?»

«Unwichtig. Meine Sekretärin», lüge ich.

Ellen betritt das Badezimmer und baut sich vor mir auf. «Ich hab aufs Display gesehen, bevor ich dir das Handy gegeben habe. Es war der Priester. Was hat er gesagt?»

«Wer hat dir erlaubt, auf mein Handy zu schauen?»

«Verrate mir endlich, was er gesagt hat, Jakob», wiederholt Ellen eindringlich. «Ich kenne dich. Und du siehst aus, als hättest du gerade ein Gespenst gesehen. Also erzähl mir nicht, dass alles in bester Ordnung ist.»

«Bist du mit dem Auto da?», frage ich.

Sie nickt. «Mein Fahrer wartet unten.»

«Okay. Dann gib mir bitte mal meinen Bademantel.»

«Wo fahren wir hin?»

«Zu Roberto. Ich befürchte, er hat deinen geliebten Toni entführt.»

13

Die Kirchentür ist verriegelt. Sie ragt in den wolkenlosen Nachthimmel wie das mächtige Eingangstor einer uneinnehmbaren Festung. Mit der geballten Faust hämmere ich gegen das harte Holz.

«Das bringt nichts. Du musst sie eintreten», fordert Ellen nervös.

«Das ist Massivholz, Ellen. Ich würde mir nur den Fuß verstauchen.»

«Aber wer weiß, was dieser Verrückte gerade mit Toni anstellt.»

«Trotzdem bin ich nicht der unglaubliche Hulk», sage ich genervt. «Man braucht bestimmt ein Dutzend Wikinger mit einem Rammbock, um dieses Tor aufzubrechen.»

«Gut. Dann rufe ich eben die Feuerwehr.» Entschlossen zieht sie ihr Handy aus der Tasche.

«Ellen, sei vernünftig», sage ich. «Du weißt nicht, was da drinnen vor sich geht. Und auf einen bloßen Verdacht hin werden in diesem Land keine Kirchentüren aufgebrochen. Gott sei dank, übrigens.»

«Dann rufe ich eben die Polizei.»

«Auch die braucht eine richterliche Anordnung. Oder es muss eine eindeutige Gefahrensituation vorliegen.»

«Aber Toni ist in Gefahr!», ruft Ellen empört.

«Das weißt du doch gar nicht», versuche ich sie zu beruhigen. «Und genau deshalb ist das hier auch keine eindeutige Gefahrensituation.»

«Ach ja? Was wäre denn eine eindeutige Gefahrensituation?», blafft Ellen.

«Keine Ahnung. Wenn es brennt, beispielsweise.»

«Dann legen wir jetzt eben Feuer. Hast du ein Feuerzeug dabei?»

«Ellen, kann es sein, dass du ein wenig den Blick für die Realität verloren hast?», frage ich. «Es sind vermutlich Menschen in dieser Kirche. Und die könnten verbrennen, wenn du den Laden einfach abfackelst. Mal ganz abgesehen davon ist Brandstiftung überhaupt verboten.»

«Aber wir müssen doch irgendetwas tun», sagt sie mit leiser Verzweiflung.

In diesem Moment wird die Tür entriegelt, und das blasse Gesicht von Eva erscheint. Als sie mich erkennt, rollen ihr Tränen über die Wangen.

«Er hat sich in der Krypta verbarrikadiert», sagt sie leise. «Er lässt überhaupt nicht mit sich reden. Ich habe wahnsinnige Angst um ihn.»

Ellen will etwas einwenden, verkneift sich ihre Bemerkung jedoch, weil ich rasch den Zeigefinger hebe. Ich ahne, dass sie Evas Mitgefühl für Roberto unangemessen findet. Aber Schuldzuweisungen bringen uns jetzt auch nicht weiter.

«Wie komme ich in die Krypta?», frage ich.

«Ich bringe Sie hin», sagt Eva.

Hinter dem Altar führen schiefe, steinerne Treppenstufen in einen nach Staub, Moder und Feuchtigkeit riechenden unterirdischen Gang.

«Ich gehe allein», verkünde ich.

Eva nickt. «Viel Glück, ich bete für Sie.»

«Aber ich komme mit», sagt Ellen.

«Ich gehe da allein rein oder gar nicht», erwidere ich mit Nachdruck.

Ellen wirft einen Blick in das Loch zu ihren Füßen, dann nickt auch sie.

Der Gang endet an einer schweren Gittertür, die mit einem massiven Schloss gesichert ist. Dahinter liegt ein Gewölbe, das von Säulen getragen wird. Man kann die Größe nur erahnen, denn das spärliche Licht zweier Fackeln erleuchtet nur einen Teil der Krypta.

«Roberto? Bist du da?», rufe ich. Meine Worte erzeugen ein dumpfes Hallen.

«Jakob? Sind Sie das?» Das ist nicht Robertos, sondern Tonis Stimme. Hört sich an, als würde ihm das Sprechen schwerfallen.

«Ist alles in Ordnung mit Ihnen?», frage ich besorgt.

«Ja. Es geht mir gut», bringt Toni mühsam hervor. Er hustet und fügt hinzu: «Sagen wir mal, den Umständen entsprechend».

«Wo ist Roberto?», will ich wissen.

«Keine Ahnung», erwidert Toni. «Aber er muss hier irgendwo sein.»

Wie aus dem Nichts taucht in diesem Moment Roberto hinter der Gittertür auf. Er trägt eine brennende Fackel, und es ist schwer auszumachen, ob ich Lichtreflexe in seinen Augen sehe oder ob dort gerade beginnender Wahnsinn aufblitzt.

«Geh wieder hoch, Jakob. Das hier ist eine Sache zwischen ihm und mir.»

«Was hast du mit ihm gemacht?», frage ich besorgt.

«Mach dir keine Sorgen um ihn, Jakob. Er ist nicht der,

für den du ihn hältst. Anton Auerbach ist der große Drache, die alte Schlange, auch Teufel oder Satan genannt. Er ist es, der die ganze Welt verführt. Er wurde auf die Erde hinabgestürzt mit all seinen Engeln.»

«Wow! Da hat jemand die Offenbarung des Johannes gelesen», hört man Toni aus dem Dunkeln spotten.

«Dir wird das Lachen gleich vergehen, Satan», ruft Roberto.

«Ach ja? Glaubst du wirklich, dass der Teufel sich vor einem angetrunkenen Priester fürchtet?», giftet Toni zurück.

«Stimmt das? Hast du getrunken?», frage ich.

Roberto sieht mich an und bleibt die Antwort schuldig.

«Ja! Hat er! Er ist voll wie 'n Eimer», ruft Toni. «Und ich glaube, er hat sich obendrein ein paar Joints reingezogen. Wenn er nicht aufpasst, wird er sich versehentlich selbst in die Hölle schicken.»

Ich sehe, dass Tonis Sticheleien Roberto wütend machen. «Geh jetzt, Jakob. Ich werde hier unten tun, was zu tun ist im Namen des Herrn.»

«Ich glaube, wir sollten das in Ruhe besprechen, Roberto», sage ich. «Es könnte ja rein theoretisch sein, dass du gerade im Begriff bist, einen großen Fehler zu machen. Und das möchte ich gern vermeiden.» Kurze Kunstpause. «Machst du also mal bitte die Tür auf?»

Roberto zuckt mit den Schultern. «Es ist mir egal, wenn du glaubst, dass ich besoffen bin. Oder verrückt. Das hier ist größer als wir beide.»

«Mag sein. Aber ich weiß, dass du seit heute Morgen unter einer großen nervlichen Anspannung stehst. Und deshalb möchte ich nicht, dass du etwas Unüberlegtes tust.»

Ich sehe ihm an, dass ich nicht zu ihm durchgedrungen bin. «Roberto? Hast du mir zugehört?»

Wortlos dreht er sich um und stapft in die Dunkelheit. Das Licht der Fackel zuckt nervös über den fleckig-braunen Putz, der die Wände, das Gewölbe und die Säulen bedeckt.

Mir stockt der Atem, als ich sehe, dass sich im hinteren Teil der Krypta ein steinerner Altar verbirgt, auf dem der gefesselte Toni Auerbach liegt.

An den Wänden der halbrunden Ausbuchtung, die den kleinen Altarraum bildet, sind Kerzen aufgereiht, die Roberto nun zu entzünden beginnt. Auf einem Tisch hinter dem Altar steht ein großes Kruzifix neben einer Marienstatue. Roberto hat seine Werkzeuge links und rechts davon drapiert.

Er unterbricht das Entzünden der Kerzen, um kurz zum Aspergill zu greifen und den Raum zu segnen. Weihwasser regnet auf Toni Auerbach hinab. Man hört es zischen, als es auf seinem Körper verdampft.

Mühsam dreht Toni den Kopf zur Seite. «Jakob? Sind Sie noch da?»

«Schweig, Satan!», befiehlt Roberto barsch.

«Ja, ich bin hier», antworte ich.

Auerbach lächelt müde. «Dann wäre es vielleicht jetzt an der Zeit, Hilfe zu holen. Ihr himmlischer Freund scheint gerade in eine Parallelwelt abzutauchen, und an Ihrer Stelle würde ich versuchen, ihn da rauszuholen, bevor hier unten Schlimmeres passiert.»

Ich betrachte die gespenstische Szenerie und weiß, dass Auerbach recht hat. Ein letztes Mal versuche ich mein Glück. «Roberto? Hör mir bitte zu.»

Er reagiert nicht.

«Ich werde jetzt die Polizei rufen», drohe ich. «Es sei denn, du machst jetzt sofort diese verdammte Tür auf.»

Wieder keine Reaktion.

Ich beeile mich, Ellen und Eva ins Bild zu setzen. Während die beiden die Polizei verständigen und die Beleuchtung in der Kirche und auf dem Vorplatz einschalten, begebe ich mich wieder in den Gang, um Roberto vielleicht doch noch zur Vernunft zu bringen.

Inzwischen hat er mit dem Exorzismus begonnen. Auerbach lässt die lateinischen Beschwörungsformeln teilnahmslos über sich ergehen. Ab und zu hört man das Zischen von Weihwasser. Ich hoffe, dass er nicht in eine durch seine Platzangst bedingte Schockstarre gefallen ist.

«Toni, geht es Ihnen gut?»

«Ich liege gefesselt auf einem eiskalten Steinaltar und werde von einem betrunkenen Priester mit Weihwasser und Bibelstellen traktiert. Wie würde es Ihnen da gehen, Jakob?»

Ich sehe, dass Roberto intensiv mit seiner Mission beschäftigt ist. Der Eindruck, dass er sich gerade in einer Parallelwelt befindet, ist nicht von der Hand zu weisen. «Sei nicht dumm, Roberto. Die Polizei ist gleich da. Und wenn du so weitermachst, wirst du noch heute im Gefängnis landen.»

Roberto fährt unbeirrt mit dem Ritual fort.

Man hört das Geräusch von Sirenen, die sehr schnell näher kommen.

Auerbach dreht den Kopf zur Seite und zeigt mir sein Raubtierlächeln. «Da kommen ja endlich unsere Freunde. Ich finde, wir sollten ihnen einen würdigen Empfang bereiten.»

Auerbach holt kurz Luft und pustet, als würde er eine Kerze ausblasen.

Im nächsten Moment fährt ein heftiger Windstoß durch die Krypta und löscht auf einen Schlag sämtliche Fackeln und Kerzen. Die Böe ist so stark, dass ich von ihrer Wucht rücklings in den Gang geschleudert werde. Unsanft lande ich auf dem Rücken.

Gerade will ich mich wieder aufrappeln, da werde ich von gleißenden Lichtern geblendet.

«Der gehört zu mir», höre ich Ellen sagen.

Jemand hilft mir auf die Beine. Im Schein der Taschenlampen erkenne ich uniformierte Männer mit schweren Waffen.

«Wo ist Toni?», fragt Ellen.

Stumm deute ich auf die verschlossene Gittertür.

«Aufbrechen», befiehlt eine Männerstimme.

Krachend zerbricht das Schloss unter der Wucht eines eisernen Rammbocks. Ächzend öffnet sich die Gittertür. Mehrere Männer der Spezialeinheit stürmen in die Krypta, Lichtkegel zucken über den bräunlichen Putz, Kommandos schwirren durch die stickige Luft.

Dann die Entwarnung. Die Männer haben Toni Auerbach gefunden. Dem ersten Eindruck nach zu urteilen, geht es ihm gut.

Der von der Polizei mitgebrachte Notarzt bestätigt wenig später die Einschätzung der Spezialeinheit. Er möchte Toni dennoch ins Krankenhaus mitnehmen und ihn dort kurz durchchecken. Nur zur Sicherheit.

Gestützt auf zwei Elitepolizisten und in Begleitung der fürsorglichen Ellen, humpelt Toni betont langsam zum Ausgang der Krypta.

Als er mich sieht, beißt er sich auf die Unterlippe und scheint den Tränen nahe zu sein. «Danke, dass Sie mir geholfen haben, Dr. Jakobi. Das werde ich Ihnen nie vergessen. Wer weiß, was dieser verrückte Priester sonst noch so alles mit mir angestellt hätte.»

Ich sehe ihm an, dass sein Dank pure Heuchelei ist.

«Wo ist Roberto?», will ich wissen. Zu meinem großen Erstaunen interessiert es hier offenbar niemanden, dass der Priester verschwunden zu sein scheint.

Toni bleibt stehen und zuckt mit den Schultern. «Keine Ahnung. Ich vermute, er ist abgehauen, als er die Sirenen gehört hat.»

«Aber wohin?», fragt einer der Uniformierten. «Es gibt hier keinen anderen Ausgang als den, durch den wir gerade alle reingekommen sind.»

«Vielleicht eine Geheimtür?», sagt Auerbach und spielt hingebungsvoll den Ahnungslosen. «Solche alten Gemäuer haben ja oft Geheimtüren. Und manche davon bleiben über Jahrhunderte unentdeckt.»

Der Polizist vom SEK klappt das Visier seines Einsatzhelms hoch. Zum Vorschein kommt das scharfgeschnittene Gesicht eines Enddreißigers. «Okay. Wir besorgen Scheinwerfer, und dann will ich, dass jeder Millimeter dieses Kellers abgesucht wird. Wenn es hier eine Geheimtür gibt, dann werden wir sie auch finden.»

«Beim nächsten Stiftungstreffen werde ich dem Polizeipräsidenten sagen, dass mich Ihre Arbeit hier sehr beeindruckt hat», flötet Ellen. «Vielen Dank für Ihre Hilfe.»

Der Enddreißiger mit den scharfen Gesichtszügen nimmt Haltung an. «Keine Ursache, liebe Frau Jakobi. Ich habe zu danken.»

Ich frage mich, ob sich jemand um die arme Eva kümmert, während Toni und Ellen hofiert werden wie die Rothschilds.

«Brauchen Sie mich noch?», will ich von Ellens Lieblingspolizist wissen.

«Allerdings. Wir müssen Ihre Aussage aufnehmen. Ein Kollege bringt Sie gleich aufs Revier.»

Der Papierkram dauert bis weit nach Mitternacht.

«Ich frage mal nach, welcher Kollege Zeit hat, Sie nach Hause zu bringen», sagt der diensthabende Beamte und greift zum Telefon.

«Nicht nötig. Ich gehe zu Fuß», erwidere ich.

Er zögert. Offenbar kann er nicht nachvollziehen, dass ein normal denkender Mensch ein solches Angebot ausschlägt. Obendrein noch mitten im Winter.

«Ich gehe sehr gern zu Fuß», versichere ich nachdrücklich.

Er legt den Hörer wieder auf und lässt beim Nicken sein Doppelkinn wippen. «Ganz, wie Sie meinen.»

Auf dem Heimweg schaue ich bei der Kirche vorbei. Ich würde gern wissen, ob man Roberto inzwischen gefunden hat. Außerdem möchte ich Eva meine Hilfe anbieten. Eine Menge Behörden und Institutionen werden in den nächsten Tagen wissen wollen, wie Roberto auf die Schnapsidee kommen konnte, einen Geschäftsmann zu entführen, um ihn zu exorzieren.

Dunkelheit umgibt den Vorplatz und auch die Kirche selbst. Die Einsatzkräfte sind längst weg. Nur der zerpflügte Schnee erinnert daran, was hier vor wenigen Stunden passiert ist.

Zu meinem Erstaunen ist die Kirchentür unverschlossen. Leise trete ich ein.

Eva sitzt allein in der ersten Reihe. Der gesamte Altarraum ist mit Flatterband abgesperrt und sieht nun aus wie eine Baustelle.

Ein paar Atemzüge lang betrachte ich Eva, die einfach nur still dasitzt. Vielleicht will sie ihre Ruhe haben, denke ich und erwäge, unbemerkt wieder zu verschwinden. In diesem Moment dreht sie sich zu mir um. Ihr Gesicht ist tränenüberströmt. Schweigend sieht sie mich an.

«Entschuldigung», flüstere ich. «Soll ich vielleicht ...» Ich bedeute ihr, dass ich ebenso schnell wieder verschwinden kann, wie ich gekommen bin.

Sie schüttelt den Kopf. Ihre Lippen formen ein tonloses: Nein. Bitte kommen Sie.

Während sie sich schluchzend wieder nach vorn wendet und geräuschvoll die Nase schnäuzt, gehe ich langsam durch den Mittelgang.

Ich setze mich neben sie und warte, bis sie sich ein wenig beruhigt hat.

«Danke, dass Sie gekommen sind», sagt sie leise. «Ich fühle mich so furchtbar einsam ohne Roberto.»

«Die Polizei hat ihn also noch immer nicht gefunden?» Ich bin erstaunt.

Sie schüttelt den Kopf. «Nein. Leider nicht. Ich frage mich, was jetzt werden soll. In ein paar Tagen ist Weihnachten, und die Gemeinde braucht ihren Priester.» Leise fügt sie hinzu: «Und ich brauche ihn auch.»

«Und diese Geheimtür, von der die Rede war?»

«Es gibt keine Geheimtür», sagt sie.

«Sie meinen, die Polizei hat keine entdecken können», präzisiere ich.

«Nein. Es gibt einfach keine Geheimtür da unten», beharrt sie. «Der Gang unter dem Altar ist der einzige Weg in die Krypta.»

«Woher wollen Sie das so genau wissen?»

«Weil die Krypta schon längst bis in den letzten Winkel untersucht worden ist. Irgendwelche Archäologen sind sogar mal mit Lasern und Röntgengeräten da unten gewesen. Sie haben gehofft, eine Grabkammer zu finden.»

«Und?», frage ich gespannt.

«Nichts. Die Mauern sind über einen Meter dick, und es

gibt keine verborgenen Türen oder Gänge. Und erst recht keine verborgenen Kammern.»

«Roberto kann sich schlecht in Luft aufgelöst haben», wende ich ein.

Sie sieht mich an, wieder rollen Tränen über ihre Wangen. «Sie wissen nur zu gut, wer hinter Robertos Verschwinden steckt.»

«Nein. Falls Sie darauf hinauswollen, dass Anton Auerbach ...»

«Und Sie wissen auch, dass Anton Auerbach in Wirklichkeit der Teufel ist», fällt Eva mir ins Wort. In beschwörendem Tonfall fügt sie hinzu: «Wie viele Beweise brauchen Sie denn noch, Dr. Jakobi?»

«Hat Roberto Ihnen das alles erzählt?», frage ich argwöhnisch.

«Ja. Das auch. «Aber ...» Sie beißt sich auf die Unterlippe.

«Aber?», hake ich nach.

Sie zögert einen Moment, dann sagt sie: «Aber ich weiß es nicht erst, seitdem Roberto davon gesprochen hat. Ich habe es schon vorher gewusst.»

«Ich glaube, ich verstehe nicht ganz», sage ich entgeistert.

Wieder rollen Tränen über ihr Gesicht. Der feuchte Klumpen in ihrer Hand, der einmal ein Papiertaschentuch war, vermag sie nicht zu trocknen.

Ich krame nach einer Packung Taschentücher und reiche sie ihr.

«Vor ein paar Wochen kam Toni zum ersten Mal in unsere Kirche. Roberto war an diesem Tag nicht da. Toni zeigte großes Interesse an unserer Gemeindearbeit, und so gerieten wir beide ins Plaudern.»

Sie putzt sich die Nase und überlegt einen Moment.

«Es war eines der Adventswochenenden, deshalb sprachen

wir über unsere Wünsche für das anstehende Weihnachtsfest. Und dabei brachte Toni mich völlig aus dem Konzept, denn er wusste nicht nur von der Sache zwischen Roberto und mir, sondern auch von unserem Kinderwunsch.»

«Roberto hat mir erzählt, dass viel getratscht wird. Vielleicht hat Toni darauf spekuliert, dass die Gerüchte stimmen.»

Sie wiegt den Kopf hin und her. «Ja. Mag sein. Aber wie erklären Sie es sich dann, dass Toni obendrein ein Geheimnis kannte, das ich niemandem, nicht einmal Roberto, anvertraut habe?»

Sie sieht mein erstauntes Gesicht und zieht ein frisches Taschentuch hervor, um für den nächsten Weinkrampf gewappnet zu sein. «Die Sache ist die: Schon vor Jahren hat man mir gesagt, dass ich nie Kinder haben werde. Zumindest nicht auf natürlichem Weg. Ich hatte mich damit abgefunden, so gut es ging, da traf ich Roberto. Ihm konnte ich nichts vormachen. Schon nach kurzer Zeit hat er gemerkt, dass ich mir ein Kind wünsche. Und schließlich bot er mir an, der Vater zu sein.»

«Warum haben Sie ihm nicht von Ihren gesundheitlichen Problemen erzählt?», frage ich.

Sie lächelt. «Er hat davon gesprochen, dass wir uns Gottes Gnade anvertrauen sollen. Also habe ich Robertos Angebot als ein Zeichen des Himmels gesehen. Ich dachte, wenn ich jetzt doch noch schwanger werde, dann hat Gott das so gewollt.»

«Und wie wäre es im Fall einer Schwangerschaft weitergegangen?», will ich wissen.

«So, wie das in solchen Fällen üblich ist. Ich hätte behauptet, der Kindsvater wäre ein unbekannter Seemann auf der Durchreise gewesen. Als alleinerziehende Mutter hätte Roberto mich offiziell aus Gründen der Barmherzigkeit weiter bei sich leben und arbeiten lassen. Inoffiziell hätten wir also eine Familie sein können.» Sie lächelt versonnen. «Ich finde, man kann es schlechter treffen.»

«Und was hat Toni Auerbach nun damit zu tun?», frage ich.

Sie beißt sich auf die Lippen. «Ich habe sehr lange gehofft, dass der Himmel ein Einsehen mit Roberto und mir haben würde, aber leider war das nicht der Fall. Wie es die Ärzte schon vor Jahren prophezeit hatten, wurde ich einfach nicht schwanger. Und eines Tages habe ich dann begriffen, dass ich mir das Zeichen Gottes nur eingebildet hatte. Im Grunde war ich dem Himmel völlig gleichgültig.» Ein Anflug von Bitterkeit ist in ihrem Gesicht zu sehen. «An diesem Tag bot Toni Auerbach mir seine Hilfe an.»

Ich sehe, dass sich ihre Bitterkeit in ein tiefes Bedauern verwandelt, und im selben Moment geht mir ein Licht auf. «Sie haben Auerbach Ihre Seele verkauft, richtig?»

Sie nickt unter Tränen. Plötzlich muss sie lachen.

«Aber wissen Sie was?», sagt sie. «Im Gegensatz zu Gott hat Toni immerhin Wort gehalten.

Ich bin bestürzt. «Soll das etwa heißen …?»

Wieder nickt sie. «Ja. Ich bin schwanger. Ich weiß es seit ein paar Tagen, aber es gab noch keine gute Gelegenheit, um es Roberto zu sagen.»

Sie schnäuzt sich geräuschvoll. «Und jetzt ist er weg, und das alles ist ganz allein meine Schuld, weil ich mich mit dem Teufel eingelassen habe. Wenn es darum geht, mich zu bestrafen, dann ist der Himmel doch wieder zur Stelle. Erstaunlich, nicht wahr?»

«Robertos Verschwinden ist allein meine Schuld», sage ich. «Ich hätte ihn nie in die Sache reinziehen dürfen. Deshalb werde ich jetzt zu Toni gehen und versuchen, die Dinge geradezubiegen.»

Hoffnung blitzt in ihren Augen auf.

«Zuvor müssen Sie mir aber eine Frage beantworten.»

Sie nickt.

«Und ich brauche eine absolut ehrliche Antwort.»

Sie zögert einen kurzen Moment, dann nickt sie nachdrücklich.

«Hat Toni Ihnen jemals versprochen, dass Sie Ihre Seele zurückbekommen, wenn Sie eine Aufgabe für ihn erledigen?»

Sie zögert.

«Er ist ein Meister der Manipulation. Und ich würde gern wissen, inwieweit er mich manipuliert», erkläre ich.

«Ich habe ihm bei dem Trick mit der weinenden Krippenfigur geholfen. Er hatte mir tatsächlich gesagt, dass er auf meine Seele verzichtet, wenn ich ihm den einen oder anderen kleinen Gefallen tue. Aber die Sache mit den Krippenfiguren war das Einzige, um das er mich gebeten hat.»

Ich komme nicht dazu, etwas zu erwidern, denn in diesem Moment lässt das laute Klingeln meines Handys uns beide zusammenzucken.

«Entschuldigen Sie», murmele ich und beeile mich, das Gespräch anzunehmen. «Jakobi?»

«Haben Sie Lust auf einen kleinen Ausflug?», fragt Toni Auerbach am anderen Ende der Leitung. «Sie möchten doch bestimmt wissen, wo sich ihr guter Freund Roberto gerade herumtreibt, oder?»

«Gern», erwidere ich. «Wo soll es denn hingehen?»

«Erinnern Sie sich, dass Sie mir an dem Tag, als Frau Kretzer ihren Seelenvertrag unterschrieben hat, gesagt haben, dass Sie sich für eine Führung durch die Hölle interessieren?»

«Ja, ich erinnere mich», sage ich unbehaglich.

«Fein», erwidert Auerbach. «Heute Nacht ist es so weit. Wir beide fahren zur Hölle. Das wird bestimmt spaßig.»

Ich sehe sein Raubtierlächeln förmlich vor mir.

14

Nach einem dezenten Klopfen und einem gedämpften «Herein» betrete ich das Krankenzimmer von Toni Auerbach.

«Pst», höre ich ihn leise zischen, während er die Spitze des Zeigefingers an die Lippen legt und auf ein Gästebett deutet. Dort liegt die tief und fest schlafende Ellen mit einem seligen Lächeln im Gesicht.

Toni gibt auch als Patient den Mann von Welt. Das geräumige Zimmer ist nicht nur geschmackvoll eingerichtet, sondern auch mit luxuriösen Extras ausgestattet. Aus unsichtbaren Lautsprechern plätschern die beruhigenden Klänge eines Streichquartetts. Die Reste eines exquisiten Essens stehen auf der Kommode unterhalb des großen Plasmafernsehers. Ellen und Toni haben sich als Mitternachtsmahl Hummer und Champagner gegönnt.

Auerbach trägt wieder seinen schwarzen Seidenkimono mit den roten Drachenköpfen. Im Vorbeigehen fischt er die halbvolle Flasche Champagner aus dem Sektkühler und schnappt sich zwei Gläser.

Als wir den Krankenhausflur betreten, reicht er mir die Sektkelche. «Sind Sie so nett und halten die mal kurz?»

«Danke, aber ich möchte lieber nichts trinken», sage ich.

«Ich bitte Sie, Jakob. Ein kleines Gläschen Champagner

hat noch niemandem geschadet. Außerdem müssen wir doch darauf anstoßen, dass Sie mich endlich mal bei mir daheim besuchen.» Er grinst.

«Apropos», erwidere ich und betrachte seinen Aufzug. «Ist das nicht ein bisschen kalt für einen Ausflug, mitten im Winter?»

Auerbach muss laut lachen. «Die meisten Menschen glauben, dass es in der Hölle eher zu heiß ist.»

«Na ja, noch sind wir ja nicht in der Hölle», sage ich.

«Oh, das geht ganz schnell», erwidert Auerbach lapidar. «Wir müssen dazu noch nicht einmal an die frische Luft.»

«Das Krankenhaus hat einen eigenen Höllenzugang?», wundere ich mich.

«Genau. Aber wenn Sie mein Kimono stört, dann kann ich mir auch rasch was anderes anziehen.»

«Nein, nein, lassen Sie nur. Er sieht ja ganz bequem aus», antworte ich diplomatisch. In Wahrheit finde ich den Fummel scheußlich.

«Ich hab ihn beim Kartenspiel gewonnen», erklärt Auerbach stolz. «Von einem asiatischen Diktator.»

«Oh. Ein Kunde von Ihnen?», frage ich.

Toni grinst. «Diktatoren haben bei mir natürlich Goldstatus.»

Wir sind bei den Fahrstühlen angekommen. Die Türen öffnen sich, und wir betreten die Kabine. Auerbach prostet mir zu. «Auf Ihr Wohl, Jakob.»

Die Türen schließen sich, und dann rauschen wir hinab.

Das Krankenhaus hat nur vier Etagen. Es fühlt sich jedoch an, als würden wir in rasanter Fahrt gleich zwanzig, dreißig oder sogar fünfzig Stockwerke passieren.

Toni sieht, dass mir unwohl ist. «Nehmen Sie einen Schluck Champagner, Jakob. Das hilft.»

Ich nippe an meinem Glas und spüre, dass ich mich prompt entspanne.

Als sich die Fahrstuhltüren öffnen, erwarte ich rauchgeschwängerte Luft, stechende Hitze und die panischen Schreie armer Sünder.

Zu meinem Erstaunen betreten Toni und ich jedoch einen ebenso stillen wie schmucklosen Gang, der zu einer Behörde gehören könnte. Es herrscht eine angenehme Temperatur.

«Willkommen in der Hölle», sagt Toni Auerbach.

Ich blicke in eines der Büros, die sich links und rechts des Flures wie Perlen an einer Kette aufreihen. Der gesamte Komplex scheint eilig geräumt worden zu sein, denn hier und da liegen zerknüllte Blätter oder zerzauste Aktenmappen herum.

«Was ist denn hier passiert?», frage ich.

«Tja, mein lieber Jakob. Um es frei nach Shakespeare zu sagen: Die Hölle ist leer, denn alle Teufel sind auf der Erde.»

«Das hier soll einmal die Hölle gewesen sein? Was hat man den Sündern hier angetan? Mussten sie quälend langweilige Bürojobs erledigen?»

«Keine schlechte Idee», erwidert Toni grinsend. «Aber nein, hier war nur die Verwaltung untergebracht. Ein paar hunderttausend Leute, um alles zu koordinieren. Übrigens befinden wir uns jetzt gerade am Erdmittelpunkt. Unsere Zentrale sollte von jedem Ort auf der Erde etwa gleich schnell erreichbar sein.»

«Interessant, dass der Mittelpunkt der Erde entgegen der Lehrbuchmeinung kein glühender Lavakern ist, sondern ein leerstehendes Verwaltungsgebäude der Hölle», erwidere ich amüsiert.

Toni lacht. «Ja. Witzig, oder? Die Menschen sind so unfassbar leichtgläubig. Man schreibt ihnen irgendeinen Unsinn in ein Schulbuch, und schon glauben sie ihn brav.»

«Und wo ist dann die eigentliche Hölle?», will ich wissen. «Oder ist es auch Unsinn, dass ein Ort existiert, an dem arme Sünder bestraft werden?»

«Nein, es gab sogar mehrere solcher Orte. Aber im Laufe der Zeit wurden unsere Geschäftsbereiche Schikane und Folter praktisch komplett outgesourct», erklärt Toni mit ernster Miene. «Bis zum Mittelalter haben wir für unser Höllenqualenprogramm unterirdische Räumlichkeiten genutzt, also unentdeckte Höhlen, verlassene Bergwerkstollen oder Vulkane. Aber als sich dank der Inquisition die Zahl der Sünder schlagartig vervielfachte, bekamen wir rasch Kapazitätsprobleme.»

Toni drückt auf den Fahrstuhlknopf. Prompt öffnen sich die Türen.

«Ich möchte Ihnen gern noch etwas zeigen», sagt er und betritt die Kabine.

Ich folge ihm, und erneut rauschen wir in die Tiefe.

«Auf der Suche nach oberirdischen Höllenfilialen kamen wir auch mit dem Klerus ins Gespräch. Keine andere Institution verfügt bekanntlich über so viele diskrete Immobilienobjekte wie die Kirche. Ich meine, abgelegene Klöster oder Gotteshäuser sind für unsere Zwecke quasi ideal. Der Gedanke an eine Kooperation lag also nahe.»

Die Fahrstuhltüren öffnen sich, und wir stehen vor einer Computeranlage, ich tippe auf ein Rechenzentrum. Vor uns erstrecken sich lange Reihen leise summender Server. Der Anblick erinnert an einen riesigen Supermarkt. Zu meinem Erstaunen scheint die Technik sich selbst überlassen zu sein, denn es ist weit und breit kein Personal zu sehen.

«Voilà. Das Herzstück der Hölle», erklärt Toni Auerbach stolz. «Zumindest seit rund fünfzig Jahren. Es ist nicht nur die mit Abstand größte Anlage dieses Planeten, sie ist auch heimlich mit allen Rechnern auf der Oberfläche und im Orbit vernetzt.» Toni hebt die Hand und zeigt in die Höhe. «Was gewisse Geheimdienste da oben sammeln, ist im Vergleich zu der Datendichte, die hier unten erzielt wird, nur ein müder Witz.»

«Moment, das geht mir jetzt alles ein bisschen zu schnell», sage ich. «Gerade steckten wir noch mitten in der Inquisition. Und plötzlich sind wir im Computerzeitalter. Was ist denn dazwischen passiert?»

Toni leert genüsslich sein Champagnerglas, gießt uns beiden nach und stellt die fast leere Flasche auf dem Fußboden ab. «Wie eben schon erwähnt, lag aufgrund der Kapazitätsengpässe während der Inquisition eine Zusammenarbeit mit der Kirche nahe. Das sah man damals beim Klerus erfreulicherweise ganz genauso. Um unsere höllischen Probleme in den Griff zu bekommen, mieteten wir also geeignete Sakralbauten an.»

«Nur mal so aus Interesse», sage ich. «Wer trifft eigentlich innerhalb der Kirche die Entscheidung, mit dem Teufel zu kooperieren?»

«Der Papst», erwidert Toni Auerbach, und erstaunt fügt er hinzu: «Wer denn sonst?»

«Das heißt also, Papst und Teufel stehen ganz selbstverständlich im Kontakt miteinander.»

Toni zeigt mir die Zähne. «Nein. Nicht jeder Papst will etwas mit mir zu tun haben. Aber wenn ich mir die Geschichte so ansehe, dann gibt es einige, mit denen ich sehr gute Geschäfte gemacht habe. Ich bin mir außerdem nicht ganz sicher, aber ...», Toni tut, als müsse er intensiv nachdenken, dann mimt er den Erstaunten, «... ja, ich glaube, dass ein paar von ihnen sogar zu meinen Kunden zählen.» Er grinst breit.

«Imponierend», sage ich mit gespielter Bewunderung. «Und was muss man so in etwa hinblättern, wenn man die Seele eines Papstes ergattern will?»

«Ach, Sie wissen doch selbst, wie es läuft, Jakob. Bei den Menschen geht es immer um das Gleiche. Um Liebe und Hass, um Eifersucht, Rache und Habgier, um Eitelkeiten und Exzesse. Ein Papst ist davor genauso wenig gefeit wie jeder andere Normalsterbliche. Im Himmel sagt man, dass die Menschen nicht sündigen können, solange sie die Hände zum Gebet gefaltet haben. Ich füge gern hinzu: Aber wehe, sie beten mal gerade nicht.»

Er nippt an seinem Champagner. Während ich darüber nachdenke, was er gerade gesagt hat, gönne ich mir ebenfalls noch einen Schluck. Toni nimmt es mit einem zufriedenen Kopfnicken zur Kenntnis.

«Gut. Dass der Teufel bei der Inquisition die Hände im Spiel hatte, hätte ich mir denken können», sage ich. «Eine dermaßen grausame Veranstaltung kann ja nur in der Hölle erfunden worden sein.»

«Sagen Sie das nicht», erwidert Toni. «In Wahrheit hatte die Kirche weitaus teuflischere Ideen als der Teufel selbst. Unsere Methoden hätte man im Vergleich zu denen der Inquisition als geradezu human bezeichnen können. Deshalb haben wir uns dann auch dazu entschlossen, den gesamten Komplex der Höllenqualen an die dazu viel geeigneteren Spezialisten der Kirche outzusourcen und uns selbst ganz auf die Geschäftsbereiche Verwaltung und Marketing zu konzentrieren.»

«Moment. Heißt das, die Hölle wurde damals geschlossen,

um sie gleich danach auf der Erde wieder neu zu eröffnen?», stelle ich verwundert fest.

«Genau», erwidert Toni. «Und der Effekt war erstaunlich. Mehr als fünfhundert Jahre hielt die Kooperation. Die Kirche erfand eine brillante Kampagne, die auf Angst, Leid und Schmutz aufgebaut war. Dabei überließ man nichts dem Zufall. Berühmte Maler wurden beauftragt, den Teufel und das Verderben in Bildern festzuhalten. Mir verpasste man ein brandneues Image. Hörner, Klumpfuß, feuerrote Haut – die Teufelsfratze wurde von einem der besten Bildhauer seiner Zeit entworfen. Wenn Sie so wollen, dann hat man mir das erste Superschurkenkostüm der Geschichte auf den Leib geschneidert. In diesem Aufzug tauchte ich dann bei Gerichtsverhandlungen, Exekutionen und anderen netten Anlässen auf, um das virale Marketing in Gang zu setzen. Die Kunde von meinen Gastauftritten verbreitete sich jedes Mal wie ein Lauffeuer. Ich wurde fast so etwas wie ein Popstar.»

«Das klingt jetzt vielleicht nach einer etwas seltsamen Frage, aber wo war eigentlich Gott während dieser Zeit?», will ich wissen.

Auerbach lacht. «Das habe ich mich auch gefragt. Wenn ich heute zurückblicke, dann glaube ich, dass er damals zum ersten Mal resigniert hat. War das zwischen Ihnen beiden denn nie ein Thema?»

«Was meinen Sie?», frage ich irritiert.

«Ich meine, hat er nie erwähnt, dass er Probleme hat?»

«Wer? Abel Baumann?»

«Wie auch immer Gott sich genannt hat, als Sie ihm begegnet sind.»

Ich überlege. Abel hat in der Tat erzählt, dass er sich müde und irgendwie ausgebrannt fühle. Aber das geht Auerbach nichts an, finde ich.

Toni errät den Grund meines Schweigens. «Sie möchten nicht so gern über ihn reden, richtig? Kann ich nachvollziehen. Schließlich gibt es das Patientengeheimnis, und man muss es ja auch nicht gleich dem Teufel auf die Nase binden, wenn Gott in Schwierigkeiten steckt.»

Ich beschließe, seine Vermutungen im Raum stehen zu lassen. «Wie ging es denn im Mittelalter weiter?»

«In der Renaissance stellte sich heraus, dass die Schreckensherrschaft der Inquisition die Menschheit keinen Deut besser gemacht hatte. Eher im Gegenteil ...»

«Moment. Ich wusste gar nicht, dass die Hölle als Besserungsanstalt konzipiert war. Ich dachte, man würde da ewig schmoren.»

Auerbach nickt. «Das war ursprünglich auch so gedacht. Wir haben uns nur deshalb vorübergehend in den Dienst Gottes gestellt, weil wir darauf spekulierten, dass die Menschen irgendwann gegen einen unmenschlichen Gott aufbegehren würden. Und der Plan funktionierte.»

«Ich dachte, die Kirche wäre im Laufe des Mittelalters enorm mächtig geworden», sage ich.

«Richtig, aber danach erlebte sie einen rasanten Niedergang, der sogar bis zur Spaltung ging. Ich hatte es am Ende doch geschafft, das Vertrauen der Menschen in Gott zu erschüttern, und vielleicht auch das Vertrauen Gottes in die Menschen. Und damit hatte ich einen gewaltigen Etappensieg errungen. Die Idee, die Hölle auf die Erde zu verlegen, war geradezu ... visionär. Wir brauchten nicht länger eine komplexe Logistik, um Menschen ins Verderben zu stürzen, wir mussten sie nur dazu anzustacheln, sich gegenseitig das Leben zur Hölle zu machen. Das war leicht. Seitdem haben wir es deshalb nur noch so gemacht.»

«Wen meinen Sie eigentlich, wenn Sie sagen: wir?»

«Mein Team. Neben den vielen Büromitarbeitern, also Leuten mit Seelenverträgen, gab es einen Vorstand aus gefallenen Engeln mit mir als Vorsitzendem», erklärt Toni. «Im Zuge der Computerisierung habe ich die Angestellten nach und nach auf die Erde entlassen. Zum Schluss auch den Vorstand, der jetzt ein internationales Netzwerk bildet. Wie Sie sich denken können, sind wir auf allen Kontinenten höchst erfolgreich vertreten.»

Toni öffnet mit großer Geste die Arme. «Das hier ist alles, was von der Hölle übrig geblieben ist. Ab und zu kommt mal ein Techniker runter, um nach dem Rechten zu sehen. Aber das war es dann auch. Wir haben konsequent auf eine dezentrale Struktur umgestellt. Modernes Lean Management.»

«Sind auf allen diesen Rechnern Seelenverträge gespeichert?», will ich wissen.

«Auch», erwidert Toni. «Die wesentliche Aufgabe dieser Anlage ist jedoch das moderne Seelenmanagement. Wir haben Algorithmen entwickelt, um die Wiedergeburten effektiv zu steuern. Der Himmel schickt seine Leute zurück, damit sie Gutes tun, wir schicken unsere Leute zurück, damit sie das verhindern. So läuft das Spiel.»

«Hatte ich Sie schon gefragt, warum Sie das alles machen?»

Toni nickt. «Ja. Das haben Sie bereits.»

«Und was haben Sie geantwortet?»

«Dass ich meine Gründe habe.»

«Und Sie haben dem nicht noch etwas hinzuzufügen?»

Toni schüttelt amüsiert den Kopf.

«Und jetzt möchten Sie, dass ich Ihren Seelenvertrag unterzeichne, weil ich eine leere Hölle gesehen habe und Sie mir obendrein versichern, dass das Fegefeuer seit der Renaissance abgestellt ist.»

Auerbach nickt wieder. «Was haben Sie schon zu befürchten?»

«Ich könnte denken, dass Sie mir wesentliche Informationen vorenthalten. Immerhin sind Sie der Teufel, und wenn es stimmt, was man sich so über Sie erzählt, dann sollen Sie ganz schön hinterhältig sein.»

Er zeigt mir sein Raubtierlächeln. «Schön, dass Sie sich jetzt doch mit dem Gedanken anfreunden, dass ich wirklich der Teufel bin.»

«Gern geschehen.»

«Und Sie haben natürlich recht. Manchmal bin ich hinterhältig. Aber nur, wenn man sich nicht an meine Gebote hält. Ich finde, einen besseren Service bekommen Sie bei der Konkurrenz auch nicht geboten.»

«Und was passiert, wenn man sich nicht an Ihre Gebote hält?»

«Dieser Computer steuert die Wiedergeburten meiner Klienten. Kurz gesagt, kann er dafür sorgen, dass Sie in das erbärmlichste Leben hineingeboren werden, das Sie sich vorstellen können. In manchen Fällen tue ich das auch persönlich, weil mir sonst langweilig würde.»

«Hat Roberto eine solche … Spezialbehandlung bekommen?»

Toni schüttelt den Kopf. «Nein. Roberto ist ja noch nicht tot. Ich habe ihm lediglich eines jener Leben verpasst, das er hätte leben können, wenn er sich nicht für ein Dasein als Priester entschieden hätte. Wenn Sie so wollen, ist das eine Art Simulation. Ein Spiel mit den Möglichkeiten.»

«Obwohl er Ihnen seine Seele nicht verkauft hat, soviel ich weiß.»

Er lacht. «Im Fall von Roberto ist es eindeutig, dass er mir gehört. Oder glauben Sie im Ernst, der Himmel hätte

Interesse an einem Priester, der Drogen und Alkohol konsumiert, obendrein den Zölibat bricht und nichts von alldem bereut?»

«Und was ist das für ein Leben, das Roberto jetzt führt?», will ich wissen.

«Eines, wo es Alkohol und Drogen im Überfluss gibt», erwidert Auerbach mit einem diabolischen Grinsen.

«Kann ich vielleicht mit ihm sprechen?»

Auerbach überlegt kurz. «Ach, warum eigentlich nicht?» Er bückt sich zur Champagnerflasche und gießt mir den allerletzten Rest ein. «Trinken Sie.»

Als er mein fragendes Gesicht sieht, fügt er hinzu: «Ich bekomme Raum- und Zeitreisen auch ganz gut ohne Hilfsmittel hin, aber es macht einfach mehr Spaß, wenn man einen gezwitschert hat.»

Als ich das Champagnerglas wieder absetze, stehen wir vor einer Tür, an der ein Foto klebt. Es zeigt einen Mann, der dem vermissten Roberto wie aus dem Gesicht geschnitten ist. Allerdings trägt der Mittvierziger auf dem Foto keine Soutane, sondern einen blassblauen Anzug und ein weißes Rüschenhemd. Ich betrachte den Namen, der in geschwungenen Lettern unter dem Foto prangt.

«Dino Piccante?», frage ich ungläubig.

«Da hinten kommt sein Agent», sagt Auerbach. «Sagen Sie ihm einfach, dass Sie ein Freund von Dino sind. Adieu.»

«Moment …», sage ich, aber da ist Auerbach bereits verschwunden. Es scheint, als hätte ihn der Erdboden verschluckt.

«Guten Tag. Kann ich Ihnen vielleicht helfen?», fragt der Mann, den Auerbach gerade als Dinos Agent bezeichnet hat. «Sind Sie von der Presse?»

«Nein. Ein Freund», sage ich.

«Okay. Dann gehen Sie ruhig rein. Kann aber sein, dass er keine Zeit für Sie hat. Es geht ihm heute nicht besonders.» Geschäftig eilt der Mann weiter.

Ich klopfe.

«Eine Sekunde», höre ich die mir bekannte Stimme von Roberto sagen.

Ich warte ein paar Atemzüge lang, dann trete ich ein.

Ich stehe in einer heruntergekommenen Garderobe. Roberto sitzt vor dem Spiegel. Unter seiner Nase kleben Reste des Kokains, das er gerade inhaliert hat. Er sieht schwer verkatert oder wahlweise sehr verlebt aus.

«Hallo, Roberto», sage ich und versuche mein Erschrecken über seinen Anblick zu verbergen.

Er mustert mich durch den Schminkspiegel. «Kennen wir uns?»

«Natürlich kennen wir uns. Ich bin es. Jakob. Was machst du hier?»

«Jakob», wiederholt er. «Jakob, und wie weiter?»

«Jakob Jakobi. Wir haben vor ein paar Stunden noch miteinander gesprochen.» Ich erinnere mich an das seltsame Gespräch in der Krypta, und es durchzuckt mich der Gedanke, dass Roberto vielleicht wahnsinnig geworden sein könnte.

Er sieht mich argwöhnisch an. «Ich kenne keinen Jakob Jakobi. Und ich habe die letzten Stunden auf der Bühne verbracht. Außerdem heiße ich nicht Roberto.» Er zeigt auf ein an der Wand hängendes Plakat, auf dem er in ähnlicher Pose zu sehen ist wie auf dem Foto an seiner Garderobentür. «Dino Piccante. Freut mich, Ihre Bekanntschaft zu machen. Wenn Sie möchten, dann gebe ich Ihnen sehr gern ein Autogramm. Mehr kann ich momentan aber nicht für Sie tun, fürchte ich.»

«Erinnerst du dich an Eva?»

«Sie scheinen mich mit jemandem zu verwechseln.»

«Sie ist deine Assistentin.»

«Ich kenne keine Eva. Und ich habe keine Assistentin. Allerdings frage ich mich, wann ich Ihnen erlaubt habe, mich zu duzen.» Er klingt verärgert.

«Eva ist außerdem deine Geliebte», fahre ich unbeirrt fort.

«Raus mit der Sprache. Was sind Sie? Irgendein mieser Schnüffler? Hat meine Exfrau Sie geschickt?», fragt er aufgebracht.

«Erinnerst du dich wirklich an rein gar nichts, Roberto? Du bist Priester. Du hast eine Aufgabe. Du hast eine Gemeinde, die dich braucht.»

Erst jetzt dreht er sich zu mir um und schaut mir direkt in die Augen. Er wirkt amüsiert. «Ich habe eine Fangemeinde, die mich braucht. Zumindest sagt das mein Agent hin und wieder. Ich persönlich glaube nicht, dass ich für irgendjemanden auf diesem Planeten von Bedeutung bin. Aber das soll nicht Ihr Problem sein. Und jetzt lassen Sie mich bitte allein.»

Ich mustere ihn aufmerksam. In seinen Augen ist eine Verlorenheit zu sehen, die ich bei Roberto nie beobachtet habe. Ich begreife, dass meine Bemühungen umsonst sind.

«Entschuldigen Sie die Störung», sage ich. «Ich glaube, es handelt sich tatsächlich um eine Verwechslung.»

Er nickt, dann wendet er sich wieder seinem Schminkspiegel zu.

Auf dem Flur erwartet mich Toni Auerbach. «Na? Wie gefällt Ihnen meine moderne Interpretation der Hölle? Dino hasst seinen Job, er hasst die Drogen, und er hasst sich dafür, dass er von beidem nicht loskommt. Auf diese Weise hat er die einzige Frau verprellt, der er je etwas bedeutet hat. Und am Ende hasst er die nun auch noch.»

«Was wollen Sie, Toni? Dass ich Beifall klatsche, weil Sie einen Menschen, der ziemlich weit unten war, noch ein bisschen tiefer befördert haben?»

«Oh. Höre ich da etwa einen Hauch Verachtung?», fragt Auerbach mit gespielter Entrüstung.

«Nicht nur einen Hauch», erwidere ich verärgert.

Er zuckt mit den Schultern. «Eines Tages musste es mit Roberto so weit kommen. Selbst der Teufel hat irgendwann mal genug.»

«Und was jetzt? Wie geht es weiter? Schicken Sie ihn zurück in sein altes Leben, wenn Sie meine Seele bekommen?»

Toni überlegt. «Wozu? Ihre Seele bekomme ich spätestens dann, wenn ich Ihnen damit drohe, auch die schwangere Eva in ein anderes Leben zu befördern, oder etwa nicht?»

Er sieht mit zufriedenem Gesichtsausdruck, dass mir gleich der Geduldsfaden reißt. «Am Ende ist es gar nicht so leicht, dem Teufel zu widersagen, nicht wahr, Dr. Jakobi?»

«Freuen Sie sich nicht zu früh», bringe ich mühsam hervor. Ich muss mich bemühen, ruhig zu bleiben.

«Es besteht überhaupt kein Grund, das alles jetzt zu besprechen», sagt Toni geschäftsmäßig. «Außerdem bin ich sicher, dass wir eine Lösung finden werden, mit der alle Beteiligten leben können. Ruhen Sie sich erst mal ein bisschen aus, Jakob, und dann reden wir ganz entspannt über alles.»

Ich will erwidern, dass ich keine Lust habe, mit jemandem zu reden, der alles daransetzt, mich zu erpressen. Doch dazu komme ich nicht.

Plötzlich wird mir schwindlig, und ich spüre eine nahende Ohnmacht. Ich torkele durch den Gang und reiße auf der

Suche nach einem Halt einen Pappständer voller Werbebroschüren zu Boden.

Unsanft lande ich auf dem schmutzigen Laminatboden.

Von ferne höre ich Toni Auerbach sagen: «Schlafen Sie gut, Jakob.»

Es klingt wie eine Drohung.

15

Als ich wieder zu Bewusstsein komme, habe ich große Mühe, mich zu orientieren. Ich kann meine Umwelt nur verschwommen wahrnehmen, leide unter pochenden Kopfschmerzen, und mein Hals fühlt sich an wie ein Reibeisen. Wo, zur Hölle, bin ich nur?

Ich schließe die Augen, atme ein paarmal tief durch und öffne sie wieder. Erstaunt erkenne ich nun die Umrisse meines Schlafzimmers. Offensichtlich liege ich in meinem Bett. Gewöhnlich habe ich eine Flasche Wasser neben dem Nachttisch deponiert. Ich taste danach und werde fündig. Die Hälfte des Inhalts lasse ich mir in die Kehle, die andere Hälfte über den Kopf laufen. Erfrischt fühle ich mich danach zwar nicht, aber immerhin dem Leben wieder näher als dem Tode.

Nur langsam beginnt mein schmerzender Kopf zu arbeiten. Ich erinnere mich an das Treffen mit Toni, den Besuch in der Hölle und die Begegnung mit Roberto. War das alles ein Traum? Seltsam. Es kam mir vor, als hätte ich diese Dinge bei vollem Bewusstsein erlebt. Der Umstand, dass ich verkatert in meinem Bett liege, spricht natürlich eine völlig andere Sprache. Außerdem habe ich nicht den blassesten Schimmer, wo und mit wem ich gestern die Nacht zum Tag gemacht haben könnte.

Ich erinnere mich, dass Toni mir seinen Champagner regelrecht aufgedrängt hat. Kann es sein, dass das Zeug nicht so harmlos war, wie ich dachte? Vielleicht hat der teuflische Anton Auerbach sich im Krankenhaus Tabletten besorgt und mir damit einen höllischen Cocktail gemixt. Das würde auch erklären, warum ich mich gerade fühle, als wäre ich von einer Bisonherde überrannt worden.

Ich rolle mich leise stöhnend aus dem Bett und greife nach meinem Handy. Der Akku ist leer. Mühsam schleppe ich mich in die Küche, wo ich eine halbe Tüte Orangensaft in mich hineinlaufen lasse und außerdem mit Schrecken feststelle, dass es bereits halb elf ist.

Nachdem ich mein Handy ans Ladekabel gelegt habe, wähle ich die Nummer von Frau Kretzer. «Sorry. Ich bin heute etwas spät dran. Aber ich beeile mich. Versprochen.»

«Dr. Jakobi! Da sind Sie ja wieder!», ruft sie erstaunt in den Hörer. «Wir haben uns große Sorgen um Sie gemacht.»

«Was? Wovon reden Sie?»

«Immerhin waren Sie fünf Tage wie vom Erdboden verschluckt. Wo haben Sie denn nur gesteckt?»

Ich überlege einen Moment, kann aber nicht ganz folgen. «Welchen Tag haben wir denn heute?»

«Heiligabend», erwidert Frau Kretzer. «Geht es Ihnen gut? Was ist denn nur mit Ihnen passiert?»

«Ja, es geht mir gut», antworte ich und beschließe, meinen Höllenbesuch und meinen höllischen Kater nicht mit Frau Kretzer zu erörtern.

«Brauchen Sie Hilfe?», hakt sie nach.

«Nein, es ist wirklich alles in Ordnung», wiegele ich ab. «Ich musste nur überraschend für ein paar Tage verreisen. Und dann habe ich schlecht geschlafen und mich deshalb im Datum geirrt. Tut mir leid, dass Sie besorgt waren. Frohes Fest, Frau Kretzer.»

«Na, dann ist ja gut», sagt sie beruhigt. «Ihnen auch frohe Weihnachten, Dr. Jakobi.»

Ich schalte den Fernseher ein und überzeuge mich davon, dass tatsächlich Heiligabend ist. Ich muss also wirklich mehrere Tage geschlafen haben. Das spräche für meine Drogenthese. Ich überlege, welche Indizien noch darauf hindeuten könnten, dass Toni mich mit Betäubungsmitteln vollgestopft hat. Mir fällt die Begegnung mit Dino Piccante ein. Wenn sie nur Teil meiner Drogenerfahrung war, dann ist folglich auch dieser Sänger nur ein Hirngespinst.

Eine kurze Internetrecherche beweist mir zu meinem großen Erstaunen das Gegenteil. Dino Piccante existiert nicht nur, er ist auch jener Schlagersänger, den ich kennengelernt habe. Die Bilder im Internet bezeugen seine Vorliebe für blassblaue Anzüge mit Rüschenhemden und seine frappierende Ähnlichkeit mit Roberto Felice.

Während ich kalt dusche, um mich wieder auf Vordermann zu bringen, beschließe ich, Eva und Dino zusammenzubringen. Sie wird in ihm zweifellos ihren Geliebten erkennen. Und vielleicht kann sie sogar das Wunder vollbringen, Roberto daran zu erinnern, wer er wirklich ist.

Während ich mich anziehe, wird die Wohnungstür aufgeschlossen.

Valerie erscheint. Offenbar hat sie nicht erwartet, jemanden anzutreffen, denn sie wirkt erstaunt. «Nanu? Du bist hier.»

«Hallo, Valerie.»

«Angeblich wirst du seit Tagen vermisst.»

«Ich weiß. Aber das war nur ein Irrtum», erwidere ich. «Ich musste überraschend verreisen. Schön, dich zu sehen.»

Sie verzieht keine Miene. «Wenn du es wirklich schön findest, mich zu sehen, warum hast du dann nicht wenigstens mal kurz angerufen, nachdem du mit Karl gesprochen hattest?»

«Das wollte ich, aber …» Ich verstumme, weil ich nicht weiß, was ich ihr sagen soll. Dass ich ein paar Tage in der Hölle, wahlweise im Drogenrausch, verbracht habe, mir aber keinen Reim darauf machen kann, was eigentlich genau passiert ist?

«Du musst mir nichts erklären», sagt sie und legt den Schlüssel auf die Kommode. «Die Dinge haben sich inzwischen ohnehin geändert.»

Sie zieht einen Brief aus ihrer Handtasche und legt ihn behutsam zu dem Schlüssel. «Es steht alles hier drin.»

«Ich habe gerade ein bisschen viel um die Ohren», sage ich. «Ich wollte dich anrufen, wenn das alles vorbei ist.»

Sie will sich abwenden, hält dann aber doch inne. «Ich habe zufällig herausgefunden, dass Karl ebenfalls seine Seele verkauft hat. Meinetwegen. Stell dir das mal vor. Mein Mann paktiert mit dem Teufel, um unsere Ehe zu retten.» Sie schluckt die Tränen hinunter. «Ich weiß aus eigener Erfahrung, dass es ein großer Liebesbeweis ist, seine Seele zu riskieren, um …» Ihr versagt die Stimme.

«Valerie, bitte …», beginne ich, doch sie hebt die Hand, und diese Geste lässt mich sofort verstummen.

«Ich habe beschlossen, Karl eine zweite Chance zu geben, Jakob.»

Ich schweige.

Wieder schluckt sie, aber diesmal sind die Tränen stärker. «Er hat sich übrigens in deine Sekretärin verliebt. Eine unvorhergesehene Wendung der Ereignisse. Jetzt bin ich es, die um ihn buhlen muss. Und wer weiß? Mit ein bisschen Pech verliere ich am Ende alles. Dich. Ihn.» Sie lacht bitter, während ihre Tränen fließen. «Und meine Seele ist ja sowieso schon futsch.»

«Das alles tut mir wirklich sehr leid», sage ich.

Sie hat mir nur mit halbem Ohr zugehört. Gedankenversunken betrachtet sie ihren Brief, zieht ihn dann mit spitzen Fingern von der Kommode und lässt ihn in ihrer Tasche verschwinden. «Den nehme ich lieber wieder mit. Du weißt ja jetzt sowieso, was drinsteht. Und die kleinen Zärtlichkeiten, die mir beim Schreiben rausgerutscht sind, haben sich soeben erledigt.»

Sie zieht ein Taschentuch hervor und trocknet ihre Tränen. «Immerhin machst du mir diese ganze Sache dadurch etwas leichter, dass du so gar nicht um mich kämpfst.» Sie strafft sich. «Adieu, Jakob.»

Ohne sich noch ein weiteres Mal umzudrehen, verlässt sie die Wohnung.

Sie hat recht. Wir empfinden nicht das Gleiche füreinander. Und das kann ich nicht nur ihr gegenüber nicht länger verheimlichen, ich muss es auch mir selbst eingestehen. Manchmal ist die Wahrheit beschämend schlicht.

Ich will mir gerade Schuhe und Mantel anziehen, da klopft es an der Tür. Auerbachs Assistent Alfons in seiner feuerroten Livree will mich sprechen.

«Sie können Ihrem Boss ausrichten, dass ich noch ein Hühnchen mit ihm zu rupfen habe», sage ich grußlos.

Alfons reicht mir ein kleines, buntes Päckchen. «Zunächst einmal soll ich Ihnen das hier von Madame Jakobi geben. Sie wünscht Ihnen frohe Weihnachten und ein glückliches neues Jahr. Mögen sich alle Ihre Wünsche erfüllen.»

Ich öffne das Päckchen kurzerhand. Zum Vorschein kommt ein Schlüssel.

«Ich habe ihn gleich vor dem Haus geparkt», erklärt Alfons. «Ein silberner Porsche Cayenne mit grauen Ledersitzen. Fährt sich übrigens sehr geschmeidig.»

Ich bin versucht, ihm den Schlüssel gleich wieder zurückzugeben, weil ich es albern finde, dass meine Exfrau mir zu Weihnachten eine Luxuskarosse schenkt. Dann fällt mir jedoch ein, dass ich den Wagen angesichts der Witterung gut gebrauchen kann, und beschließe, mein Geschenk erst wieder zurückzugeben, wenn die Temperaturen etwas milder sind.

«Danke», sage ich. «Richten Sie ihr bitte aus, dass ich mich sehr gefreut habe. Und ich wünsche ebenfalls schöne Feiertage.»

Ich will die Tür schließen.

«Da ist noch etwas», sagt Alfons. «Toni lässt Ihnen sagen, dass Sie sich beeilen müssen, wenn Sie Dino Piccante noch erwischen wollen. In knapp zwei Stunden wird er für mehrere Wochen nach Bali fliegen. Ein Treffen mit ihm wird sich dann zumindest vorerst etwas schwierig gestalten.»

Ich frage mich zwar in diesem Moment, woher Toni Auerbach von meinen Plänen weiß, habe aber keine Zeit, darüber nachzudenken. «Wissen Sie, von wo er fliegt? Und wann genau?»

Alfons reicht mir einen Zettel. «Die exakten Flugdaten. Mit besten Grüßen von Toni.»

Ein luxuriöser Geländewagen hat den unschätzbaren Vorteil, dass man praktisch keine Rücksicht auf die Witterung nehmen muss. Mein Weihnachtsgeschenk mit Allradantrieb pflügt durch Eis und Schnee, als würde es überhaupt keinen Berliner Winter geben. Ich erzähle Eva auf dem Weg zum Flughafen von meinen nächtlichen Erlebnissen mit Toni Auerbach und der seltsamen Begegnung mit Dino Piccante. Sie hört zu, verzieht jedoch keine Miene, als ich ihr davon erzähle, dass Roberto im Körper eines unglücklichen Schlagersängers gefangen ist. Es scheint, als würde sie zwar hoffen, ihren Geliebten wiederzusehen, aber nicht so recht daran glauben.

Ich entdecke Dino Piccante auf einer Bank in der Abflughalle. Der Check-in hat gerade erst begonnen. Dino wartet offenbar darauf, dass die Schlange vor dem Schalter kürzer wird.

«Gehen Sie erst einmal allein zu ihm», sage ich zu Eva. «Ich warte hier. Wenn es jemanden gibt, der Roberto aus seinem momentanen Bewusstseinszustand befreien kann, dann sind Sie es.»

Eva schaut sich suchend um. «Wo ist er denn?»

Ich bin erstaunt, dass sie ihn nicht längst entdeckt hat.

«Da drüben», sage ich und deute mit dem Kopf in die entsprechende Richtung.

Sie schaut hin und mustert den Mann eine Weile.

«Haben Sie nicht gesagt, dass er Roberto ähnlich sieht?», fragt sie.

«Ja. Ich finde, die beiden könnten Zwillingsbrüder sein», antworte ich. «Sehen Sie das denn nicht?»

«Ehrlich gesagt, nein», erwidert sie. «Im Gegenteil. Für mich hat dieser Mann nicht die geringste Ähnlichkeit mit Roberto.»

Bass erstaunt schaue ich zu Dino, der mich nun ebenfalls wahrnimmt.

Er steht auf und kommt langsam auf uns zu.

«Jakob Jakobi, nicht wahr? Haben Sie es sich anders überlegt? Möchten Sie jetzt doch ein Autogramm?»

Er bemerkt Eva. «Dino Piccante. Musiker. Und mit wem habe ich das Vergnügen?»

«Eva Christen», erwidert Eva und gibt ihm die Hand.

«Eva?», wiederholt Dino und sieht mich an. «Etwa die Eva, die meine Geliebte sein soll?» Er grinst amüsiert.

Eva wirft mir einen düsteren Blick zu.

Ich schaue die beiden abwechselnd an. Ich könnte schwören, Roberto und Eva vor mir zu haben. Aber ich scheine der Einzige zu sein, der das so sieht. Ich ahne, dass es sinnlos ist, nach den Gründen dafür zu suchen. Die kann mir wohl nur Toni Auerbach nennen.

«Es war alles nur ein Irrtum», sage ich, um die Situation zu entschärfen. «Und ich wollte mich deshalb noch einmal bei Ihnen dafür entschuldigen, dass ich Sie einfach so in Ihrer Garderobe überfallen habe.»

Dino ist anzusehen, dass er mir die Geschichte nicht abkauft. Dennoch gibt er sich generös. «Kein Ding. Wir machen ja schließlich alle Fehler.»

Er nickt Eva zu. «Hat mich gefreut.»

Dann schlendert er zu seinem Gepäck zurück.

Eva sieht ihm hinterher.

«Das ist nicht Roberto», sagt sie dann. «Ich schwöre, das ist nicht Roberto.

Ich treffe den blendend gelaunten Toni Auerbach in seiner Suite, wo er gerade damit beschäftigt ist, einen Berg von Weihnachtsgeschenken einzupacken. «Ellen möchte mich ihrer Familie und ein paar Freunden vorstellen. Das bedeutet mir sehr viel. Es ist Ihnen doch recht, wenn ich hier nebenbei ein bisschen weitermache, oder?»

Wie üblich versucht er mit seiner nonchalanten Art vom eigentlichen Thema abzulenken, denke ich. «Ich war gerade mit Eva am Flughafen, aber sie hat Roberto leider nicht erkannt. Wie haben Sie das angestellt?»

Auerbach zeigt mir die Zähne. «Sie möchten also gleich übers Geschäft sprechen. Ganz, wie Sie meinen. Ich kann das hier ja auch später noch erledigen. Darf ich Ihnen vielleicht einen Drink anbieten?»

Ich winke ab.

«Gut. Kommen wir gleich zur Sache. Eva hat ihren geliebten Roberto am Flughafen nicht erkennen können, weil Sie der einzige Mensch sind, der in Dino Piccante den Priester Roberto Felice sehen kann. Allen anderen Menschen erscheint der Schlagersänger wie auf diesem Bild.»

Auerbach reicht mir eine Autogrammkarte, auf der ein übergewichtiger Mittfünfziger mit schütterem Haar und schwülstigem Blick zu sehen ist. Ich erkenne nicht nur den blassblauen Anzug und das Rüschenhemd wieder, sondern auch den Schriftzug: Dino Piccante. Anzug, Hemd und Name sind aber auch die einzigen Dinge, die der Mann auf dem Foto mit jenem Dino Piccante gemein hat, dem ich begegnet bin.

«Es ist eine Art Verblendung», erklärt Auerbach. «Eine sehr wirksame teuflische Maßnahme. Und die Menschen machen es mir leicht, ihnen etwas vorzugaukeln, weil sie ohnehin nur das sehen, was sie sehen wollen.»

Kommentarlos gebe ich ihm die Karte zurück. «Apropos Verblendung. Haben Sie mir Drogen ins Glas gekippt? War ich deshalb fünf Tage lang bewusstlos?»

Auerbach zuckt mit den Schultern. «Nichts weiter als ein kleiner Warnschuss. Ich wollte Ihnen zeigen, dass ich auch anders kann, und Ihnen damit die Entscheidung erleichtern, mit mir ins Geschäft zu kommen.»

Er zeigt auf die Kommode, wo ein Füllfederhalter und ein Vertrag bereitliegen. «Wenn Sie sofort unterschreiben, dann garantiere ich, dass Roberto und Eva den heutigen Abend gemeinsam verbringen werden. Sie würden mit Ihrer Unterschrift also ein kleines Weihnachtswunder vollbringen. Wäre das nicht herzallerliebst?»

«Was bieten Sie mir sonst noch an?», frage ich.

Er grinst breit. «Nichts weiter. Ich habe Ihnen äußerst großzügige Angebote gemacht, aber die mussten Sie ja alle ausschlagen. Das war vielleicht ein bisschen voreilig von Ihnen, um nicht zu sagen: arrogant. Jetzt hat sich das Blatt zu meinen Gunsten gewendet. Deshalb biete ich Ihnen heute das kleine Familienglück von Eva und Roberto im Tausch für Ihre Seele an.» Er macht eine Kunstpause. «Und basta. Das war's.»

«Das klingt nicht sehr kulant», erwidere ich. «Schade. Ich hätte nicht gedacht, dass Sie so kurz vor dem Ziel noch knauserig werden.»

Er zuckt mit den Schultern. «Es ist eher eine Frage der Machbarkeit.»

«Gut. Möchten Sie trotzdem hören, wie ich mir unseren Deal vorstelle?»

Auerbach nickt amüsiert und verschränkt entspannt die Arme vor der Brust. «Aber bitte. Nur zu.»

«Punkt eins: Wo auch immer Roberto gerade steckt – ich möchte, dass Sie ihn zurückholen. Und das sofort. Punkt zwei: Ich möchte, dass Sie mich in Ruhe lassen. Nehmen Sie Ihren Vertrag, und verschwinden Sie aus meinem Leben. Und das ebenfalls sofort.»

«Und warum sollte ich das tun?», fragt er.

«Ich habe Sie nicht gerufen», erwidere ich. «Ich wollte nie mächtig oder berühmt sein. Und Millionär wollte ich schon gar nicht werden. Warum lassen Sie mir also nicht einfach meine Seele und meinen Seelenfrieden und fahren einfach wieder zur Hölle – oder wohin auch immer?»

Auerbach sieht mich eine Weile an, dann nickt er. «Ich verstehe Sie sehr gut, Jakob. Wirklich. Und Sie sind auch nicht der Erste, der mich darum bittet, ihn in Ruhe zu lassen. Es ist ja nun einmal so, dass ich nie gerufen werde. Wenn überhaupt, dann rufen die Menschen nach Gott. Kaum jemand möchte, dass der Teufel ihn heimsucht. Im Grunde jedoch ist die Lösung all unserer Probleme sehr simpel. Unterschreiben Sie den Vertrag, und im nächsten Moment bin ich verschwunden.»

«Nein», erwidere ich ungerührt. «Ich verlange, dass Sie meine Forderungen ohne eine Gegenleistung erfüllen.»

Ein kurzes Schweigen.

«Sonst was?», fragt Auerbach mit arrogantem Lächeln.

Ich atme kurz durch. «Sonst lasse ich Sie in die geschlossene Abteilung einer psychiatrischen Klinik einweisen. Und zwar jetzt sofort.»

Auerbach lässt verblüfft die Arme sinken.

«Draußen warten zwei Beamte. Ein Wort von mir genügt, und der Heiligabend, der Ihnen so viel bedeutet, mit Ellen im Kreise ihrer Freunde und Verwandten, hätte sich erledigt. Sie würden Weihnachten stattdessen allein und in einem nicht ganz so festlichen Rahmen verbringen müssen.»

Jetzt bin ich es, der die Arme vor der Brust verschränkt. Mit ernster Miene füge ich hinzu: «Aber warum soll es Ihnen an den Feiertagen besser gehen als dem armen Roberto?»

«Ist das Ihr Ernst?», fragt Auerbach verblüfft. «Am Ende halten Sie mich doch nur für einen armen Irren?»

«Nein. Ehrlich gesagt, weiß ich nicht, was ich glauben soll. Fest steht, dass Roberto verschwunden ist. Und Sie machen keinen Hehl daraus, dass Sie etwas damit zu tun haben. Ob Sie nun ein Mensch mit psychischen Problemen sind, der mich erfolgreich manipuliert, oder der Teufel höchstpersönlich, ist zweitrangig. Ich würde den Kampf in jedem Fall aufnehmen, um Roberto zu helfen.»

«Und Sie haben keine Angst, dass ich Ihnen ähnlich übel mitspielen könnte wie Ihrem Freund?», fragt er lauernd. «Sie haben selbst gesagt, dass dem Teufel einige unangenehme, um nicht zu sagen: gefährliche Charaktereigenschaften zugeschrieben werden.»

«Doch», gebe ich zu. «Selbstverständlich habe ich Angst. Aber mir fällt momentan nichts Besseres ein, als mich mit Ihnen anzulegen. Wenn Sie der Teufel sind, dann werde ich sowieso dafür büßen, dass wir uns jemals begegnet sind, ganz gleich, ob ich nun unterschreibe oder mich zumindest noch eine Weile gegen Sie wehre. Ich finde, unter diesen Voraussetzungen kann ich mein Glück zumindest mal versuchen.»

Toni nickt anerkennend. «Okay. Das leuchtet ein.»

«Heißt das, wir finden doch einen Kompromiss?», frage ich hoffnungsfroh.

Er überlegt eine Weile, dann schüttelt er langsam den Kopf. «Nein. Ich denke, Sie können jetzt Ihre Leute reinholen.»

Ich stutze. «Wie? Sie wollen tatsächlich eingeliefert werden?»

Er schüttelt den Kopf. «Von wollen kann überhaupt keine Rede sein. Aber auch mir bleibt keine Wahl. Ich habe ebenfalls Prinzipien.»

Ich zögere.

«Na los», sagt er. «Lassen Sie die Spiele beginnen, Dr. Jakobi. Ich verspreche Ihnen auch, ich werde niemanden mit Schlaflosigkeit, dunklen Gedanken oder üblen Hautkrankheiten schlagen, ich werde keine Flüche oder Verwünschungen ausstoßen und keinen Schwefelgestank verbreiten.»

«Wie kommt's?», frage ich. «Ich hätte geschworen, der Teufel würde vor Wut Gift und Galle spucken, wenn man versucht, ihn einzusperren.»

Auerbach lächelt matt. «Wie schon gesagt, auch der Teufel hat lernen müssen, mit der Zeit zu gehen.»

Ich öffne die Tür zum Flur. Sekunden später erscheinen zwei Uniformierte.

«Kann ich noch kurz ein paar Sachen packen?», fragt Toni.

«Es erstaunt mich ein wenig, dass Sie nicht vorbereitet sind», erwidere ich.

«Tja. Manchen Menschen gelingt es, selbst den Teufel zu überraschen.» Er will sich abwenden, hält aber inne. «Darf ich Ellen kurz anrufen?»

Ich nicke. «Ja. Dürfen Sie.»

Als ich Ellens Gesicht im Display der immer noch defekten Videoüberwachung sehe, stelle ich mich auf eine ruppige Diskussion ein. Beim Öffnen der Wohnungstür reiche ich ihr den Schlüssel für den Geländewagen.

«Ich wollte ihn sowieso nicht behalten», sage ich. «Und das mit Toni tut mir leid, aber ich habe keine andere Möglichkeit gesehen.»

Ellen betrachtet den Schlüssel in ihrer Hand, dann sieht sie mich an. «War es wirklich nötig, ihn ausgerechnet an Heiligabend einzuweisen?»

Ich bin erstaunt. Sie wirkt überhaupt nicht aggressiv. Da ist vielmehr eine Mischung aus Melancholie und Sorge in ihren Augen zu sehen.

«Toni provoziert mich, seitdem wir uns zum ersten Mal begegnet sind. Die Einweisung war die einzige Möglichkeit, ihm Paroli zu bieten. Außerdem weigert er sich, mit mir zu kooperieren.»

«Nimm es mir nicht übel, Jakob. Aber du klingst gerade nicht wie ein besorgter Therapeut. Eher wie ein … Rivale.»

«Toni macht mir das Leben schwer, wo er kann. Es ist nicht leicht, freundschaftliche Gefühle für ihn zu entwickeln.»

Sie mustert mich. «Aber du glaubst hoffentlich nicht, dass er tatsächlich der Teufel ist, oder?»

Ich zögere einen winzigen Moment. «Nein. Eigentlich nicht.»

«Aber ganz sicher bist du dir nicht», hakt sie nach.

Ich seufze. «Ich habe auch nicht geglaubt, dass Abel Baumann tatsächlich Gott ist, und hatte dennoch immer wieder meine Zweifel. Und die habe ich bis heute.»

Sie verzieht den Mund zu einem spöttischen Lächeln. «Das klingt ein bisschen so, als müsstest eigentlich du da sein, wo Toni jetzt ist.»

Ich zucke mit den Schultern. «Was für meine Theorie spräche, dass am Ende niemand wirklich Bescheid weiß. Natürlich kann ich mich irren.»

Sie überlegt. Dann nickt sie und legt den Autoschlüssel zurück auf die Kommode. «Ich habe nicht vor, mein Geschenk zurückzufordern. Und ich bin auch nicht hier, um dir Vorwürfe zu machen.»

«Was willst du dann?», frage ich.

«Dich um etwas bitten. Kannst du es arrangieren, dass Toni und ich den heutigen Abend zusammen verbringen? Wenn es nicht anders geht, dann feiern wir eben zu zweit in der Klinik Weihnachten.»

Ich bin erstaunt, dass die sonst so auf Stil und Luxus bedachte Ellen sich ohne Murren in die Situation fügt, nur um heute bei Toni zu sein.

Sie wertet mein Schweigen als Ablehnung.

«Bitte», fügt sie hinzu.

Ich nicke. «Ich rufe in der Klinik an und sage Bescheid, dass du kommst.»

Sie gibt mir einen Kuss auf die Wange. «Danke.»

Ellens Besuch lässt meine Laune auf den Nullpunkt sinken. Ich fühle mich schlecht, weil ich mir im Fall von Toni Auerbach nur durch eine Brachiallösung zu helfen wusste. Außerdem habe ich nicht die leiseste Ahnung, ob meine Entscheidung die Situation insgesamt zum Besseren wenden oder vielleicht sogar verschlimmern wird.

Ich spüre, dass ich hungrig bin. Im Kühlschrank ist kaum etwas Essbares zu finden. Immerhin umfasst mein Vorrat ein paar Flaschen Wein. Während ich eine davon entkorke, treibe ich im Internet einen Pizzaservice auf, der an Heiligabend liefert. Dann lege ich mich aufs Bett und starre so lange an die Decke, bis es klingelt.

Ich erwarte, das Gesicht eines gebeutelten Pizzaboten im Display der Videoüberwachung zu sehen. Doch stattdessen erscheint ein Stück Papier. Jemand hält einen Briefumschlag in die Kamera. Die Aufschrift lässt mir das Blut in den Adern gefrieren: Für Jakob Jakobi von Abel Baumann.

16

Hinter dem Briefumschlag kommt das müde Gesicht von Herrn Takahashi zum Vorschein. Langsam lässt er das Papier sinken und wartet.

Ich betätige den Türöffner und mache mich auf den Weg ins Erdgeschoss, denn es interessiert mich brennend, was Abel Baumann mir mitzuteilen hat.

Auf halbem Weg kommt mir Takahashi entgegen.

«Jemand hat den unter der Ladentür durchgeschoben», sagt er und drückt mir seinen Fund in die Hand.

«Danke», erwidere ich erfreut und betrachte den Umschlag von beiden Seiten. Es steht keine Adresse darauf. Seltsam.

Takahashi registriert, dass ich verwundert bin. «Alles okay?»

«Ja. Ich habe mich nur gerade gefragt, woher Sie wissen, wo ich wohne.»

Da ist es wieder, sein müdes Lächeln. «An jenem Morgen, als Sie halb erfroren in meinem Laden lagen, da wollte ich Ihnen doch einen Krankenwagen rufen. Erinnern Sie sich?»

Ich nicke. «Ja. Und?»

«Ich hatte deshalb Ihre Brieftasche durchsucht und Ihre Personalien aufgeschrieben. Ich dachte, die im Krankenhaus würden vielleicht danach fragen.»

«Aha. Verstehe.»

«Ein glücklicher Zufall, wenn Sie mich fragen, denn sonst hätten Sie Ihren Brief nie bekommen. Ich vermute, dieser Abel Baumann hat Sie in meinem Laden gesehen. Er dachte, ich würde Ihnen den Brief bei Ihrem nächsten Besuch geben. Dummerweise wäre dieser Plan fehlgeschlagen. In ein paar Tagen gehe ich nämlich zurück nach Japan, und das für immer. Den Laden habe ich deshalb schon geschlossen.»

«Sehr nett, dass Sie sich die Mühe gemacht haben», sage ich und denke, dass ich mich bei Herrn Takahashi ohnehin mit einem kleinen Weihnachtsgeschenk für seine großzügige Hilfe hätte bedanken können. Zu spät.

Er winkt ab. «Keine Ursache. Wie schon gesagt, ich bin Buddhist. Und auch für uns gilt: Wer immer strebend sich bemüht, den können wir erlösen.»

Ich stutze. «War das jetzt Schiller oder doch wieder Elvis Presley?»

Takahashi lächelt milde. «Goethe.» Der freundliche Asiate reicht mir die Hand. «Machen Sie es gut, Jakob Jakobi.»

Ich erwidere den Händedruck.

«Danke für alles, was Sie für mich getan haben», sage ich. «Das werde ich Ihnen nie vergessen. Und viel Glück in Japan.»

Er nickt und geht die Treppe hinab. Wenig später hört man die Haustür ins Schloss fallen.

Nachdenklich steige ich die Stufen zu meiner Wohnung hinauf.

Dort angekommen, lege ich Abel Baumanns Brief auf den Küchentisch und bereite mir einen starken, doppelten Espresso.

Lange hat Gott geschwiegen, denke ich, als ich den Briefumschlag öffne. Ob er mir jetzt endlich zumindest einen kleinen Hinweis darauf geben will, was ich mit Toni Auerbach anstellen soll?

Der Umschlag enthält eine Weihnachtskarte, deren Vorderseite das Foto einer malerischen Winterlandschaft ziert. Auf der Rückseite steht: Frohe Weihnachten und ein glückliches neues Jahr wünscht Dir, lieber Jakob, Dein Abel.

Das ist alles. Mehr gibt der Umschlag nicht her, obwohl ich ihn gründlich durchsuche.

Minutenlang starre ich ratlos auf Abels Weihnachtskarte. Nach längerem Grübeln komme ich auf die etwas abwegige Idee, dass auf dem Foto der Winterlandschaft ein Hinweis versteckt sein könnte. Ich treibe eine Lupe auf und betrachte das Bild Millimeter für Millimeter. Aber auch hier ist kein Zeichen Gottes zu finden.

Während ich mir das Gehirn darüber zermartere, was Abel Baumann mir mit diesem Brief mitteilen will, denke ich an sein Faible für unerwartete Auftritte. Und schlagartig wird mir klar, warum mir der Besuch von Herrn Takahashi irgendwie seltsam vorkam. Was mich irritiert hat, war die Tatsache, dass Takahashi den Brief von Abel Baumann wortlos in die Kamera gehalten hat. Es mag ja sein, dass er weiß, wo ich wohne, weil er sich meine Adresse notiert hat. Aber das erklärt noch lange nicht, warum er offenbar ebenfalls gewusst hat, dass meine Gegensprechanlage defekt ist. Er hätte also versuchen müssen, verbal mit mir Kontakt aufzunehmen.

Langsam sickert in mein Bewusstsein, dass Gott sich schon seit geraumer Zeit in meiner unmittelbaren Nähe aufhält. Diesmal nicht im Körper von Abel Baumann, sondern in Gestalt eines ebenso freundlichen wie erschöpften Asiaten. Gott hat mir also nicht nur das sehnlichst erhoffte

Zeichen geschickt, sondern sich sogar die Mühe gemacht, persönlich vorbeizuschauen.

Während ich mich noch darüber wundere, dass ich diese Möglichkeit nicht früher in Erwägung gezogen habe, bin ich bereits im Flur und ziehe meinen Mantel an. Je intensiver ich darüber nachdenke, dass Takahashi und Abel Baumann ein und dieselbe Person sind, desto klarer werden mir plötzlich die Zusammenhänge. Meine nächtliche Rettung vor dem Kältetod war ebenso wenig ein Zufall wie das wundersame Verschwinden der Stigmata. Nicht Robertos Exorzismus hat mich geheilt, sondern Takahashis Tee. Außerdem hätte mir die Schwäche des Japaners für Philosophie auffallen können. Auch Abel konnte begeistert und stundenlang diskutieren und theoretisieren.

Nach einem kurzen Marsch durch dichtes Schneetreiben stehe ich vor dem hell erleuchteten Schaufenster von Takahashis Laden.

Ich trete ein und schüttele mir den Schnee von Kopf und Schultern.

Takahashi erscheint und stutzt, als er mich sieht.

«Ich wünsche dir ebenfalls frohe Weihnachten», sage ich. «Du hättest mir übrigens auch einfach sagen können, dass du es bist.»

Er grinst breit. Seine chronische Müdigkeit scheint für einen Moment wie weggeblasen. «Freut mich, dass du es einrichten konntest, Jakob. Ich habe mich schon gewundert, dass gerade du den Wald vor lauter Bäumen nicht siehst. Erstaunlich.» Er blickt hinaus ins dichte Schneetreiben. «Aber ich vermute, das liegt an … ihm, oder?»

«Du meinst Toni Auerbach?», frage ich.

Takahashi nickt. «Wir beide hatten schon etliche Namen. Belassen wir es in seinem Fall doch einfach bei: der Teufel.»

«Der Teufel», wiederhole ich langsam. «Er ist es also wirklich.» Ich meine das zwar als Feststellung, aber es klingt wohl mehr wie eine Frage, denn Takahashi merkt auf.

«Ja. Wenn es mich gibt, warum soll es ihn dann nicht auch geben?»

«Ehrlich gesagt, hatte ich gehofft, das Gute könnte ohne das Böse auskommen», sage ich.

«Das ist ja vielleicht auch möglich», erwidert Takahashi. «Aber nach Lage der Dinge gibt es nun einmal nicht nur mich, sondern auch ihn. Und wenn man sich die Welt so ansieht, dann finde ich es einleuchtend, dass der Teufel existiert. Ich will ihm zwar nicht alles in die Schuhe schieben, was auf der Erde schiefläuft, aber ich glaube, er hat einen großen Anteil daran, dass diese Welt, wie soll ich sagen, gravierende atmosphärische Störungen hat. Irgendwie schafft er es immer wieder, gute Energie in schlechte zu verwandeln.»

Takahashi sieht mir an, dass ich nicht ganz verstehe, was er meint.

«Im Grunde ist die Sache sehr einfach. In demselben Maße, in dem ich das Blickfeld eines Menschen erweitern kann, vermag der Teufel es zu verengen», erklärt Takahashi. «Der Leibhaftige setzt den Menschen Scheuklappen auf, weil er ihnen vorgaukelt, dass damit die Angst vor den angeblichen Gefahren des Weges verschwindet. In Wahrheit sind es aber die Scheuklappen, die die Angst auslösen. Doch das begreifen die meisten Menschen nicht. Sie glauben mit der Zeit sogar, dass links und rechts des Weges Dämonen lauern, und wünschen sich sehnlichst, man möge ihr Gesichtsfeld noch weiter einschränken. Dabei kann man die Angst nur überwinden, indem man die Scheuklappen einfach absetzt und auf den Himmel und sich selbst vertraut.»

Ich lasse Takahashis Worte eine Weile auf mich wirken.

«Ich werde das komische Gefühl nicht los, dass deine Fabel mich betrifft», sage ich dann. «Glaubst du etwa, ich trage Scheuklappen? Und hätte ich deiner Meinung nach den Teufel nicht einsperren sollen?»

«Hast du es denn aus Angst getan?», fragt Takahashi listig.

«Auch. Aber nicht nur», entgegne ich ehrlich. «Aber du hast meine Frage nicht beantwortet.»

«Du hast recht. Meiner Meinung nach war es ein Fehler, ihn einzusperren», sagt Takahashi. «Außerdem, was willst du damit bezwecken? Wenn der Teufel es darauf anlegt, dann ist er im Handumdrehen wieder draußen. Du kannst ihn nicht einfach so aus dem Verkehr ziehen. Und das wäre nebenbei auch nicht gut für das Gleichgewicht der Welt.»

«Sehe ich das richtig, dass Gott gerade Partei für den Teufel ergreift?», frage ich und bin selbst überrascht von dieser Möglichkeit.

Takahashi zuckt mit den Schultern. «Es geht hier doch nicht um die Frage, wer für wen Partei ergreift, Jakob. Und es geht auch nicht um eine Debatte über Recht oder Unrecht ...»

«Jetzt bin ich aber neugierig. Worum geht es dann?», frage ich.

«Für mich geht es schlicht um Kontinuität», antwortet Takahashi. «Ich kenne den Teufel schon ewig und kann ihn deshalb einigermaßen einschätzen. Selbst wenn es dir gelänge, ihn aus dem Verkehr zu ziehen, was würde der Welt als Nächstes blühen? Wer würde seinen Platz einnehmen? Vielleicht wäre ein kommender Teufel noch viel schlimmer als der, den du kennengelernt hast.»

«Ja. Vielleicht aber auch nicht», gebe ich zu bedenken.

Takahashi zuckt mit den Schultern. «Reden wir nicht davon, was ich glaube. Worum geht es dir bei der ganzen Sache?»

«Ich möchte nur meinen Frieden», sage ich. «Das weiß der Teufel auch. Aber er will mich einfach nicht in Ruhe lassen.»

«Wenn du deinen Frieden willst, dann musst du den Teufel nicht bekämpfen, sondern mit ihm Frieden schließen», erklärt Takahashi.

«Und wie soll ich das deiner Meinung nach machen?», frage ich. «Er beharrt auf seinem Vertrag. Soll ich ihm etwa meine Seele verkaufen, damit er mich endlich in Ruhe lässt?»

Takahashi lacht. «Es ist unglaublich, dass er die Leute mit diesem uralten Trick immer noch ins Bockshorn jagt. Glaubst du denn wirklich, dass ein Mensch seine Seele verkaufen kann, Jakob Jakobi?»

«Etwa nicht?», frage ich völlig baff.

«Jedenfalls nicht durch einen simplen Vertrag. Es gibt sicher Menschen, die ihr Seelenheil für Geld, Ruhm, Macht oder irgendeinen anderen Quatsch aufs Spiel setzen. Die meisten wissen aber im tiefsten Grunde ihres Herzens, dass man eine Seele nicht verkaufen, sondern allenfalls verschenken kann.»

Er macht eine Kunstpause und sieht mir tief in die Augen. «Und du weißt das auch, Jakob. Am Ende kommt es nur darauf an, woran man sein Herz hängt. Denn da will auch die Seele sein.»

«Du tust so, als wäre er nur ein bisschen lästig. Tatsache ist jedoch, dass der Teufel nicht nur reihenweise Leute manipuliert hat», gebe ich zu bedenken. «Er hat auch Roberto verschwinden lassen. Und jetzt steht zu befürchten, dass Eva eine traurige alleinerziehende Mutter ohne finanzielle Perspektive wird.»

«Gab es nicht das Angebot, dass Roberto auf freien Fuß

kommt, wenn du dem Teufel deine Seele versprichst?», fragt Takahashi.

«Ja. Das schon», erwidere ich. «Aber Robertos Verschwinden ist eben nicht die einzige Sache, die in Ordnung gebracht werden müsste. Was ist mit Frau Kretzer? Sie ist unglücklich darüber, den Vertrag unterschrieben zu haben, und hätte ihre Seele gern zurück. Ich kann ihr schlecht erklären, dass es sich nur um eine Formalität handelt. Und was ist mit Valerie? Der Teufel hat ihre Seele kassiert und ist seinen Teil des Vertrags schuldig geblieben. Und schließlich wäre da noch Ellen. Möglich, dass sie schon sehr bald von Auerbach schwanger wird. Nach meiner Logik würde sie dann im kommenden Jahr den Antichrist gebären.»

Takahashi lächelt milde. «Ellen ist bereits schwanger, Jakob. Also wird sie tatsächlich ein Kind des Teufels zur Welt bringen.»

«Es sieht aus, als würde dich das überhaupt nicht beunruhigen», stelle ich fest.

«Tut es auch nicht. Es gibt auf der Welt mehr Antichristen, als ich zählen kann. Und nur in einigen Fällen kann ich das dem Teufel ankreiden. Die Menschen können frei zwischen Himmel und Hölle wählen, und oft geschieht das ganz ohne unser Zutun. Am Ende wird es auch im Fall von Ellen deshalb nicht darum gehen, wer der Vater des Kindes ist, sondern ob dieses Kind genügend Fürsorge und Zuwendung bekommt, um ein liebevoller Mensch zu werden.» Takahashi registriert amüsiert, dass ich gerade nicht weiß, was ich darauf erwidern soll. «Und was die anderen Punkte betrifft, da würde ich einfach mal mit dem Teufel reden. Vielleicht kannst du dich ja mit ihm einigen.»

Langsam realisiere ich, dass ich offenbar gerade als eine Art Unterhändler Gottes eingesetzt werde. Dabei habe ich keine Ahnung, wie ich Toni Auerbach überhaupt an den Verhandlungstisch kriegen soll, nachdem ich gerade erst dafür gesorgt habe, dass er ausgerechnet am Heiligen Abend in einer psychiatrischen Klinik gelandet ist.

Takahashi errät meine Gedanken. «Die Welt ist nicht perfekt, Jakob. Wir alle tun nur unser Bestes. Mehr kannst auch du nicht tun. Rede also mit dem Teufel, und alles Weitere wird sich finden. Wenn du mich fragst, dann ist es ihm Triumph genug, dass du ihn überhaupt zu einem Gespräch bittest. Und vielleicht ist er kompromissbereiter, als du denkst.»

Draußen hört man den Wind pfeifen. Ich muss lächeln, denn ich erinnere mich an eine nächtliche Zugfahrt mit Abel Baumann, die bei ähnlichen Witterungsverhältnissen stattfand. «Wenn ich daran denke, dass du vor rund drei Jahren ein grüblerischer Melancholiker warst, dann muss ich zugeben, dass deine neue Lässigkeit ein großer Schritt nach vorn ist.»

Er lächelt ebenfalls. «Vielleicht hatte ich damals einfach nur einen sehr guten Therapeuten.»

«Man kann es allerdings auch als Warnsignal deuten, dass Gott den Teufel dermaßen in Schutz nimmt, wie du es gerade tust», unke ich launig.

Takahashi zuckt mit den Schultern. «Wir haben alle unsere Gründe, Jakob.»

Ich merke auf, weil mir der Satz bekannt vorkommt. «Was willst du damit sagen?»

Er ignoriert meine Frage. «Da ist noch etwas. Der Porsche, den Ellen dir geschenkt hat, den willst du ihr nicht wirklich zurückgeben, oder?»

«Doch. Eigentlich hatte ich das vor.»

«Es wäre aber sinnvoller, den Wagen zu verkaufen und das Geld jemandem zu geben, der es wirklich nötig hat.

Ich meine, Ellen besitzt mehr Geld, als sie jemals ausgeben kann. Und dir steht es frei, mit ihrem Geschenk zu tun, was immer du willst.»

«Jetzt klingst du schon eher wie Gott», sage ich.

«Das freut mich», erwidert er.

«Aber du hast meine Frage noch nicht beantwortet», hake ich nach. «Was soll das heißen: Wir haben alle unsere Gründe?»

Er sieht mir in die Augen und scheint zu überlegen, ob er mir antworten soll. Schlagartig fallen in diesem Moment sämtliche Lichter aus.

«Das sind bestimmt die Sicherungen», höre ich Takahashi sagen. «Warte bitte hier. Ich schau mal kurz nach.»

Er verschwindet im hinteren Teil des Ladens, wo seine Schritte leiser und leiser werden, bis sie schließlich nicht mehr zu hören sind.

Im nächsten Moment beschleicht mich das mulmige Gefühl, dass Gott mich verlassen hat.

«Abel? Herr Takahashi? Äh … Gott?», rufe ich zaghaft in die Dunkelheit.

Keine Reaktion.

Zumindest am heutigen Abend werden wir uns wohl nicht wiedersehen, denke ich. Im selben Moment zucken Lichtkegel über die Wand.

Ich drehe mich zum Schaufenster und werde von zwei Autoscheinwerfern geblendet. Instinktiv hebe ich die Hände, um meine Augen abzuschirmen.

Ich höre das Knacken eines elektrischen Megaphons, dann sagt eine Stimme: «Hier spricht die Polizei. Heben Sie bitte langsam die Arme, und zeigen Sie uns Ihre Hände.»

Ich schließe die Augen, hebe meine Hände über den Kopf und drehe die Handflächen zur Fensterfront.

Die Tür zum Laden wird knarrend geöffnet. Ich verharre unbeweglich.

«Drehen Sie sich etwas nach rechts», befiehlt mir eine andere Stimme.

Ich tue, worum ich gebeten werde.

«Okay. Und jetzt können Sie die Augen wieder aufmachen.»

Das Licht der Autoscheinwerfer trifft mich nun seitlich und blendet mich deshalb nicht mehr. Vor mir erkenne ich zwei Polizisten, auf deren dicken Jacken und Wollmützen Schnee liegt.

«Können Sie sich ausweisen?», fragt einer der beiden.

«Mein Portemonnaie ist in der Innentasche», sage ich und will die Hände herunternehmen.

«Sekunde. Ich mache das», sagt der andere und fischt die Brieftasche vorsichtig aus dem Mantel.

«Okay. Jetzt können Sie die Arme wieder herunternehmen», entscheidet der Beamte, nachdem er meine Papiere überprüft hat. «Verraten Sie uns, was Sie hier machen, Dr. Jakobi?»

Ich habe ihm nur mit halbem Ohr zugehört, denn gerade fällt mir zu meinem grenzenlosen Erstaunen auf, dass im Licht der Autoscheinwerfer nicht Takahashis Sushi-Bar zu erkennen ist, sondern ein offenbar seit geraumer Zeit leerstehendes Ladenlokal. Der Boden ist mit Staub und Gerümpel bedeckt, die Wände sind fleckig, hier und da kommen die Tapeten runter.

«Die Tür war offen», sage ich, um überhaupt etwas zu antworten.

Einer der Polizisten zieht eine Stablampe hervor und untersucht das Schloss der dreckigen und mit Brettern vernagelten Eingangstür. «Scheint zu stimmen. Hier sind zumindest keine Einbruchspuren zu sehen.»

«Womit aber immer noch nicht geklärt ist, warum Sie hier sind», erwidert der andere Polizist und sieht mich dabei fragend an.

Wenn ich den beiden jetzt die Wahrheit sage, lande ich vermutlich genau dort, wo Toni Auerbach sich gerade befindet. Das würde mir nicht gut in den Kram passen.

«Ich kam nur zufällig vorbei und dachte, ich hätte jemanden hier drinnen gesehen», lüge ich.

«Und da gehen Sie einfach so in leerstehende, fremde Läden? Wäre doch möglich, dass Ihnen hier ein Obdachloser auflauert. Oder ein Junkie.»

«Wäre aber auch möglich, dass jemand Hilfe braucht», erwidere ich.

Die Polizisten werfen sich einen Blick zu. Die unausgesprochene Frage, ob man mir meine Geschichte abkaufen soll, steht im Raum.

Der Kerl, der gerade das Schloss untersucht hat, lässt den Lichtkegel seiner Taschenlampe durch den Laden wandern. Eine heruntergekommene Theke wird sichtbar, dahinter die Tür, von der ich dachte, dass sie zu Takahashis Privaträumen führen würde. Sie ist alt und hängt schief in den Angeln.

Der Polizist umrundet die Theke, öffnet die Tür und leuchtet in den hinteren Teil des Ladens.

«Alles voller Staub und Spinnweben», stellt er fest.

«Kein Wunder», erwidert sein Kollege. «Ich glaube, dieser Laden steht seit mindestens drei Jahren leer.»

«Ich meine ja auch nur, dass man Fußspuren sehen müsste, wenn hier jemand durchgegangen wäre.»

Sein Kollege mustert mich fragend. «War wohl doch niemand hier.»

«Dann habe ich mich eben geirrt», sage ich. «Ich dachte wirklich, ich hätte hier drin jemanden gesehen.»

«Warum sind Sie überhaupt an Heiligabend so ganz allein unterwegs?», will der Polizist wissen.

«Ich war auf dem Weg zur Kirche», lüge ich.

Der Beamte überlegt, ob er mir das glauben soll.

Sein Kollege kommt zurück. «Lass gut sein, Benno. Sieht aus, als würde er die Wahrheit sagen.»

Benno schaut mich prüfend an, dann nickt er langsam. «Eigentlich müssten wir die Sache zu Protokoll nehmen. Aber weil heute Weihnachten ist, werden wir ausnahmsweise mal ein Auge zudrücken. Falls Sie in Zukunft wieder einmal glauben sollten, jemanden in einem leerstehenden Gebäude zu sehen, dann rufen Sie uns lieber an, statt eigenmächtige Entscheidungen zu treffen. Dann gibt es später auch keine Missverständnisse.»

Ich nicke schuldbewusst. «Danke sehr. Das ist wirklich nett von Ihnen.»

Benno ist damit zufrieden, dass ich angemessen zerknirscht wirke, denn nun winkt er generös ab. «Schon gut. Sollen wir Sie noch kurz bei der Kirche absetzen?»

Draußen herrscht immer noch dichter Schneefall.

«Für meinen Kirchenbesuch ist es jetzt zu spät», lüge ich. «Ich wollte nämlich noch bei einem Patienten vorbeischauen. Deshalb wäre es nett, wenn Sie mich bei meinem Pkw absetzen könnten. Falls das möglich ist.»

«Aha. Wollen Sie Weihnachtsmann spielen?», fragt Bennos Kollege launig.

Ich muss lächeln.

«Ja, so was Ähnliches», sage ich.

17

Dr. Rogatzki, der diensthabende Arzt der psychiatrischen Klinik, in die ich Toni Auerbach vor wenigen Stunden eingeliefert habe, ist bass erstaunt, als ich ihn bitte, meinen Patienten wieder zu entlassen. «Wieso das? Sie haben uns den Kerl doch eben erst gebracht.»

«Ja, aber es gibt überraschende Erkenntnisse, die eine gänzlich neue Beurteilung des Falles nötig machen», erkläre ich vage. «Und ich möchte vermeiden, dass Herr Auerbach die Weihnachtstage völlig unnötigerweise hier verbringt.»

Rogatzki mustert mich argwöhnisch.

«Was sind das denn für neue Erkenntnisse?», will er wissen.

«Das können Sie dann detailliert in meinem Bericht nachlesen. Ich lasse Ihnen alle Informationen nach den Feiertagen zukommen.»

Er lehnt sich in seinem Sessel zurück und verschränkt provokativ die Arme vor der Brust. «Bedaure. Ich glaube, ich kann so eine außergewöhnliche Entscheidung nicht ohne die Zustimmung des ärztlichen Direktors treffen.»

«Gut», erwidere ich. «Dann fragen Sie ihn doch bitte. Ich warte.»

Rogatzki grinst siegessicher. «Es ist Heiligabend, Dr. Jakobi. Ich vermute, Professor Kiesel wäre nicht erfreut, wenn ich ihn und seine Familie ausgerechnet am Weihnachtsabend stören würde. Sie müssen sich also leider bis morgen gedulden.» Nach einer Kunstpause fügt er hämisch hinzu: «Das heißt, mindestens bis morgen.»

Ich überlege einen Moment, dann nicke ich.

«Gut. Ich gehe allerdings davon aus, Sie übernehmen auch die volle Verantwortung für diese Entscheidung», sage ich. «Nur für den Fall, dass Herr Auerbach eine Klage gegen die Klinik anstrengt.»

Rogatzki lässt verunsichert die Arme sinken.

«Ein cleverer Anwalt könnte es womöglich als Freiheitsberaubung auslegen, dass Sie Herrn Auerbach trotz meiner anderslautenden Empfehlung hierbehalten haben. Wie Sie vielleicht wissen, ist der Patient enorm vermögend, und mit solchen Leuten ist ja oft nicht gut Kirschen essen.»

Jetzt ist es an Rogatzki, einen Moment nachzudenken.

«Warten Sie kurz», bittet er und steht auf, um mit den Worten «Ich versuche jetzt doch mal, Professor Kiesel zu erreichen» im Nebenraum zu verschwinden.

Wie ich richtig vermutet habe, dreht der Professor den Spieß kurzerhand um. Ich soll meinerseits schriftlich bestätigen, dass ich für die Entlassung von Anton Auerbach persönlich den Kopf hinhalte. Danach kann ich meinen Patienten sofort mitnehmen.

Beim Unterzeichnen der entsprechenden Papiere erfreue ich mich an Rogatzkis schlechter Laune. Ich bin sicher, sein Boss hat ihm die Leviten gelesen, weil der diensthabende Arzt nicht selbst auf die simple Idee gekommen ist, einfach mir die Verantwortung für den Fall in die Schuhe zu schieben. So etwas gehört eigentlich zum kleinen Einmaleins der Politik, wenn man in einer Institution wie dieser Karriere machen will.

Toni Auerbach bewohnt ein zwar karg eingerichtetes, aber helles und freundliches Zimmer. Als ich eintrete, liegt er angezogen auf dem Bett und scheint seinen Gedanken nachzuhängen. Er wirkt überrascht, mich hier zu sehen, auch wenn er es sofort zu überspielen versucht. «Willkommen in meiner bescheidenen Hütte, Dr. Jakobi.»

«Nett haben Sie es hier», sage ich.

«Ja. Die Fenster sind aus Panzerglas», erklärt Auerbach. «Deshalb gibt es keine Gitterstäbe. Man könnte also denken, es handelt sich um ein ganz gewöhnliches Pensionszimmer, nicht wahr?»

Ich nicke.

«Was kann ich für Sie tun?», fragt Auerbach. «Sie werden es sich doch wohl nicht anders überlegt haben?»

«Doch. Sie können Ihre Sachen wieder zusammenpacken», antworte ich. «Ich habe gerade die nötigen Formalitäten für Ihre Entlassung erledigt. Wenn Sie möchten, dann fahre ich Sie ins Hotel. Oder gern auch zu Ellen, falls es dafür nicht zu spät ist.»

Diesmal kann Toni sein Erstaunen nicht so leicht verbergen.

«Das ist ja mal eine schöne Weihnachtsüberraschung», sagt er. «Danke übrigens, dass Sie Ellens Besuch hier möglich gemacht haben. Sie wollte eigentlich den ganzen Abend mit mir verbringen. Aber ich habe ihr klarmachen können, dass ein festlich geschmückter Baum und ein gutes Essen im Kreise der Familie angenehmer sind als ein Abend hinter Panzerglas.»

«Wie schon gesagt, ich fahre Sie gern zu ihr», sage ich.

Auerbach überlegt, dann schüttelt er den Kopf. «Ich glaube, es wäre unpassend, Ellens Familie zu so später Stunde in Unruhe zu versetzen.»

Er steht auf und beginnt, seine Habseligkeiten zusammenzusuchen.

«Sagen Sie mir lieber, wie es zu Ihrem Sinneswandel gekommen ist, Dr. Jakobi. Ich hätte geschworen, Sie wären fest entschlossen gewesen, mich in diesem Laden ziemlich lange schmoren zu lassen.»

Ich nicke bestätigend. «Das stimmt. Eigentlich hatte ich vor, Sie bis zum Jüngsten Tag einzusperren.»

Er muss grinsen. «Aber?»

«Ich habe meine Meinung eben geändert», erkläre ich lapidar.

«Einfach so?», hakt Toni nach.

«Ja. Einfach so», antworte ich.

Er sieht mir in die Augen. «Aber irgendetwas haben Sie noch auf dem Herzen. Das sehe ich Ihnen an.»

«Ich würde mit Ihnen gern noch einmal über meinen Vertrag reden, falls Sie weiterhin Interesse daran haben, meine Seele zu erwerben.»

Toni nickt erfreut. «Allerdings habe ich Interesse. Großes Interesse sogar.»

«Es muss nicht sofort sein», füge ich rasch hinzu.

«Haben Sie denn noch etwas vor, außer mich am Weihnachtsabend durch die Gegend zu kutschieren?», will er wissen.

«Nein. Das nicht», antworte ich. «Aber ich dachte, Sie vielleicht.»

Er schüttelt den Kopf. «Fahren wir doch einfach in mein Hotel, setzen uns an die Bar und reden in Ruhe über alles», schlägt Auerbach vor.

Das kommt jetzt ein bisschen plötzlich, denke ich. Aber das Gespräch mit dem Teufel wird mir ja sowieso blühen. Warum also nicht jetzt gleich?

«Einverstanden», sage ich. Ein mulmiges Gefühl beschleicht mich dennoch bei dem Gedanken, dass ich dem Teufel nun doch meine Seele verkaufen werde. Und das ausgerechnet an Heiligabend.

Die Bar des Ritz-Carlton schimmert in einem roten Licht, das mich an einen Sonnenuntergang erinnert. Wir befinden uns im obersten Stockwerk des Hotels. Zwei überdimensionale Fenster lassen erahnen, dass man tagsüber und bei guter Witterung von hier aus einen spektakulären Blick über Berlin hat. Momentan ist im dichten Schneefall nur der düstere Nachthimmel zu erkennen. Die umherschwirrenden Flocken sehen aus wie ein schmutziger Vorhang, der im Wind flattert.

Wir sind die einzigen Gäste. Kein Wunder. Wer will schon den Weihnachtsabend in einer Hotelbar verbringen?

Während ich mich an die Theke setze, verschwindet Toni Auerbach ganz selbstverständlich hinter dem Tresen. «Was möchten Sie trinken, Jakob?»

«Oh. Heute bedient der Teufel persönlich?»

«Zur Feier des Tages», sagt Auerbach und zeigt mir sein schönstes Raubtierlächeln. «Was wäre ich außerdem für ein Teufel, wenn ich mich nicht mit Drinks und Drogen auskennen würde?»

Ich lächle gequält, weshalb Auerbach rasch hinzufügt: «Keine Sorge, ich verspreche Ihnen, dass wir heute beim Alkohol bleiben.»

«Gut. Welcher Drink ist denn momentan in der Unterwelt angesagt?», will ich wissen.

«Also, ich mixe mir einen Dirty Martini», sagt Auerbach. «Gin, Wermut und ein paar Spritzer Olivenwasser. Ein eher herber Genuss.»

«Aber das passt doch zum heutigen Abend», sage ich. «Für mich bitte das Gleiche.»

Auerbach macht sich an die Arbeit. Ich schaue ihm schweigend zu.

Ein Räuspern lässt uns beide aufmerken.

Alfons ist unbemerkt eingetreten. Wie üblich trägt er seine feuerrote Livree. «Kann ich vielleicht behilflich sein?»

«Danke, Alfons. Ich mache das hier schon selbst. Aber sei doch so nett und hol mir bitte mal den Musterkoffer.»

Alfons nickt und verschwindet.

«Sie hätten ihm wenigstens Heiligabend freigeben können, finde ich.»

«Was soll der Assistent des Teufels denn an einem freien Weihnachtsabend machen?», erwidert Auerbach. «Etwa in die Christmette gehen?»

Er stellt meinen Drink auf den Tresen und prostet mir zu.

Ich erhebe mein Glas und atme tief durch. «Da wir vermutlich schon sehr bald vertraglich enger verbunden sein werden, als mir lieb ist, finde ich es unnötig, dass wir uns noch länger siezen. Ich bin Jakob.»

«Oh. Weihnachtsüberraschung Nummer zwei», freut sich Auerbach. «Sieht fast so aus, als könnten wir heute Abend noch richtig dicke Freunde werden.»

«Darauf würde ich nicht wetten», erwidere ich. «Außerdem, wer mit dem Teufel trinkt, der muss ja nicht auch noch mit ihm tanzen, oder?»

Auerbach nippt amüsiert an seinem Drink. «Willst du mir nicht doch sagen, was in dich gefahren ist, Jakob? Ich werde das Gefühl nicht los, dass noch ein Weihnachtswunder darauf wartet, entdeckt zu werden. Also raus mit der Sprache. Was ist heute Abend passiert, dass du so plötzlich deine Meinung nicht nur geändert, sondern komplett über den Haufen geworfen hast?»

Während er auf meine Antwort wartet, mustert er mich aufmerksam.

Ich zucke mit den Schultern und gebe mich betont teilnahmslos. «Nichts. Es ist nichts passiert. Wirklich.»

Alfons bringt den gewünschten Koffer und verschwindet wieder.

Toni lässt die Schlösser aufschnappen, fördert mehrere Verträge zutage und legt sie auf die Theke. «Also dann. Du wolltest reden. Bitte. Ich bin ganz Ohr.»

Ich kippe meinen Dirty Martini in einem Zug und schiebe das Glas über die Theke.

«Noch einen?», fragt Toni.

Ich nicke.

Auerbach macht sich an die Arbeit. «Wenn du gekommen bist, um nachzuverhandeln, dann muss ich dich leider enttäuschen. Es bleibt bei meinem letzten Angebot. Im Tausch gegen deine Seele biete ich dir das Glück von Eva und Roberto. Das steht zwar nicht im Verhältnis zu meinen früheren Offerten, aber wie schon gesagt, hast du dir das selbst zuzuschreiben. Es kommt im Geschäftsleben eben auch darauf an, den richtigen Zeitpunkt zu erwischen.» Er stellt meinen frischen Dirty Martini auf den Tresen. «Voilà.»

«Ich bin nicht auf Geld aus, falls du das meinst», sage ich.

«Sondern?»

Ich nippe an meinem Drink und nicke anerkennend. «Könntest du dir vorstellen, dass du im Tausch gegen meine Seele nicht nur Roberto zurückbringst, sondern obendrein ein paar der kürzlich geschlossenen Verträge wieder … rückgängig machst?»

«Lass mich raten. Ich soll die Verträge mit den Moosmanns, mit Eva und mit deiner Sekretärin rückabwickeln.»

«Genau. Das wäre toll», sage ich.

«Nenn mir nur einen Grund, warum ich das tun sollte.»

«Ähm, Kulanz?», schlage ich vor.

Er lacht laut. «Ich habe einen Ruf zu verlieren, Jakob. Außerdem bekomme ich deine Seele auch, ohne vier Seelen zu verschenken, die mir längst gehören.»

«Ach ja? Gehören sie dir wirklich?», unke ich.

«Natürlich gehören sie mir.» Er zeigt auf die Papiere. «Hier liegen die Verträge. Alles juristisch einwandfrei.» Er greift nach seinem Drink und prostet mir zu. «Und noch vor Mitternacht wird auch dein unterschriebener Vertrag in meinem Koffer landen. Darauf trinke ich.»

«Ich persönlich glaube ja nicht, dass man Seelen kaufen kann», wende ich lässig ein.

Toni setzt das Glas ab, ohne getrunken zu haben, und grinst. «Wenn das so ist, dann kannst du ja problemlos unterschreiben.»

Er zieht einen Füllfederhalter aus dem Koffer und schiebt ihn über den Tresen.

«Ich glaube in der Tat, es ist nur eine Frage der Psychologie», fahre ich fort. «Durch den symbolischen Akt der Vertragsunterschrift wird der Pakt mit dem Unterbewusstsein verdrahtet. Dadurch wird die Sache erst real.»

«Ganz wie du meinst», erwidert Toni mit leisem Spott. «Willst du jetzt deinen Freund Roberto befreien oder lieber doch nicht?»

Ich nehme den Füllfederhalter in die Hand. Er ist deutlich schwerer, als ich erwartet habe.

Auerbach durchsucht den vor ihm liegenden Papierstoß, zieht meinen Vertrag hervor und legt ihn auf die Theke.

«Du kannst ihn dir selbstverständlich in aller Ruhe durchlesen.»

Ich schüttle den Kopf. «Wo muss ich unterschreiben?»

Er zieht mit spitzen Fingern die letzte Seite des Vertrags hervor und zeigt mir, wo ich meine Unterschrift leisten soll.

Ich zögere. «Und wenn ich dich darum bitten würde, dass du wenigstens Eva und Frau Kretzer ihre Seelen zurückgibst? Das wäre ein Kompromiss. Zwei Seelen von vieren. Ich finde, das ist fair.»

Toni schüttelt bedächtig den Kopf. «Der Teufel ist nicht fair, Jakob. Unterschreib jetzt oder lass es.»

Ich seufze geschlagen. Dann setze ich die Spitze des Füllfederhalters aufs Papier. Wenige Sekunden später steht mein Name in blutroter Tinte unter dem Teufelspakt.

«Was hältst du von der Idee mit der roten Tinte?», fragt Toni. «Früher habe ich die Mandanten mit Blut unterschreiben lassen. Aber inzwischen finde ich das ein bisschen unhygienisch.»

Ich bleibe eine Antwort schuldig. Anders als erwartet fühlt sich der Verkauf meiner Seele nicht wie eine persönliche Katastrophe an. Dennoch spüre ich eine seltsame, bislang nicht gekannte Melancholie.

Toni nimmt den Vertrag an sich, sortiert die Seiten und betrachtet dabei sichtlich zufrieden meine Unterschrift.

Den Job als Unterhändler Gottes habe ich gründlich vergeigt, denke ich und lasse mich frustriert vom Barhocker gleiten. Ich habe Toni nicht einmal das winzigste Zugeständnis abtrotzen können. Die bittere Wahrheit lautet, dass der Teufel auf ganzer Linie gesiegt hat. «Gute Nacht, Toni. Ich gehe jetzt nach Hause. Wir sehen uns dann ja irgendwann in der Hölle. Oder wo auch immer.»

Auerbach macht ein enttäuschtes Gesicht. «Wollen wir denn nicht wenigstens ein Glas auf den Vertrag trinken?»

Müde schüttele ich den Kopf. «Tut mir leid, Toni. Aber im Moment ist mir nicht nach Feiern zumute.»

Ich wende mich ab und gehe zum Ausgang.

«Was, wenn ich dir doch noch entgegenkäme?», ruft Toni mir hinterher.

Ich halte inne.

«Dieser spezielle Fall von Kulanz müsste natürlich unter uns bleiben», fügt er hinzu.

Ich drehe mich um. «Wie könnte dieser spezielle Fall denn aussehen?»

«Wie wäre folgender Vorschlag? Ich beende die Affäre mit Ellen noch heute Abend.»

«Warum willst du das tun?», frage ich.

«Zum einen, weil ich aus Erfahrung weiß, dass ich nicht beziehungstauglich bin», antwortet Toni.

«Aha. Das heißt also, du würdest sie früher oder später sowieso verlassen», stelle ich fest. «Wo ist denn da das Zugeständnis?»

«Ganz einfach. Wenn ich sofort verschwinde, musst du nicht länger befürchten, dass Ellen schwanger von mir wird.»

Ich erinnere mich daran, was Takahashi über Ellens Schwangerschaft erzählt hat. Toni möchte offensichtlich nicht nur der strahlende Sieger unserer Verhandlung sein, sondern mich obendrein auch noch austricksen.

«Ellen ist längst schwanger», erwidere ich. «Und das weißt du auch.»

Bleierne Stille. Nur das leise Pfeifen des Windes ist zu hören.

In Zeitlupe erblüht ein Grinsen auf Tonis Gesicht. «Als

du davon phantasiert hast, dass man Seelen nicht kaufen kann, hatte ich schon so eine Ahnung. Aber jetzt weiß ich sicher, dass du ihm begegnet bist. Er hat dir gesagt, dass Ellen schwanger ist, nicht wahr?»

Widerwillig gestehe ich mir ein, dass ich von Toni gerade übler ausgetrickst worden bin, als ich befürchtet hatte.

«Weihnachtswunder Nummer drei», frohlockt der Teufel. «Du hast heute den lieben Gott getroffen. Deshalb also dein plötzlicher Sinneswandel.»

«Und wenn es so wäre», erwidere ich. «Was geht's dich an?»

«Oh, mich interessiert es natürlich brennend, was der Allmächtige sagt und tut. Immerhin sind wir in der gleichen Branche tätig», erwidert Auerbach.

Ich lächle matt. «Gute Nacht, Toni.» Erneut wende ich mich zum Gehen.

«Warte, Jakob. Bitte.» Es klingt fast flehentlich.

Ich halte erstaunt inne. Kann es sein, dass sich das Blatt kurzfristig zu meinen Gunsten gewendet hat? Es scheint, als wäre ich durch einen glücklichen Zufall zu neuem Verhandlungsspielraum gekommen.

Betont langsam drehe ich mich um. «Du willst Informationen? Was hast du denn im Gegenzug anzubieten, Toni?»

«Sag mir, was du willst», gibt er zurück.

«So läuft die Sache nicht», antworte ich. «Der Ball ist jetzt in deiner Hälfte. Und denk daran, dass ich rein gar nichts zu verlieren habe. Dank dir lande ich ja sowieso in der Hölle.»

Er grinst. «Du lernst schnell, Jakob.»

«Danke für das Kompliment», sage ich. «Dann wird dir Folgendes gefallen: Überleg dir gut, was du mir anbietest. Ich habe nämlich keine Lust mehr auf deine Spielchen. Ich gebe dir genau einen Versuch, um mich zu überzeugen. Sollte dir das nicht gelingen, werde ich mich umdrehen und gehen. Das Geschäft kannst du dann für alle Zeiten vergessen.»

Ich sehe ihm an, dass meine Drohung Wirkung zeigt. Er überlegt, was er tun soll.

«Okay. Du kannst dich wieder hinsetzen», sagt er schließlich. «Ich mache uns noch ein paar Drinks. Magst du Nüsse?»

Ich bewege mich keinen Millimeter.

Toni nickt und stellt einen leeren Eiskübel auf den Tresen. Er rafft sämtliche vor ihm liegenden Verträge zusammen und stopft sie in den Kübel.

«Okay. Hier ist der Deal», sagt er. «Du erzählst mir jedes noch so winzige Detail von deinem Treffen mit Gott, und ich gebe dir dafür mehr, als du verlangt hast.»

«Das heißt?», frage ich.

«Das heißt, Roberto wird erlöst, und alle Seelenverträge, von denen wir eben gesprochen haben, werden rückabgewickelt. Das gilt auch für deinen eigenen Vertrag. Und ich lasse dich ab sofort in Ruhe. Genau, wie du es dir gewünscht hast.» Er lässt seinen Daumen am gekrümmten Zeigefinger vorbeischnipsen, als würde er ein Feuerzeug entzünden. Im nächsten Moment tänzelt eine bläulich schimmernde Flamme auf seiner Daumenspitze. Toni bewegt seinen brennenden Daumen in die Nähe der Papiere, die er gerade in den Eiskübel gestopft hat. «Sind wir im Geschäft, Jakob?»

«Ist das etwa irgendein mieser Trick?», frage ich verdattert.

Toni muss angesichts meiner entgleisten Gesichtszüge grinsen. Mein maßloses Erstaunen über sein Angebot beweist ihm, dass er mich längst überzeugt hat. Ohne meine Antwort abzuwarten, lässt der Teufel die Seelenverträge in Rauch aufgehen.

Verwundert gehe ich zu meinem Thekenplatz zurück.

Toni stellt mir einen frischen Drink vor die Nase.

Ich überlege fieberhaft, was seine plötzliche Großzügigkeit ausgelöst haben könnte. Warum gibt der Teufel leichten Herzens so viele Seelen her, nur um ein paar lumpige Informationen über Gott zu bekommen?

Toni errät meine Frage. «Sag nicht, dass du nicht wenigstens eine winzige Vermutung hattest, Jakob.»

Ich zucke mit den Schultern. Keine Ahnung, was er meinen könnte.

«Komm schon, Jakob. Du bist Psychologe. Ich dachte, du müsstest nur eins und eins zusammenzählen, um zu wissen, was hier läuft.»

Mein Talent, von Zeit zu Zeit auf der Leitung zu stehen, lässt mich auch jetzt nicht im Stich. Ich habe keine Ahnung, was Toni andeuten will.

Ratlos führe ich mein Glas zum Mund.

«Die Sache ist die: Ich habe deshalb ein gewisses Interesse daran, Neuigkeiten über Gott zu erfahren, weil er mein Vater ist», sagt Toni.

Ich verschlucke mich und bekomme einen heftigen Hustenanfall.

Toni hilft mir mit einem Glas Eiswasser.

«Geht's wieder?», fragt er, als ich mich beruhigt habe.

Ich winke ab. «Hast du gerade gesagt, dass du Gottes Sohn bist?»

«Ja. Das würde man dir im Himmel zwar nur hinter vorgehaltener Hand bestätigen, aber es ist die Wahrheit», antwortet Toni und prostet mir zu. «Ich bin Gottes Sohn. Jesus ist übrigens mein Halbbruder.» Toni nippt an seinem Drink. «So. Jetzt ist es raus.»

«Aber warum setzt du dann alles daran, deinem Vater das Leben schwerzumachen?», frage ich.

«Du hörst dich gerade an wie meine Mutter», erwidert Toni. «Nicht ich habe Gott aus der Familie geworfen, sondern er mich. Und das nur, weil ich an seiner Schöpfung und seinem Lieblingssohn leise Zweifel geäußert habe. Jetzt beweise ich meinem alten Herrn lediglich, dass er sich gründlich in mir geirrt hat. Und wer weiß? Vielleicht werde ich ihm eines Tages sogar die Weltherrschaft abnehmen. Ich war schon oft sehr nah dran.»

«Moment. Der Kampf um Gut und Böse auf der Welt ist nichts weiter als ein Familienstreit?», entrüste ich mich.

«Na ja. Ich glaube, inzwischen geht es ums Prinzip», erwidert Toni. «Aber angefangen hat die Sache tatsächlich als kleine Meinungsverschiedenheit unter Verwandten.»

Ich nippe an meinem Martini.

«Was denkst du gerade?», will Auerbach wissen.

«Ich frage mich, warum du nicht das Gespräch mit ihm suchst. Du würdest offenbar lieber die ganze Welt in den Abgrund stürzen, statt zuzugeben, dass du einen Fehler gemacht hast.»

«Warum ich? Warum sucht nicht er das Gespräch?», kontert Toni. «Ständig sind es die anderen, dic zu Kreuze kriechen müssen. Das macht er nur, weil er nicht zugeben will, dass er auch nicht unfehlbar ist.»

«Wer weiß? Vielleicht ist er gesprächsbereiter, als du glaubst», sage ich. «Immerhin war er es, der mich gebeten hat, dich auf freien Fuß zu setzen.»

Abrupt setzt Toni das Glas ab. Jetzt bin ich es, der sich über seine entgleisten Gesichtszüge amüsiert.

«Er hat … was?»

«Ja. Er hat gesagt, dass es keinen Sinn hat, dich einzusperren. Außerdem soll das für das Gleichgewicht der Welt nicht gut sein.»

Auerbach steht da wie vom Donner gerührt. Ich bemerke, dass seine Augen einen feuchten Glanz bekommen. Als er blinzeln muss, rollt ihm eine winzige Träne über die Wange, die er verstohlen mit dem Handrücken wegwischt.

«Weinst du da gerade?», frage ich.

«Nein. Ich hab mich nur am Martini verschluckt», bringt Toni mühsam hervor.

«Soso», sage ich.

Toni strafft sich. «Solltest du jemandem die faustdicke Lüge auftischen, dass du den Teufel hast weinen sehen, dann werde ich dir höchstpersönlich das Leben zur Hölle machen, Jakob Jakobi.»

Ich muss grinsen. «Willst du jetzt hören, was dein Vater noch so gesagt hat? Immerhin hast du dafür ein halbes Dutzend Seelen bezahlt, Roberto mitgerechnet.»

Auerbach muss ebenfalls grinsen. «Du hast recht. Also. Schieß los.»

Ich schiebe mein Glas über den Tresen. «Krieg ich vorher noch so einen?»

Toni nickt und macht sich an die Arbeit.

«Also», beginne ich. «Es war einmal an Weihnachten, da begegnete einem braven Psychologen der liebe Gott höchstpersönlich.»

Ich sehe ein Lächeln über Tonis Gesicht huschen.

18

Silvester steht vor der Tür. In nicht einmal drei Stunden wird auch dieses Jahr Geschichte sein. Das Jahr, in dem ich dem Teufel begegnet bin.

Vor genau einer Woche ist Toni Auerbach vertragsgemäß aus meinem Leben verschwunden. Noch in der Weihnachtsnacht hat er Ellen einen langen Abschiedsbrief geschrieben und dann die Koffer gepackt. Am frühen Morgen des ersten Weihnachtstages wurden Tonis Habseligkeiten von Alfons in einer schwarzen Limousine verstaut, und dann haben der Teufel und sein Assistent das Hotel mit unbekanntem Ziel verlassen. Fast schien es, als hätte es den merkwürdigen Bewohner von Suite 666 nie gegeben.

Tonis fluchtartige Abreise war für Ellen zunächst ein Schock. Da er in seinem Brief jedoch keinen Hehl aus seiner Bindungsunlust gemacht hatte, hielt Ellens Trauer sich dann doch in Grenzen. Schon am zweiten Weihnachtstag schmiedete sie Pläne für eine mondäne Silvesterparty, um ihre Trübsal mit Musik, Champagner und angenehmer Gesellschaft zu vertreiben. Auf dem Weg zu dieser Party bin ich gerade.

Als ich die Haustür öffne, flattert mir ein Brief entgegen, den jemand auf dem Türgriff deponiert hat.

Lieber Dr. Jakobi,
ich möchte Ihnen auf diesem Wege ein gesundes und glückliches neues Jahr wünschen. Und ich möchte Ihnen danken. Für Ihre Hilfe, nicht nur als Therapeut, sondern auch als Mensch. Ohne Sie hätte ich vielleicht nie begriffen, was mir im Leben wichtig ist. Und vielleicht hätte ich deshalb auch nie gewagt, mein Glück beim Schopf zu packen. Denn genau das werde ich jetzt tun. Nach langen Gesprächen sind Ruth und Susann und ich gemeinsam zu dem Schluss gekommen, dass wir es zu dritt versuchen werden. Wenn Sie diesen Brief lesen, sind wir bereits auf dem Weg nach Sri Lanka, um uns dort alle zu vermählen. Ich werde also Ruth heiraten, zugleich wollen Susann und ich unser Eheversprechen erneuern. Wie es weitergeht, wissen wir nicht, aber das wird sich zeigen. Was zählt, ist, dass wir im Moment sehr glücklich sind. Da Sie es waren, der dem Teufel unsere Seelen abgetrotzt hat, wollte ich Sie also kurz wissen lassen, dass wir als glückliche Polygamisten nun doch wieder allesamt in der Hölle landen werden. Aber das macht nichts. Noch ist es ja nicht so weit, und bis dahin werden wir eine gute Zeit haben.
Es grüßt Sie in tiefster Dankbarkeit
Ihr Karl Moosmann.

Auf dem Weg zu Ellens Party denke ich: Es ist ein schönes Gefühl, dass mein Job manchmal auch für was gut ist.

Meine Exfrau hat ihr Loft binnen weniger Tage in einen Tanzsaal verwandeln lassen. Alles ist festlich geschmückt, eine sechsköpfige Liveband unterhält die illustren Gäste. Ich schätze, immerhin fast hundert Reiche und Schöne sind Ellens sehr kurzfristiger Silvestereinladung gefolgt.

«Champagner?», fragt eine blutjunge, goldblonde Bedienung und hält mir ein gutgefülltes Tablett hin.

Eine Frau schiebt sich an mir vorbei. Ihre mit einem stattlichen Diamanten geschmückte Hand greift nach einem der Gläser. «Jakob. Schön, dich zu sehen. Das muss ja eine Ewigkeit her sein.»

«Hallo, Minka.»

Bevor Ellens Freundin Minka nach einer Affäre mit einem der wichtigsten Kunsthändler Manhattans zur international gefragten Malerin wurde, war sie die kreuzunglückliche Frau eines mäßig erfolgreichen Berliner Künstlers. Inzwischen hat sie sowohl den Mann als auch die Stadt verlassen.

«Geht es dir gut in … wo lebst du eigentlich jetzt?», will ich wissen.

«Paris. Die Stadt der Liebe. Du darfst mich gerne mal besuchen, wenn du möchtest.» Sie flirtet ein wenig, lässt es aber sofort wieder sein, als ich nicht darauf einsteige.

«Falls du Ellen suchst, die schwirrt hier auch irgendwo rum.» Minka beugt sich zu mir, als würde sie mir ein Geheimnis anvertrauen. «Du erkennst sie übrigens am frischgepressten Mangosaft.» Minka bekräftigt ihre brisante Information mit einem verschwörerischen Nicken.

Ich tue, als hätte ich nicht die leiseste Ahnung, was sie mit dieser Andeutung meinen könnte.

Sie schaut verstohlen nach rechts und links. Als sie sicher ist, dass wir nicht belauscht werden, flüstert sie mir ins Ohr: «Was ich dir jetzt sage, muss absolut unter uns bleiben, Jakob. Ellen ist schwanger.»

«Nein!» Ich spiele den Erstaunten.

«Doch», erwidert Minka mit einem triumphierenden Lächeln. «Sie war beim Arzt, weil sie einen Verdacht hatte. Da man in diesem frühen Stadium aber nicht sicher sein kann, ob alles gutgeht, will sie es noch nicht an die große Glocke hängen.»

Ich nicke verständnisvoll. Zufällig entdecke ich Ellen in

der Menge. «Ach, da ist sie ja. Du entschuldigst mich. Wir sehen uns bestimmt später noch.»

«Wenn du mal nach Paris kommst, melde dich», sagt Minka mit einem verführerischen Lächeln.

«Mach ich gern», erwidere ich und beginne, mir einen Weg durch die Feiernden zu bahnen.

Als ich an einer cremefarbenen Sitzlandschaft von der Größe eines Volleyballfelds vorbeikomme, zupft Ellens jüngere Schwester Bernadette mich am Ärmel.

«Ellen ist schwanger», ruft sie mir ins Ohr, um die nur wenige Meter entfernt dröhnende Musikkapelle zu übertönen. «Aber das darfst du niemandem erzählen. Sie will es noch nicht an die große Glocke hängen.»

Ich tue, als würde mich die Neuigkeit maßlos überraschen, und rufe zurück: «Hey! Das ist ja eine tolle Nachricht! Und keine Sorge, meine Lippen sind fest verschlossen.» Weil es so laut ist, illustriere ich den letzten Satz, indem ich mir mit Daumen und Zeigefinger über die Lippen streiche, als würde ich sie versiegeln.

Bernadette nickt zufrieden und zeigt in Richtung der offenen Küche, wo die Gastgeberin sich gerade von einem südländischen Barkeeper einen frischen Mangosaft zubereiten lässt.

«Wir sehen uns!», brüllt Bernadette.

«Ja, wir sehen uns», brülle ich zurück.

«Da bist du ja endlich», begrüßt Ellen mich wenig später im weitaus ruhigeren Küchenbereich. «Ich habe schon befürchtet, du würdest gar nicht mehr kommen.»

«Ich habe es nicht früher geschafft», lüge ich. «Und leider muss ich auch gleich schon wieder weg. Ich habe nämlich Eva und Roberto versprochen, dass ich noch bei ihnen vorbeischaue.»

Auch das ist eine Lüge. In Wahrheit wissen die beiden nicht einmal, dass ich sie besuchen will. Aber mir ist jede Ausrede recht, damit ich das neue Jahr nicht im Kreise von Ellens Freunden begrüßen muss. Hier ist es mir zu laut und zu anstrengend.

«Schade», sagt Ellen und lächelt vielsagend. «Ich hätte gern mit dir auf einen ganz besonderen Anlass angestoßen.»

«Nanu? Was soll das sein?», frage ich scheinheilig.

«Ich bin schwanger», antwortet Ellen. «Aber das habe ich noch so gut wie keinem erzählt. Deshalb ...» Sie legt den rechten Zeigefinger an ihre Lippen.

«Geht klar», versichere ich. «Weißt du, wer der Vater ist?»

«Wofür hältst du mich?», fragt sie entrüstet. «Selbstverständlich weiß ich, dass Toni der Vater ist. Aber sein Abschiedsbrief lässt keinen Zweifel daran, dass er definitiv keine Beziehung mit mir will. Ich gehe davon aus, das gilt auch für den Fall, dass ich schwanger bin.»

«Du scheinst in Rekordzeit über ihn hinweggekommen zu sein», sage ich.

«Ja. Toni hat es einfach verbockt. Und jetzt ist es zu spät, um daran noch etwas zu ändern. Mein Anwalt ist felsenfest davon überzeugt, dass Toni nicht die mindeste Chance hat, auch nur einen Bruchteil des Sorgerechts zu bekommen.»

«Du hast bereits deinen Anwalt eingeschaltet», stelle ich fest und muss ein Grinsen unterdrücken. Wenn es darum geht, etwas zu verteidigen, das ihr gehört, dann könnte Ellen wohl selbst dem Teufel eine Lektion erteilen.

«Allerdings habe ich das. Und ich kann dir versichern, dass mein Kind all die Fürsorge und Zuwendung bekommt, die es braucht, um ein liebevoller Mensch zu werden.»

Ich stutze. Der Satz kommt mir bekannt vor.

Sie bemerkt mein nachdenkliches Gesicht. «Glaubst du mir etwa nicht?»

«Doch», sage ich und küsse sie auf die Wange. «Ich freu mich für dich und wünsche dir von ganzem Herzen, dass du im nächsten Jahr eine glückliche, alleinerziehende Mutter bist.»

Ihre Augen bekommen einen feuchten Glanz. «Das hast du schön gesagt, Jakob. Vielen Dank dafür. Willst du nicht doch noch bleiben? Wenigstens bis Mitternacht?»

Ich schüttle den Kopf. «Ich muss los. Wir sehen uns im neuen Jahr.»

Sie küsst mich auf die Wange. «Schön, dass du da warst, Jakob.»

Auf dem Weg zum Ausgang erfahre ich von Ellens privater Yogalehrerin Joelle hinter vorgehaltener Hand, dass Ellen schwanger ist. Ich soll darüber aber noch absolutes Stillschweigen bewahren. Ellen will die Sache nämlich noch nicht an die große Glocke hängen.

Die Nacht ist kalt und klar. Der Schnee glänzt matt im Sternenlicht. Ich genieße es, an diesem letzten Tag des Jahres allein durch die winterliche Stadt zu flanieren.

Als ich die Hand hebe, um an Robertos Kirchentür zu klopfen, wird diese im selben Moment geöffnet.

«Jakob!» Roberto freut sich, mich zu sehen. «Lass mich das hier nur gerade wegbringen, dann bin ich ganz für dich da.»

Er trägt einen Karton an mir vorbei und verstaut ihn auf einem neben der Kirche stehenden Anhänger, der bereits mit diversen Kisten und Kram beladen ist.

«Ich entrümpele», erklärt Roberto. «Nach Alkohol und Tabak werfe ich jetzt auch allen anderen Ballast aus meinem Leben. Ich wollte das noch rasch erledigen, bevor das neue

Jahr beginnt. Keine Ahnung, ob du das kennst, aber es gibt einem ein seltenes Gefühl der Freiheit, wenn man etwas hinter sich lässt, das man nicht wirklich braucht.»

Ich weiß genau, was er meint. «Freut mich, dass es dir so gutgeht.»

«Oh. Es geht mir nicht nur gut, es geht mir besser als je zuvor. In dieser Hinsicht ist es ein Glück, dass ich mehrere Tage im Delirium verbracht und dabei diesen schrecklichen Albtraum gehabt habe.» Er klopft mir auf die Schulter. «Aber komm doch rein, Jakob. Lass uns drinnen reden. Eva wird sich freuen, dich zu sehen. Außerdem gibt es einiges zu erzählen.»

«Ich weiß», sage ich. «Sie hat mir gesagt, dass du das Priesteramt niederlegen wirst, damit ihr heiraten könnt.»

Er nickt. «Das Amt ist auch so ein Ballast, den ich über Bord werfen werde. Ich habe lange versucht, jemand zu sein, der ich nicht bin. Auch damit ist jetzt Schluss.»

«Und wisst ihr schon, wie es weitergeht?»

Er zuckt mit den Schultern. «Ich denke, wir ziehen aufs Land. Da kann man auch mit wenig Geld über die Runden kommen. Und wenn ich Glück habe, finde ich eine Anstellung als Religionslehrer. Aber wie dem auch sei, Gott wird uns ganz bestimmt nicht im Stich lassen.»

Ich ziehe einen Umschlag aus der Tasche und gebe ihn Roberto.

«Was ist das?»

«Für euch. Nur ein bisschen Geld.»

Meine Formulierung hat ihn hellhörig gemacht. «Was heißt ein bisschen?»

«Fünfundfünfzigtausend Euro. Die werden euch den Start in ein neues Leben ermöglichen.»

Er steht unbeweglich da und sieht mich an.

«Ich habe mein Auto verkauft», erkläre ich.

«Das muss ein sehr teures Auto gewesen sein.»

«Auch ich habe mich von unnötigem Ballast befreit. Und ihr könnt das Geld gut gebrauchen. Betrachte es einfach als verspätetes Weihnachtsgeschenk.»

Er hält mir den Umschlag hin. «Das kann ich nicht annehmen, Jakob.»

«Solltest du aber. Außerdem war die Sache nicht meine Idee.»

Roberto sieht mich fragend an.

«Du hast eben selbst gesagt, dass Gott euch nicht im Stich lassen wird. Und wie du siehst, hast du recht.»

Roberto senkt den Blick und betrachtet den Umschlag in seinen Händen. Ich sehe, dass eine einsame Träne sich auf die Reise macht und lautlos auf das weiße Papier tropft. Verstohlen wischt Roberto sich mit dem Handrücken übers Gesicht. Dann nimmt er mich in die Arme und drückt mich fest an sich. «Gott segne dich. Danke, Jakob.»

Ich klopfe ihm sachte auf den Rücken. «Gern geschehen.»

Er löst sich von mir. «Jetzt lass uns endlich reingehen. Es ist kalt hier draußen.»

«Ich habe leider keine Zeit», lüge ich. «Ellen gibt eine Party, und ich habe versprochen, dass ich vor Mitternacht da sein werde.»

«Schade», sagt Roberto. «Dann versprich mir wenigstens, dass du zum Essen vorbeischaust. Morgen Abend?»

«Sehr gern», sage ich. «Grüß Eva. Und kommt gut ins neue Jahr.»

Roberto nickt. «Du auch, Jakob.»

Mir ist nicht nach Alkohol, mir ist nicht nach Musik, und mir ist auch nicht nach Menschen. Ich möchte um Mitternacht schlicht allein sein.

Vor genau drei Jahren habe ich den Jahreswechsel allein auf dem Dach eines Hochhauses verbracht. Heute zieht es mich wieder dorthin.

Es sind nur noch wenige Minuten bis Mitternacht, als ich die schwere Eisentür, die mich auf den Gipfel des Gebäudes führt, öffne. Die Angeln ächzen und jaulen, dann stehe ich unter dem Sternenhimmel und lasse meinen Blick über die Stadt schweifen. Es ist kalt hier oben, aber erstaunlicherweise fast windstill.

Ich befreie ein Stück der kleinen Mauer, die den Dachrand markiert, vom Schnee, setze mich und lasse die Beine über dem Abgrund baumeln.

Dann schließe ich die Augen und lausche dem fernen Rumoren der Stadt. Hier oben ist es nur als Wummern wahrnehmbar. Man könnte es für den Herzschlag eines großen Tieres halten.

«Hallo, Jakob.»

Erstaunt öffne ich die Augen und drehe mich um.

Ich habe nicht den leisesten Schimmer, wie es Toni Auerbach gelungen sein könnte, die Eisentür zu öffnen und zu schließen, ohne das geringste Geräusch zu verursachen.

Ich verkneife es mir, ihn danach zu fragen, und sage stattdessen: «Hallo, Toni. Was führt denn dich ausgerechnet an diesen Ort?»

«Keine Sorge, Jakob. Das ist zumindest vorerst mein letzter Besuch», versichert Toni. «Ich möchte dich nur um einen kleinen Gefallen bitten. Dann bin sofort wieder weg. Versprochen.»

«Gut. Dann schieß mal los», sage ich.

«Ich wollte dich fragen, ob du dich vielleicht ein bisschen um Ellen und das Kind kümmern könntest. Es würde mich beruhigen, wenn ich wüsste, dass jemand für die beiden da ist, wenn ich es schon nicht bin.»

«Ich hätte auch geholfen, ohne von dir ausdrücklich darum gebeten zu werden», antworte ich.

«Gut. Da fällt mir ein Stein vom Herzen», erwidert Toni. «Ich finde es wichtig, dass ein Kind in jeder Lebenslage nicht nur einen weiblichen, sondern auch einen männlichen Ansprechpartner hat, ganz gleich, ob das nun der leibliche Vater ist oder … jemand anderes.»

Ich stutze. «Das klingt aber jetzt nicht mehr nach einem kleinen Gefallen, sondern eher so, als würdest du mich zum Patenonkel machen wollen.»

«Hey! Das ist eine phantastische Idee!», ruft Toni begeistert. «Und ich freue mich, dass der Vorschlag von dir kommt. Selbstverständlich möchte ich, dass du Patenonkel wirst. Willkommen in der Familie, Jakob!»

Ich muss grinsen. «Bist du hier, damit es deinem Kind nicht so ergeht wie dir mit deinem Vater?»

«Quatsch», sagte Toni reflexhaft. «Das hat damit überhaupt nichts zu tun.»

Ich nicke nachdrücklich. «Aha.»

«Wobei ich ab und zu mal bei dir nachfragen würde, wie es denn so läuft, wenn das für dich okay ist», fügt Toni tastend hinzu.

«Ja. Ist okay für mich», sage ich.

Er freut sich. «Super. Dann bin ich jetzt wirklich mal weg. Ich wünsche dir ein gutes neues Jahr, Jakob.»

«Ich wünsche dir auch ein gutes neues Jahr, Toni.»

Er lacht kurz auf. «Du weißt ja: Schlechten Leuten geht es immer gut.»

Ich lehne mich zurück und betrachte die Sterne.

«Ich glaube, wenn jemand sein Herz an etwas hängt, dann kann er nicht völlig schlecht sein», sage ich nach einer Weile. «Nicht einmal dann, wenn dieser Jemand der Teufel höchstpersönlich ist.»

Keine Reaktion.

Ich drehe mich um und blicke zur Eisentür.

Toni Auerbach ist genauso lautlos verschwunden, wie er gekommen ist.

Von ferne hört man nun das Lärmen der Menschen auf den Straßen.

Laut pfeifend saust eine Rakete in den Sternenhimmel. Zugleich beginnen die Glocken der Stadt, das neue Jahr zu begrüßen.

Und binnen eines Lidschlags verwandelt sich der Himmel in ein glitzerndes Lichtermeer.

Hans Rath

Und Gott sprach: Wir müssen reden!

Roman

Am achten Tag ging Gott in Therapie.
Den Psychotherapeuten Jakob Jakobi hat das Glück verlassen. Geschieden, pleite und beruflich gescheitert: So gebeutelt trifft Jakobi auf Abel Baumann, einen ebenfalls glücklosen Zirkusclown.
Der leidet offenbar an einer kuriosen Persönlichkeitsstörung, denn er hält sich für Gott.
Und sucht einen Therapeuten. Jakob ist fasziniert von den vielfältigen, seiner Meinung nach aber komplett irdischen Talenten des sympathischen Spinners. Doch bald ist der Psychologe nicht mehr so sicher, mit wem er es wirklich zu tun hat. Und wer hier eigentlich wem hilft.

«Hans Raths Geschichte ist skurril,
ziemlich tiefsinnig und einfach tierisch lustig!»
Cosmopolitan

Rowohlt Taschenbuch Verlag
272 Seiten
ISBN 978 3 499 25981 4

FSC
www.fsc.org
MIX
Papier aus verantwortungsvollen Quellen
FSC® C083411

Das für dieses Buch verwendete FSC®-zertifizierte Papier
Lux Cream liefert Stora Enso, Finnland.